Ursalan II

ISBN 978-3-7431-1196-7

Inhalt

Der vorliegende Band schließt nahtlos an Taran 17 an. Anbei der zum Verständnis der Leser, welche Taran 17 nicht kennen, den Inhalt in Kurzform:

David Thorstensen, genannt Dave, Tornadopilot, Staffelkapitän im Rang eines Korvettenkapitäns, Marinefliegergeschwader 2, startet im Jahr 2003 zu einer militärischen Übung über der Ostsee.

Zusammen mit einer englischen Natomaschine sollen sie ein unbemanntes, zur Verschrottung freigegebenes Schiff, ausgestattet mit einem Störsender, versenken. Als Dave eine ›Kormoran‹ abfeuert, explodiert diese weit vor dem Ziel. Für Sekunden taucht in einer diffusen, nebligen Zone ein ›Schatten‹ auf. Herumfliegende Trümmer des Geschosses beschädigen das Begleitflugzeug, welches abstürzt. Nur der Waffenleitoffizier entkommt per Schleudersitz der abstürzenden Maschine.

Ein Forschungsraumschiff von Shantinar, die Largo-14, Kapitän Kort Nagar, unsichtbar im verwundbaren Tarnmodus fliegend, interessiert sich wegen der unerklärlichen Aussendung ebenfalls für das Schiff, nicht ahnend, dass es nur ein harmloses Seeziel für militärische Übungen ist. Zu spät erkennen sie die heranrasenden Kampfflugzeuge und werden getroffen. Ihr Hauptenergieleiter bricht, das Raumschiff stürzt ab und landet auf dem Grund der Ostsee. Die Shantis, eine lebend gebärende Echsenrasse, sind flugunfähig gestrandet.

Gerüchte über ein Ufo machen die Runde. Selbstverständlich glaubt niemand bei der Marine daran. Auch der MAD unternimmt alles, um unerwünschte Spekulationen zu unterdrücken.

Zusammen mit Mike Chester, irischer Abstammung, welcher den Absturz der Natomaschine überlebte, macht Dave sich auf die Suche nach dem von ihnen gesehenen, geheimnisvollen ›Schatten‹. Als sie das Raumschiff bei einem Tauchgang finden, holt man sie ins Innere. Um wieder behelfsmäßig flugfähig zu werden, benötigen die Shantis beachtliche Mengen an Kupfer. Dave und Mike besorgen das Metall. Mit dem Kapitän der Shantischiffes wird vorher vereinbart, dass sie, um dem MAD und CIA keinesfalls in die Hände zu fallen, anschließend zum Mars mitfliegen. Weiter schaft es der beschädigte Forschungsraumer nicht mehr.

Ihre einzige Hoffnung beruht auf der beim Einflug in das irdische System gefundenen untermarsianischen Anlage, die sich jeder Analyse entzog. Dabei entdeckten sie an einer Stelle der Oberfläche unbekannte Schriftzeichen. Mike hält diese für Jahrtausende alte Hieroglyphen.

Er möchte daraufhin von seinem Vetter zweiten Grades, Bill Skinner, einem Archäologen, Spezialist für altbabylonische und sumerische Schriften, Bücher zum Entschlüsseln der Symbole ausleihen. Doch der ahnt, um was es geht und begleitet ihn auf dem Flug zum Mars.

Auf dem Planeten angekomen, ist der Shantiraumer endgültig ein Wrack. Das Wasser der Ostsee beschädigte die Treibwerke erheblich. Zusammen mit Rijn Tubal, einer Shantiforscherin, entziffern sie die Zeichen für ›Tür‹ und ›öffnen‹. Dave, leidlich vertraut mit Meditationstechniken, gelingt es auf telephatischem Weg, Einlass in die Anlage zu erhalten. In einer unerwarteten ›Vision‹ verschmilzt er kurzzeitig gedanklich mit einem ursalanischen Großadmiral, der soeben mit seiner ›Todesflotte‹ den ›Feind‹ angreift. Dieses geschah vor rund achthunderttausend Jahren. Dave wird dabei ein Wissen übermittelt, das ihn teilweise befähigt, das Außenfort 17 der Marsfestung, von ihm Taran 17 genannt, in Grenzen zu beherrschen.

Er erfährt, dass die Ursalaner, von der gleichnamigen Welt stammend, gegen den ›Feind‹ überall in der Galaxie Abwehrforts errichteten, nachdem alles Leben in ihrem System vernichtet wurde. Niemand weiß, wer oder was der ›Feind‹ ist.

Taran 17 setzt die Largo-14 instand. Die Shanti, mit Ausnahmen von Rijn, fliegen ab, ohne zu ahnen, dass es auf Shantinar inzwischen einen Militärputsch gab. Der Anführer, Admiral Snerk Farl will die befreundete Leigronzivilisation erobern, ist aber derzeit nicht kampfstark genug. Sein Plan ist daher, die technisch rückständige Erde zu überfallen und als Geisel zu nehmen, um die Marsstation zu erpressen.

Derweil schult Taran 17 Dave und Mike, sodass sie in weitem Umfang ursalanische Rechner kommandieren können.

Anschließend wird Dave als scheinbarer ›Schiffbrüchiger‹ auf einer kleinen, unbewohnten Insel in der Ostsee ausgesetzt. Nach seiner Rettung gibt er an, dass er von Aliens entführt und auf deren Raumschiff gefangen gehalten wurde. Er weiß nicht, was aus Mike und Bill geworden ist.

Major Gubba, der kurz danach zum Freund wird, wirbt erfolgreich Personen für die Marsstation an.

Inzwischen greifen die Xsoor das ›Reich der Zwölf Sonnen‹ an. Eine in diesem Gebiet stationierte ursalanische Beobachtungssonde strahlt ein Alarmsignal aus, welches von Taran empfangen wird. Die Marsfestung muss aufgrund ihrer Programmierung alles unternehmen, was in ihrer Macht steht, um die Angreifer zu vernichten. Im ›Reich der Zwölf Sonnen‹ sind bereits zwei Welten zerstört, ehe die kleinen Kampfeinheiten aus den Hangars des Mars dort auftauchen. Zu ihrer Überraschung kommen von einer unbekannten, vollautomatischen Raumschiffswerft modernste, schwer bewaffnete Kampfschiffe hinzu und unterstellen sich Dave. Die Werft namens Milverduun empfing ebenfalls das Alarmzeichen und wartete nur auf bemannte ursalanische Einheiten, um diesen die Raumschiffe zur Verfügung zu stellen. Nach der Vernichtung der Invasoren fliegen Dave und seine Begleiter ab, ohne Kontakt mit den dortigen Eingeborenen aufzunehmen.

Der Seneschall

Wie Marionetten, deren Fäden gleichzeitig durchschnitten wurden, fiel der gesamte Hofstaat zu Boden, mit verrenkten Gliedern reglos liegen bleibend.

Noch immer lächelnd, in unbestimmte Fernen sehend, kippte die Kaiserin aus ihrem Thron langsam vornüber. Ihr funkelndes Diadem zersprang auf dem Marmorboden hell klingend in zwei Teile.

Auf allen Monitoren der Überwachungszentralen das gleiche Bild: Ob Mensch, ob Tier, sie lagen ausnahmslos tot auf dem Boden!

Vögel stürzten ab, zerschmetterten auf der Erde. Blut, wohin man sah. Ein feiner Nebel sank herab. Insekten, wie Fliegen, Bienen, Käfer oder Mücken, bedeckten nach kurzer Zeit das Land.

Von den Rechnern und Überwachungsstationen alarmierte Helfer fanden auf Ursalan kein Leben mehr.

Auf der ganzen Welt gab es nicht die geringste Spur einer einzigen, lebendigen Zelle! Von kleinsten Einzellern, von Viren, Bakterien, Pilzen, Kleingetier, über einfache Pflanzen bis hin zu riesigen Bäumen, alles abgestorben.

Meeresbewohner? Gleichgültig ob auf pflanzlicher oder tierischer Basis waren ausnahmslos verendet. Selbst in den tiefsten Schichten des Planeten existierte nicht einmal die winzigste Mikrobe.

Die Wurzeln der Gewächse nahmen kein Wasser mehr auf. Sie vertrockneten, genau wie die Leichen von Mensch und die Kadaver der Tiere. Durch das Fehlen von Mikroorganismen und Pilzen gab es weder Fäulnis noch Verwesung.

Ohne autorisierte Anweisungen und Befehle blieben die Rechner und Androiden untätig.

Fünf Tage später ...

Ein Blitzschlag genügte, um die ausgedorrten Pflanzen zu entzünden. Ursalan wurde zu einem gigantischen, brennenden Scheiterhaufen.

Danach kam der Regen. Ein schwarzes, schlammiges Leichentuch bedeckte gnädig die tote Welt.

Mit ihrem Heimatplanet fiel auch das gesamte System der Vernichtung anheim!

*

Stets von Neuem betrachtete Großseneschall, Duc de l'Achcon, die Aufzeichnungen. Und unablässig stellte er sich dieselbe Frage: Warum schätzten sie die Situation dermaßen falsch ein, nahmen die Gefahr, in der Ursalan schwebte, auf die leichte Schulter? Müde in seinen Kontursessel zurückgelehnt, schloss er die Augen und erinnerte sich ...

*

Die Sitzung des ›Kaiserlichen Rates‹ verlief, wie in Anwesenheit Ihrer Majestät nicht anders zu erwarten, gelassen und sachlich.

Links von ihr, an einem ovalen Tisch, saßen der Großseneschall und der Oberhofmeister, zu ihrer rechten Seite, der Obersthofmarschall sowie der Hauptmann der Garde, Mitglieder des Adels.

Gegenüber hatten ein Admiral und zwei Vizeadmirale, jeweils mit ihren Adjutanten, Platz genommen.

Freundlich an den Admiral ansprechend:

»Ich habe ihre Berichte gelesen, möchte aber aus ihrem Mund nicht nur eine Zusammenfassung, sondern auch ihre persönliche Ansicht zu dem Vorgang hören. Bitte sprechen Sie frei und offen, danke!«

»Eure Majestät, vor vier Tagen orteten wir in einer Entfernung von rund dreiundachtzig Lichtjahren das Raumschiff einer uns unbekannten Rasse. Es fliegt mit konstant fünfundneunzig Prozent Lichtgeschwindigkeit einen Kurs, welcher in etwa drei Lichtminuten, sofern keine Änderung der Flugrichtung eintritt, an Ursalan vorbeiführt. Die Größe des annähernd kugelförmigen Gebildes, es hat keine glatte Oberfläche, sondern unzählige Ausbuchtungen und Einkerbungen, beträgt im Mittel eintausend Kilometer. Eher ein fliegender Kleinplanet, denn ein Sternenschiff. Das Objekt reagiert auf keinerlei Kontaktversuche unsererseits. Eine unbewaffnete Sonde, unauffällig in die Flugbahn gelenkt, verging etwa hundert Kilometer vor dessen Äußeres in einem andauernd aufgebauten Schutzschirm. Dieser Schirm ist sowohl für unsere Ortungseinrichtungen als auch für Telepathie

10

undurchdringlich. Da es direkt auf das System zufliegt, rate ich zu seiner sofortigen Zerstörung! Aufgrund des Ausmaßes des Objektes ist, wenn es angreift, mit einer enormen Feuerleistung zu rechen!«

Mit besorgter Miene lehnte sich der Admiral zurück.

»Sind ihre Kollegen derselben Meinung?«

Die beiden Vizeadmirale nickten bestätigend. Vor ihnen leuchtete ein Hologramm auf, das Fremdschiff zeigend. Eiskalt fühlte die Kaiserin, wie es ihr den Rücken herunterlief. Für einen Moment verspürte sie grenzenlose Angst.

Gefasst wandte sie sich an den Seneschall:

»Monsieur Duc de l'Achcon, was ist ihre Meinung?«

»Ich denke, wir sollten unsererseits nicht sofort mit einem kriegerischen Akt beginnen. Herr Admiral, wie wäre es mit einem Schuss vor den Bug, mit einer Bombe die deutlich vor dem Schutzschirm, wenn auch mit hoher Sprengladung, explodiert?«

Bevor der Angesprochene antworten konnte, ergriff ihre Majestät erneut das Wort:

»Ich halte die Idee für gut! Können wir das gleich durchführen und das Ergebnis umgehend sehen?«

Der Admiral wandte sich seinem Adjutanten zu:

»Kontakt zum leitenten Flottenadmiral aufnehmen und Anfrage stellen!«

Keine zwei Minuten später erfolgte die Antwort:

»Sofort ausführbar! Welche Stärke wünschen Sie?«

»Mittlere Sprengkraft, wir wollen unsere tatsächliche Kampfstärke keinesfalls zu früh aufdecken. Positionieren Sie einen Zerstörer der Kalron-Klasse in drei Lichtsekunden Abstand seitlich zum Ziel. Danach Feuer frei!«

Gespannt verfolgte der ›Kaiserliche Rat‹ das Manöver. Der Kreuzer feuerte. Sekunden später vernichtete ihn ein ungeheurer Feuerstoß aus einem der Geschütze des Objektes, welches unbeirrt weiterflog.

Ohne sich mit dem Rat abzustimmen gab der Admiral den Befehl:

»Alle Schiffe sofort auf einen Mindestabstand von einer Lichtminute! Ausführen!«

Beherrscht sprach er die Kaiserin an:

»Ich schlage einen zweiten Versuch vor. Gleichzeitiger Angriff von fünfhundert Panzerschiffen der Kothran-Klasse. Sie haben die stabilsten Abwehrschirme und nahezu die gleiche Feuerkraft wie die Schlachtschiffe. Feuereröffnung aus einer Entfernung von 10 Lichtsekunden!«

Zögernd stimmte die Kaiserin zu:

»Alles aus verschiedenen Positionen genau aufzeichnen! Ich wünsche, dass unsere Großrechner anschließend eine ausführliche Analyse des Geschehens vornehmen! Wie lange benötigen Sie für das Manöver?«

Der Flottenadmiral wandte sich an seinen Schiffsrechner.

»Feuerbereitschaft in sieben Minuten, Eure Majestät!«, meldete er.

»Gut Herr Admiral, handeln Sie nach eigenem Ermessen!«

Der Rat beobachtete aufmerksam die in der Schiffszentrale ablaufenden Ereignisse. Nach der genannten Zeit feuerten die Panzerschiffe mit höchster Leistung. Danach besaß Ursalan fünfhundert Schiffe samt Besatzungen weniger.

Müde erhob sich die Kaiserin:

»Meine Herren, keine weiteren Aktivitäten bis zur Auswertung des Geschehens!«

*

Vorläufig begnügten sie sich mit der Beobachtung des ›Feindes‹, wie sie das fremde Raumschiff neuerdings nannten.

Und entwarfen Pläne.

Wie sie nach intensiver Suche feststellten, tausende von Sonden durchsuchten gezielt ihre Galaxie, gab es noch mehr ›Feinde‹.

Sie beschlossen mehrgleisig zu fahren.

Als Erstes erwählten sie einen urwüchsigen Planet, weitab des georteten ›Feindes‹, welcher im schlimmsten sich vorzustellenden Fall ihre zukünftige Heimat werden sollte. Sie nannten ihn Ursalan II.

Zweitens installierten sie, ebenfalls weit auseinander liegend, auf zwei nicht von Lebewesen bewohnten Welten, gigantische, vollautomatische Raumschiffswerften.

In vielen Sonnensystemen, die Leben trugen oder voraussichtlich welches tragen würden, errichteten sie, zusammen mit

12

befreundeten Sternenvölkern, Abwehrstationen mit höchster Feuerleistung, versehen mit einigen Raumschiffen.

Als Letztes entsandten sie selbstständig handelnde Überwachungssonden in die Randgebiete zahlreicher Systeme.

Der Rechner auf Ursalan II entsprach genau dem auf ihrer Heimatwelt und koordinierte zusätzlich auch die Abwehr des ›Feindes‹.

Ob absichtlich oder nicht, Fehler oder Sabotage, niemand bemerkte es, reagierte diese Anlage lediglich auf Anweisungen höchster Militärs. Zivilisten, selbst in den obersten Adelsrängen, einschließlich der Kaiserin, konnten ihn keinesfalls kommandieren!

Jahr um Jahr verstrich. Da sich der ›Feind‹ unauffällig verhielt, verschwand er aus dem Visier der normalen Menschen. Die andauernde Bedrohung, wurde zur Gewohnheit, mit der Zeit als gering erachtet.

Da der Feind, solange er in Ruhe gelassen wurde, von sich aus nichts gegen die Ursalaner unternahm, gingen sie davon aus, dass dieser das System durchqueren würde, ohne einen Schaden anzurichten.

Je lethargischer sich die Bevölkerung verhielt, desto emsiger arbeiteten die Militärs, Forscher und Wissenschaftler. Werft um Werft, Festung um Festung, Schlachtschiff um Schlachtschiff entstanden.

Ununterbrochen verbessert, stets kampfstärker werdend. Eine auf lange Sicht angelegte Strategie. Sie würden die ›Feinde‹ vernichten! Und wenn es Jahrhunderte dauern würde!

Der Seneschall übernahm, bis zum Eintreffen der Kaiserin, die Regierungsgewalt über Ursalan II. Was nicht viel bedeutete. Klare Vorgaben, unter Kontrolle der Rechner, sorgten dafür, dass alles plangemäß umgesetzt wurde.

Schließlich war es soweit. Der Umzug, genauer die Evakuierung Ursalans, sollte erfolgen.

Aber ihre Majestät ignorierte die Gefahr. Sie weigerte sich, ihre Welt zu verlassen, ging mit schlechtem Beispiel voran. Als sie zur Umsiedlung aufgefordert wurde, entgegnete sie:

»Meine Herren, ich glaube, dass die Bedrohung, die vom angeblichen ›Feind‹ ausgeht, maßlos übertrieben ist! Er stellt nichts als einen überwiegend inaktiven Metallklotz dar, welcher zufällig unser System durchfliegt! Ich werde hierbleiben!«

Ihre letzte Fehlentscheidung. Als das feindliche Schiff den Punkt des kürzesten Abstandes zu Ursalan erreichte, schlug es zu! Übrig blieb eine tote Welt!

*

Wut, Hass und Rachegedanken erfüllte die Besatzungen der zehntausend angreifenden Schlachtraumer. Der ›Feind‹ verging! Und mit ihm die ursalanische Flotte!

Welch ein hoher Preis für die Vernichtung eines einzigen ›Feindes!‹

Aber eine Erkenntnis gewannen sie: Ihr Gegner war besiegbar.

Ab sofort ging es darum, die eigenen Verluste an Menschenleben so klein wie möglich zu halten.

Also wurde ein vollautomatischer Schiffsverband, sicherheitshalber dieses Mal aus zwölftausend Schiffen bestehend, ausgesandt. Keiner der Raumer hielt dem Gegenschlag stand! Ungerührt flog das Ziel weiter, nicht den Bruchteil eines Grades aus dem Kurs gebracht.

Jetzt wollten sie es wissen! Eine ›Todesflotte‹, die Besatzungen bereiteten sich darauf vor, ihr Leben zu opfern, griff erneut an. Der ›Feind‹ verging beim Angriff! Die ursalanische Flotte verschwand ebenfalls.

Auch wenn sie im Laufe der Jahrhunderte ihre Schlagkraft verbesserten, ihre Taktik verfeinerten, gab es keine Lösung als Leben gegen Leben.

Und so produzierten sie weitere ›Todesflotten‹. Zerstörten Feind um Feind, doch um welchen Preis?

Mit der Zeit fanden sich immer weniger Ursalaner bereit, ihr Dasein zu opfern, um andere Zivilisationen zu retten.

Trotzdem bauten sie auf vielen Welten in ihrer Galaxie kampfstarke Bollwerke.

Für wen? Die Flotten Ursalans verloren sich in den Tiefen des Alls. Zweihunderttausend Jahre nach dem Untergang ihres Systems, erloschen die letzten Hyperfunksprüche, verschwanden die Echos der Triebwerke. Besiegt von der Zeit und der Unendlichkeit des Universums!

*

Achthunderttausend Jahre verstrichen.

Noch immer versah Großeneschall Duc de l'Achcon seinen Dienst. Unregelmäßig, alle paar Jahrtausende für wenige Tage geweckt, überstand er die Zeit.

Die Menschen auf Ursalan II wussten nichts von ihm, vergaßen ihre eigene Vergangenheit. Unauffällig unter ihnen lebende Androiden sorgten entsprechend ihren Anweisungen dafür, dass es zu keinen Kriegen kam, sodass die Bevölkerung erhalten blieb.

Tief im Untergrund versteckte Neutronenabsorber verhinderten zuverlässig, dass die Kraft des Atoms erneut entfesselt wurde.

Er selbst wohnte auf einem winzigen Kontinent, kaum dreihundert Kilometer durchmessend, von einem Ringgebirge umgeben. Auf Geheiß der Kaiserin errichteten sie inmitten dieses Eilandes die für den Extremfall gedachte neue Hauptstadt des Reiches.

Wenige Jahrhunderte genügten, und die Menschen zogen auf die viel größeren Raum bietenden Erdteile, gründeten weitere Zivilisationen und vergaßen.

Nach kurzer Zeit erinnerte sich niemand an das geplante Zentrum des zweiten Imperiums, auch nicht mehr an die gigantischen Rechner, Kraftwerke und Raumabwehrforts, welche tief unter der Stadt verborgen einsatzbereit warteten.

Und sie wussten nichts von den ›Schläfern‹, welche, seit Ewigkeiten, immer wieder ergänzt durch weitere Personen, auf den Tag ihres Einsatzes warteten, um die Schiffe Ursalans zu bemannen und gegen den ›Feind‹ in den Kampf zu ziehen.

»Sie wünschen, Eure Exzellenz?«

Auf einen Wink trat sein privater Androide heran.

»Ich bin müde! Bringe mich bitte ...«

Tiefrotes Licht ersetzte das Tageslicht, Sirenen ertönten, Bildschirme, bisher unsichtbar, schalteten sich ein und zeigten ...!

Er glaubte, seinen Augen nicht zu trauen, das Herz blieb ihm vor Schreck fast stehen. Er bedurfte der Meldung des Rechners kaum mehr.

»Feindschiff im Anflug! Vorläufig geschätzte Ankunftszeit in 43,7 Jahren! Umgehend Kommandoübernahme durch einen Raumadmiral erforderlich!«

›Aus, alles aus!‹, lauteten seine entsetzten Gedanken. Hier gab es weit und breit keinen befehlsberechtigten Offizier! Und ohne dessen ausdrückliche Anordnung konnte er auch niemals einen Hilferuf absetzen. Ortungssicherheit als höchste Priorität.

Hellsichtig erkannt er, dass dies endgültig das Ende Ursalans war. Ein Plan ›B‹ existierte nicht.

Ursalan II war verloren, die gesamte Bevölkerung, sowie die ›Schläfer‹.

Gebrochen, am Boden zerstört, wandte er sich an den Androiden.

»Bringe mich bitte in meine Schlafkapsel! Du brauchst mich nie mehr zu wecken!«

Noch einmal würde er erwachen. In einer anderen Welt und dort seine Kaiserin wiedersehen.

Großseneschall Duc de l'Achcon konnte dies kaum mehr erwarten.

Shantinar

»Sie wollen mir allen Ernstes erzählen, dass wir die marsianische Legierung weder analysieren, noch nachbauen können? Was denken Sie, wird Großadmiral Snerk Farl nach seiner Rückkehr dazu sagen?«

Gelassen erwiderte Professor Kurtan, Chefphysiker und Leiter des Akademischen Rates, den Blick des erbosten Admirals. Nachdenklich entgegnete er:

»Glauben Sie angesichts der aktuellen Lage der Dinge, dass ihr Vorgesetzter jemals wiederkommt?«

Während der Angesprochene hochrot anlief, zu einer geharnischten Antwort ansetzen wollte, sprach der Gelehrte geduldig weiter:

»Die Legierung des erneuerten Energieleiters beweist, dass die Technik der Marsfestung uns um Jahrhunderte, vermutlich eher um Jahrtausende voraus ist! Auf Shantinar unendlich wertvolles Kupfer bedeutet dort wenig, sie verwenden zudem überall bessere Materialien. Der Rechner eines harmlosen Außenforts setzte ein ihm bisher völlig unbekanntes Raumschiff quasi so nebenbei instand. Das Material der Festung? Unsere Forscher sahen sich nicht im Geringsten in der Lage, davon eine Probe zu entnehmen! Glauben Sie, dass ihr Großadmiral, wenn er denn jemals das gesuchte System findet, gegen diese Übertechnik auch nur den Hauch einer Chance besitzt? Er wird geortet und vernichtet werden, bevor er weiß, was ihm geschieht. Die wiedererwachte Station wird einen Identifikationscode höchster Verschlüsselung verlangen! Sofern sie den nicht erhält, wird sie systemfremde Schiffe gnadenlos eliminieren! Aber ich denke kaum, dass es so weit kommt!«

Admiral Snurf war inzwischen totenblass geworden. So hatte bisher niemand die Situation eingeschätzt.

Leise, mit brüchiger Stimme: »Wieso glauben sie nicht, dass dies geschehen wird?«

Müde sah ihn der Gelehrte an.

»Sie halten sich für einen fähigen Offizier, mit bester militärischer Ausbildung und logischer Denkweise, oder? Wie kamen Sie und die völlig überhastet aufgebrochene Flotte auf die Idee, dass die Largo-14 die echten galaktischen Positionsdaten des

Mars besitzt? Der marsianische Rechner tauschte sie unter Garantie gegen modifizierte, für uns ganz und gar verhängnisvolle Werte aus! Überlegen Sie einmal! Auch unsere Forschungsschiffe setzen normalerweise alles daran, dass die Position Shantinars fremden Zivilisationen keinesfalls bekannt wird! Warum sollen andere Militärs nicht in den gleichen Bahnen denken? Berücksichtigten Sie und ihre Kollegen je, dass die Marsanlage nur auf Telepathie reagiert? Dies ist ein weiteres Indiz für eine absolute Hochtechnologie! Ohne eine schlagkräftige Flotte sind wir wehrlos! Hoffen Sie, das es niemand unserer raumfahrenden Nachbarn und Konkurrenten bemerkt!«

Totenblass saß der Admiral am runden Tisch des akademischen Rates, die fragenden, auf ihn gerichteten Blicke kaum bemerkend.

Wenn das dem ›Rat der Sieben‹ Leigrons bekannt würde, die möglicherweise zu den gleichen Schlüssen gelangten, befand sich Shantinar in höchster Gefahr!

Jetzt war die Metalllegierung plötzlich nebensächlich, ab sofort ging es um Alles oder Nichts! Seinen ersten Einfall, die Gelehrten umgehend in Haft zu nehmen, verwarf er resigniert. Ganz gewiss diskutierten diese seit Längerem mit weiteren Kollegen das Thema durch, kamen gemeinsam zur vorliegenden Einschätzung, sonst träte der Professor kaum derart selbstsicher auf. Zu viele wussten bereits davon.

Nicht abzusehen von dem Aufsehen, welches solch ein Schritt ausgelöst hätte. Die Aufmerksamkeit Leigrons würde erst recht geweckt! Er erhob sich, wohl wissend, dass es längst zu spät war:

»Meine Herren, ich werde die Angelegenheit umgehend dem Militärrat vortragen. Sie stehen ab sofort unter Kriegsrecht und dürfen zu niemandem über ihre Überlegungen sprechen! Weitere Diskussionen zu diesem Thema müssen unbedingt unterbleiben. Sie erhalten hierzu demnächst genauere Anweisungen! Guten Tag!«

*

Wie zu erwarten lagen sich die höchsten Militärs prompt in den Haaren, auch wenn sie, als Echsen, nicht ein einziges besaßen. Nur eine ledrige, mit feinen Schuppen bedeckte Haut.

*V*on überheblicher Ignoranz bis zu tiefstem Erschrecken, von Sachlichkeit bis zum hysterischen Gekreische, von maßloser Wut bis hin zu bitterer Resignation erfüllt, kamen die Herren, von ihren Adjutanten umsorgt, zu keiner allseits gefälligen Lösung.

Mühsam einigten sie sich auf ein paar Kompromisse:

Jeder ausgemusterte Raumer sollte, gleichgültig wie alt, erneut einsatzbereit gemacht werden. Die Bewaffnung der Schiffe mussten sie verbessern und, auch wenn dies am schwersten schien, die Produktionszahlen von Raumschiffen mit Einsatz jeglichen zur Verfügung stehenden Kräften drastisch steigern.

Für am vordringlichsten hielten sie es, dafür zu sorgen, dass die Botschaft Leigrons nichts von alledem erfuhr. Höchste Geheimhaltung war angesagt!

Als sie auseinandergehen wollten, meldete sich verschüchtert ein Oberst zu Wort:

»Admiral Snurf, bitte, ...«

Unwillig wandte sich sein Vorgesetzter ihm zu:

»Ja? Was noch? Sprechen Sie!«

Nervös schluckte der Offizier.

»Das von der Largo-14 angekündigte Marsschiff. Wie sollen wir vorgehen, wen dieses kommt?«

Mist! Das hatten sie völlig vergessen!

Erneut lagen sich die Militärs in den Haaren. Angesichts der wenigen Kampfschiffe, welche sie noch besaßen, gab es nur eines:

»Wir werden das Schiff abfangen und ohne Warnung vernichten! Gleichzeitige Feuereröffnung aller unserer Einheiten! Eine Kontaktaufnahme der Terraner mit Leigron ist unbedingt zu verhindern!«

*

Wie gewohnt hörte die offiziell nicht existierende, stets geleugnete Spionageabteilung in dem Botschaftsgebäude Leigrons den Nachrichtenverkehr der Shanthimilitärs ab. Und zählte zwei und zwei zusammen. Und sendete, sehr zum Ärger der Shanthis, einen hochverschlüsselten, unmöglich zu knackenden Bericht an ihre Heimatwelt.

Ein paar eingeborene Verräter, welche dringend Geld benötigten, sowie umgehend gezielt eingesetzte Spione, ergaben alsbald ein klares Bild der Situation auf Shantinar. Die Besatzung des Forschungsraumers Largo-14, interniert in einem Militärlager, wurde über in das Wachpersonal unauffällig eingeschleuste Agenten heimlich ausgefragt. Innerhalb weniger Tage zeichnete sich eine völlig andere Darstellung des solaren Systems ab, als die offizielle Propaganda verkündete. Was zum nächsten Bericht und steigender Sorge bei den Militärs Shantinars führte. Sie konnten den Funkspruch der Botschaft zwar anpeilen und aufzeichnen, doch die von den Humanoiden Leigrons angewandte Verschlüsselungstechnik entzog sich allen ihren Versuchen, diese zu dechiffrieren.

*

Längst war dem ›Rat der Sieben‹ klar, dass die Shantis es auf ihre wasserreichen Welten abgesehen hatten, natürlich ohne die dort lebenden Humanoiden.

Derzeit reichte die Kampfkraft der Echsen keinesfalls für einen Erfolg versprechenden Angriff auf die Leigronzivilisation aus. Ein geballter Gegenschlag der Leigronflotte und Shantinar war verloren. Nicht umsonst brach Großadmiral Snerk Farl zum Mars auf, um eine Waffe gegen Leigron in die Hand zu bekommen. Dauernd flogen die Foschungsraumer der Shanti Sonnensysteme an, genau wie ihre eigenen Schiffe, doch stießen sie bisher nie auf Intelligenzen mit überlichtschnellen, ihnen an Kampfkraft weit überlegen Einheiten. Selbst wenn die Marsbesatzung zum Zeitpunkt des Besuches der Largo-14 nur wenige Menschen umfasste, wer wusste, wie viele von denen inzwischen die Kampfschiffe steuern konnten? Die Forscher Shantinars bekamen nur ein kleines Außenfort zu sehen. Taran 17. Wie viele derartige Forts gab es? Und die marsianische Zentraleinheit? Nichts war über sie bekannt! Sahen sich die Erdenmenschen mittlerweile imstande, auch diese Zentrale in Betrieb nehmen?

Im Gegensatz zu dem wie aufgescheuchte Hühner gackernden Militärrat analysierten die sieben Vertreterinnen der Systeme Leigrons, das vorliegende Material in Ruhe und Gelassenheit.

Und beschlossen, vorerst abzuwarten. Die heimlichen Aussagen Kort Nagars ergaben eindeutig: Selbst wenn sich die Positionsdaten des Solsystems, entgegen aller Annahmen, als korrekt darstellten, gegen die marsianische Technik kam Großadmiral Snerk Farl garantiert nicht an. Sein überhasteter Aufbruch, aus Gier und Größenwahn heraus, würde ihm nur Tod und Verderben bringen!

Eine Handvoll Schiffe im interstellaren Raum, weit um Shantinar herum verteilt, mussten das angekündigte Marsschiff rechtzeitig warnen, ehe es arglos in eine Falle tappte, was allerdings kaum zu erwarten war.

Für den ›Rat der Sieben‹ gab es aus ihrer Sicht der Dinge keinen Grund zur Sorge. Da eine Shanthiforscherin nach wie vor auf Taran 17 weilte, das Shanthischiff vom Marsrechner, vor allem, was dessen Datenspeicher anbetraf, gründlich untersucht, sprich hundertprozentig schamlos kopiert und ausgewertet wurde, kannten die Menschen die Shantis in- und auswendig. Außerdem, wer wollte mit Sicherheit sagen, dass die Largo-14 an Bord oder an versteckten Stellen der Schiffshülle, keine unerwünschten kleine elektronische Geräte nach Shantinar einschleppte? Natürlich ohne Wissen der Besatzung, welche heilfroh war, mit ihrem havarierten Schiff nach Hause zu gelangen, und nicht weiter nachdachte?

Vielleicht befanden sich bereits unsichtbar Spionagesonden im Raum um ihre Welt? Flogen diese der Largo-14 voraus? Immerhin wies die Marstation die Shantis klar auf ihre, in deren Augen recht primitive Raumfahrttechnik hin.

Ehrlicherweise gestand sich der ›Rat der Sieben‹ ein, dass ihre eigene Technik auch nicht viel besser dastand. Also: Abwarten!

*

Äußerst zufrieden, lehnte sich Admiral Snerk Farl im Kontursessel zurück.

Bald würde sein Traum von der Beherrschung der Galaxie, vordringlich die der Leigronzivilisation und der Marsanlage, in Erfüllung gehen. Danach kam nur noch ein kleiner Schritt zum Kaiser aller Shantis!

Die Humanoiden? Leigron? Terra? Sie mussten vernichtet werden! Sämtliche Wasserwelten allein für sein Volk!

Ein Blick auf die Konsole vor ihm, im Steuerraum der ›Shantinar I‹, dem Flaggschiff, zeigte den planmäßigen Verlauf des Angriffs. In zehn Minuten würden die Schlachtraumer, eine gewaltige Flotte aus über hundertfünfzig Einheiten, im Normalraum, höchsten dreißig Lichtsekunden von Terra entfernt, aus dem Hyperraum auftauchen. Die Erde, wie die Menschen ihren Planeten nannten, stünde danach genau zwischen ihnen und der Marsanlage. Bevor diese reagieren konnte, hatten seine Schiffe diese Welt längst eingeschlossen, als Geisel genommen.

»Countdown bis zum Austritt: 10 - 9 - 8- ...«

Er hörte gar nicht zu, schwelgte gedanklich in dem demnächst erfolgenden Triumph.

»... 1 - 0!«

Erschrocken, gleich darauf zutiefst entsetzt, fuhr er hoch.

Vor ihm ...

Das nervtötende Heulen der Sirenen, die sich überschlagenden Alarmmmeldungen, betätigten nur die Katastrophe!

Vor ihm, exakt in ihrer Flugrichtung, lag ein schwarzes Loch. Nichts war zu erkennen außer einem kaum sichtbaren, dunkelroten Glühen an dessen Rändern. Und es griff unerbittlich nach ihnen.

Die kleinsten Einheiten der Flotte konnten den auf sie einwirken Gravitationskräften gerade mal eine Sekunde lang widerstehen, ehe sie zermalmt wurden. Das Flaggschiff? Die Steuerrechner führten die gesamte Leistung der Energiemeiler den Schutzschirmen zu, entzogen sie den Triebwerken. An ein Entkommen war nicht zu denken.

Hellsichtig erkannte er in den letzten Augenblicken seines Lebens den grundlegenden Fehler: Das Forschungsschiff der Shantis wurde von der Marswerft instand gesetzt, dabei die Positionsdaten von Mars und Erde geändert. Er hätte es sich leicht ausrechnen können! So wenig wie er jemals irgendeinem vertraute, genauso argwöhnisch handelten die Erdenmenschen!

Misstrauen gegenüber anderen als oberstes Prinzip!

Danach dachte er nichts mehr.

*

Die Sonde, mit genügend Sicherheitsabstand zum Schwarzen Loch positioniert, lieferte hervorragende Aufnahmen vom Untergang der Shantiflotte.

Betroffen verfolgte die Marsbesatzung in Taran 17 das Geschehen.

»Sie haben es nicht anders verdient!«

Daves Kommentar kam hart und kalt.

»Dank verschiedener Spionagesonden wissen wir genau, dass Snerk Farl die Menschen sowohl auf der Erde als auch auf Leigron gnadenlos ausrotten wollte! In den nächsten Tagen wird Mike mit Rijn Tubal und seinem Vetter Bill Shantinar anfliegen. Vordergründig, um sie zurückzubringen und um unsere Freunde von der Largo-14 unter Kapitän Kort Nagar wie versprochen zu besuchen! Wenn wir angegriffen werden, verlieren die Shantis dabei ihre letzten Kampfschiffe. Danach wird der ›Rat der Ältesten‹ erneut eingesetzt, das Militär aufgelöst. Im Shanthisystem und dazugehörigen sonstigen Systemen, sofern es dort keine unterdrückten Eingeborenen gibt, installieren wir eine überwiegend androidengesteuerte Schutzflotte. Nach der Kontaktaufnahme mit Leigron bieten wir denen ebenfalls unseren Schutz an, vorausgesetzt, dass diese bereit sind, ihre bewaffneten Einheiten zu verschrotten. In ein paar Wochen wird Mike die Gelegenheit bekommen, Prinzessin Alina zu besuchen. Für das ›Reich der 12 Sonnen‹ gilt es dann gleichfalls: keine Militärs! Alle Imperien zusammen, sollen, wenn sie mitmachen, einen übergeordneten ›Sternenrat‹ unter der Oberhoheit Ursalans bilden! Terra und Mars werden nicht erwähnt! Nur Ursalan, ohne dessen galaktische Position preiszugeben.«

Erheitert beobachtete Dave die verblüfften Gesichter rundum. Zum ersten Male hatte er grob umrissen, wie er sich die Zukunft vorstellte.

»Bevor ihr lange fragt: Mit Taran und ein paar Politologen haben wurde dies vorerst so entworfen, Einzelheiten diskutieren wir später gemeinsam!«

*

»Mike, Du nimmst bitte die ›Gungnir‹! Ein Zerstörer der Kalron-Klasse, Standardversion mit gerade mal 250 m, genügt völlig. Offiziell fungierst Du als einfacher Raumkapitän, der Rijn, wie versprochen, nach Hause bringt! Sie erhält ohne ihr Wissen falsche Erinnerungen, die deinen wirklichen Rang nicht enthalten. Im Abstand von einer Lichtstunde gehen drei Kreuzer der Porca-Klasse in Stellung, nur für den Fall der Fälle! Abflug in fünf Tagen. Aine wird als deine erste Offizierin ausgegeben. Sie wird die Shantis telephatisch abhören und Dich laufend abhörsicher informieren. Stelle Dir eine angemessene Besatzung zusammen, immerhin treten wir erstmalig in diplomatischer Mission auf und sollten etwas darstellen. Alles klar?«

Mike nickte zustimmend und verschwand. Dave fuhr fort:

»Hathor, Isabelle und ich fliegen demnächst mit der Tourendal nach Milverduun. Zum einen will ich das Werk persönlich kennenlernen, zum anderen möchte ich mit dem dortigen Großrechner ein paar Ideen diskutieren. Absolut abhörsicher! Ralf übernimmt das Kommando über Taran 17 und sieht zu, dass im Andental nichts schiefläuft. Irgendwelche Einwände?«

Taran 17 meldete sich aufgeregt, recht ungewohnt für einen kühl und emotionslos handelnden Computer:

»Sir! Sie müssen unbedingt mit angemessenem Begleitschutz fliegen! In Milverduun startet soeben eine Einheit von zehn Schlachtschiffen der Sirlan-Klasse! Aufgrund aktuellster Auswertungen von Taran und Milverduun, ihr Verhalten und ihre Pläne für die Zukunft werden laufend analysiert, erfolgt ihre Erhebung, nach Ankunft der Schiffe, in den Dienstgrad eines Großadmirals. Danach sind Sie berechtigt, jeden funktionsfähigen Rechner Ursalans zu kommandieren! Für eine Person ihres Ranges gelten höchste Sicherheitsvorschriften! Zudem ist es Ihnen nicht mehr erlaubt, die Erde anzufliegen! Ihr Schutz ist dort keinesfalls ausreichend gewährleistet!«

Dave griff sich fassungslos an den Kopf. Hatten diese Blechbüchsen noch alle? Bereits nach der Aktion gegen die Xsoor ließen sie ihn nicht mehr mit der Thule, einer kleinen Korvette losfliegen. Viel zu gefährlich! Bevor er Einspruch erheben konnte, meldete sich die Hauptzentrale Taran in begütigendem Tonfall zu Wort:

»Sir! Aufgrund unseren Analysen existieren nach wie vor weitere ›Feinde‹. Den Einsatz einer Todesflotte, welche von einem Admiral befehligt wird, kann nur von einer Rangstufe ab Großadmiral angeordnet werden. Grundlegende, nicht ver-änderbare Programmierung!«

Jetzt ergriff in Neugier: »Gibt es noch höhere Ränge?«

»Jawohl, Sir! Der oberste militärische Befehlshaber in der Raumflotte ist, sofern ernannt, ein Generaladmiral. Er unterstand nur der Kaiserin! Seine Anweisungen erhielt er über den

24

Großseneschall. Dieser, als Nichtmilitär, besaß keinerlei Befugnis, Kampfrechner zu kommandieren!«

Sieh mal einer an! Ursalan wurde früher also von einer kaiserlichen Majestät regiert! Sehr interessant! Außerdem, die Befehlshaber schienen sich abgesichert zu haben. Keine Kommandoberechtigung für Zivilisten. Offenkundig konnte nicht einmal die Kaiserin militärische Operationen direkt anordnen. Nur als Vorgesetzte über die Admirale.

Was sollte es, Schnee von gestern!

»Einverstanden, Taran! Wann treffen Milverduuns Schiffe ein?«

»In zweiunddreißig Stunden erfolgt Austritt aus dem Hyperflug in einem Abstand von zwei Lichtminuten außerhalb der Marsbahn, damit die auftretende Schockwellen sich nicht auf die Erde auswirken!«

Sehr rücksichtsvoll von Milverduun, dachte Dave.

Nur er selbst zog mal wieder die Arschkarte. Gefangener seines Ranges mit jeder Menge Kindermädchen.

Seufzend wandte er sich ab.

*

Im ›Rat der Sieben‹ ging es hoch her. Entgegen der bisherigen Haltung, vorerst abzuwarten, kamen immer mehr besorgte Stimmen auf. Was tun?

Angreifen, das angekündigte Marsschiff abfangen, oder besser, weiterhin nur beobachten?

Letztendlich erzielten sie einen Kompromiss. Sie wollten schleunigst die Kriegsschiffe Leigrons bemannen, starten und an der Systemgrenze Richtung Shantinar in Alarmbereitschaft aufstellen. Sollte der Marsraumer nicht innerhalb einer konkreten Frist auftauchen, musste ihre Flotte losschlagen, bevor Admiral Snerk Farl mit unbekannten Waffen aus dem Solarsystem zurückkam. Die Heimatwelt der Shantis als Faustpfand ergab eine sichere Basis für Verhandlungen!

Zufrieden wollten sie die Versammlung auflösen, als eine Kurierin hereinstürmte, aufgeregt der Vorsitzenden ein Dokument reichend.

»Edle Dame Lady Xern! Wir erhielten soeben erneute Informationen aus der Botschaft von Shantinar! Wenn Sie bitte lesen würden?«

In Ruhe studierte sie das Schreiben, um sich danach ihren gespannt wartenden Kolleginnen zuzuwenden.

»Das ändert die gesamte Sachlage! Hier, lest selbst!«

Mit diesen Worten reichte sie das Dokument ihrer Nachbarin zur Rechten weiter.

Die anderen warteten geduldig ab, bis es auch die Letzte gelesen hatte.

Alle ihre Pläne erwiesen sich als Makulatur! Ihr Zögern hatte verhängnisvolle Auswirkungen: Das Marsschiff war da!

*

»Ursalanisches Botschafterschiff, Kapitän Mike Chester, an Shantinar! Bitten um Landeerlaubnis und um Kontaktaufnahme mit dem ›Rat der Ältesten‹!«

Auf der ihnen von der Largo-14 her bekannten Anruffrequenz strahlten sie mehrmals ihre Nachricht ab. Nur Ton, ohne Bild, übersetzt in die Sprache der Shanti per Computer, was seit dem Besuch des Forschungsschiffes auf dem Mars perfekt gelang.

Einige Minuten später, eine ungewöhnlich lange Reaktionszeit für eine raumfahrende Rasse, kam die Antwort:

»Stoppen Sie sofort ihren Anflug! Eine Landung wird nicht gestattet! Sie werden arretiert! Shantinar steht unter Kriegsrecht! Ein Prisenkommando kommt an Bord und übernimmt die Kontrolle über ihr Schiff!«

Mike nahm telepathisch Kontakt mit Aine auf und wies sie an, die ›Gungnir‹ auf Stillstand abzubremsen, allerdings langsam. Danach entgegnete er kühl:

»Dies ist ein neutrales Raumschiff! Wir stehen nicht im Krieg mit Ihnen! Sollten Sie gewaltsam einzudringen versuchen, beziehungsweise uns angreifen, werden wir uns entsprechend wehren!«

Anscheinend überraschten sie Militärs völlig, denn wiederum dauerte es einige Zeit, ehe eine Antwort kam. Der Grund hierfür zeigte sich alsbald. Die Bodenstation, oder was das auch war, wollte nur Zeit gewinnen, um ihre eigenen Schiffe in Position zu bringen. Von allen Seiten tauchten Shantiraumer auf, welche sie in respektvollem Abstand einkreisten.

Höhnisch triumphierend: »Sie sind umstellt und haben keine Chance mehr! Ergeben Sie sich umgehend!«

Mike sah es gelassen. Die paar Schiffchen, immerhin nahm Admiral Snerk Farl die wirklich kampfstarken Einheiten komplett in seiner Invasionsflotte mit, waren nach ursalanischen Maßstäben harmlos und bedeuteten keinerlei Gefahr.

»Ich wiederhole: Wir werden uns nicht ergeben, Eine Feuereröffnung ihrerseits wird als feindlicher Akt interpretiert und mit einem sofortigen Gegenschlag beantwortet! Ziehen Sie ihre Schiffe zurück!«

Seine Antwort beeindruckte die Shantis keineswegs, eher reizte es sie zum Lachen. Ein Raumer gegen neunzehn. Nahezu gleichzeitig griffen sie an. Kaum eine Sekunde später besaßen sie keine Kriegsschiffe mehr!

*

Admiral Snurf war tief besorgt. Behielten die Gelehrten recht? Statt der Nachricht, dass ihre Flotte das terranische System erfolgreich einnahm, erschien das Marsschiff, welches die Largo-14 angekündigt hatte.

Wo bei allen Shantigöttern war ihre Armada abgeblieben?

Er gab dem Kontaktoffizier im Funkleitraum, der mit dem Fremdschiff sprach, leise die Anweisung:

»Hinhalten bis unsere Kampfeinheiten in Stellung sind!«

Als sich der Kapitän des ursalanischen Schiffes - was und wo war Ursalan? Er hätte sich vielleicht doch genauer informieren sollen, aber niemand sah den Bericht der Largo-14 als bedrohlich an - weiterhin weigerte, sich zu ergeben, erteilte er den Angriffsbefehl.

Entsetzt nahm er das Ergebnis zur Kenntnis. Und den darauffolgenden Funkspruch:

»Mike Chester an den Militärrat! Sie sind abgesetzt und werden sich für ihren Putsch gegen die zivile Regierung verantworten müssen! Das Shantimilitär wird aufgelöst! Wir landen auf dem Flugfeld nahe ihrer Hauptstadt! Jeder Widerstand ihrerseits wird gewaltsam gebrochen! Gehen Sie unseren Kampfeinheiten aus dem Weg!«

*

Kort Nagar, einst Kapitän der Forschungsraumers Largo-14, nach seiner Rückkehr aus dem Terrasystem wegen Hochverrats samt Besatzung verhaftet, vorübergehend zu Propagandazwecken freigelassen, danach wiederum auf einem abgelegenen Militärststützpunkt interniert, glaubte seinen Augen nicht zu trauen.

Unter der Tür stand: »Mike! Mike Chester!«

Freudig sprang er auf, die englische Sprache benutzend, doch er kam nicht weit. Ungestüm drängte sich eine resolute Shanti an Mike vorbei und umarmte ihn.

»Rijn? Du bist auch hier? Aber die Admirale ...?«

Sein Besucher lachte übers ganze Gesicht.

»Keine Sorge, Kapitän! Alles in bester Ordnung! Sie sind rehabilitiert und der ›Rat der Ältesten‹ regiert erneut! Sie und ihre Crew, Sie sind frei!«

Mit Tränen in den Augen, unter dem Beifall der Besatzung, trat Kapitän Kort Nagar ins Freie! Sein Leben begann von Neuem!

*

Welch eine barbarische Pracht!

Die stattliche Versammlungshalle, ein Oval von geschätzt fünfzig auf dreißig Meter, in dunkel gebeiztem Holz gehalten, war durch viele kleine Lichtchen hinlänglich ausgeleuchtet.

Zwei schwarze Holzsäulen inmitten des Raumes, mit Ornamenten und Fresken reichlich verziert, trugen eine ebenfalls hölzerne Kuppel in gut zehn Metern Höhe.

Rundum hingen an den Wänden Jagdtrophäen einzigartiger Tiere aus verschiedenen Welten, scheinbar aus glitzernden Glasaugen die Anwesenden beobachtend.

Wenige Tage genügten, um auf Shantinar die früheren Verhältnisse wieder herzustellen.

Mike und Aine, sowie hochrangige Mitglieder seiner Mannschaft, saßen als hoch geachtete Gäste zusammen mit den

Ältesten und hohen Würdenträgern Shantinars bei einem Staatsbankett. Auf Wunsch Mikes nahm die gesamte Besatzung der Largo-14, sozusagen als gute alte Freunde, an den mit Speisen und Getränken nachgerade überladenen Tischen Platz. Wenn auch die Tafelmusik den Terranern etwas ungewohnt vorkam, so feierten sie dennoch ausgelassen. Menschen und Echsen, kein Problem!

Anfangs hegten die Ältesten bezüglich der Sicherheit Shantinars Bedenken, inmmerhin besaßen sie keinerlei Kampfschiffe mehr, aber als Mike ihnen Schutz vor allen Angreifern durch ursulanische Schiffe zusagte, beruhigten sie sich rasch.

Ein Bote trat näher, nervös und besorgt dreinsehend.

Aine informierte ihn, für die telepathisch tauben Shantis, unhörbar:

›Sir! Soweit wir erkennen, fliegt ein Verband Leigrons mit zehn Raumschiffen an. Sie bitten um Kontaktaufnahme, Sir!‹

Beunruhigt vernahmen die Ältesten die Meldung ihrer Ordonnanz.

Danach, an Mike gewandt, wobei die Gespräche simultan übersetzt wurden:

»Kapitän, es kommen Schiffe des Leigronreiches an, welche mit Ihnen sprechen wollen. Wie sollen wir uns verhalten?«

»Kein Problem, Ältester Terl Karon! Bittet doch eine Abordnung hierher zum Fest!«

Zustimmend nickend erteilte dieser die Anweisung und der Bote entfernte sich.

Ab jetzt würde es spannend werden. Ohne eine Miene zu verziehen, setzte er sich mit Aine in Verbindung:

›Fünf Schiffe unseres Schutzgeschwaders sollen ebenfalls anfliegen und eine Parkbahn um Shantinar einschlagen. Abstand eine halbe Lichtsekunde. Danach sehen die lieben Leutchen von Leigron gleich, dass wir nicht schutzlos sind!‹

*

»Die hohe Lady Sina Xern von Leigron!«, verkündete ein Adjutant, welcher die Besuchergruppe, es handelte sich um fünf Personen, beflissen an den Tisch der Ältesten geleitete.

Höflich erhob sich Terl Karon, um die unerwarteten Gäste, auch im Namen seiner Mitältesten zu begrüßen.

Die Dame, eine elegante Erscheinung mittleren Alters, schien recht blass um die Nase zu sein. Das unvermutete Auftauchen weiterer Fremdraumschiffe brachte sie aus dem Konzept.

Von wegen, dass die Menschen der Marsstation keine kampfstarken Schiffe bemannen konnten! Schätzte Admiral Snerk Farl seinerseits die Situation ebenfalls falsch ein? Führte dies demnächst zum Verlust seiner Flotte? So wie es die Gelehrten Shantinars, die von ihrer Botschaft ausspioniert wurden, befürchteten?

Das relativ kleine Marsschiff fegte die verbleibenden Kampfeinheiten der Shantis mit einer geradezu nachlässig wirkenden Geste hinweg. Vermutlich waren die Erdenmenschen durchaus in der Lage, wenn es hart auf hart ging, genauso leicht mit der Kriegsflotte Leigrons fertig zu werden. Sie durfte gar nicht daran denken!

Die Terraner und Damen Leigrons wurden einander vorgestellt, wobei es sich als Glücksfall erwies, dass die Spionagesonde, welche gleichermaßen den Funkverkehr Leigrons abhörte, inzwischen mehr als aureichend Daten für die Sprachcomputer zusammengestellt hatte. Allerdings musste sich Lady Xern, sehr zu ihrem Missvergnügen, damit abfinden, dass sie ihr Anliegen nicht sofort vortragen konnte. Zuerst lief das Bankett weiter, wurde das lukullische Mahl genossen!

Morgen gab es auch noch einen Tag!

*

»Die Welten der Shanti stehen unter dem Schutz Ursalans! Das Militär wird aufgelöst, die frei werdenden Mittel zur Urbarmachung von Sümpfen, Steppen, Brachland und Ähnlichem, aufgewendet. Die Soldaten finden dadurch genug Arbeitsplätze, das Problem mit der stetig ansteigenden Bevölkerung wird entschärft! Zum Anlegen zusätzlicher Siedlungen werden Baumaschinen und landwirtschaftliche Geräte benötigt, die bisherigen Raumschiffswerften, welche ausschließlich Kampfschiffe herstellten, sind auf die Produktion ziviler Güter umzustellen!«

Mikes kompromisslosen Ton konnte niemand überhören.

Der ›Rat der Ältesten‹ hatte einen geräumigen Saal mit allen erforderlichen Kommunikationsmitteln bereitgestellt, in dem sich die Terraner, die Shanti sowie die Delegation Leigrons an einem runden Tisch gegenüber saßen.

Einer der Ältesten, ein wenig ängstlich, wie es schien, fragte mit besorgter Stimme:

»Sobald Admiral Snerk Farl zurückkehrt, wird er mit Gewalt die Herrschaft erneut übernehmen wollen! Können Sie uns davor bewahren?«

Statt einer Antwort wies Mike auf einen Bildschirm, einen Ausschnitt des Alls, fast schwarz, mit einen kaum sichtbaren rötlichen Rand, zeigend.

Sekunden später tauchten Raumschiffe aus dem Hyperraum auf, welche das ›Schwarze Loch‹ blitzschnell zerquetschte.

Hart, kalt, mitleidslos:

»In seiner Gier und seinem Größenwahn führte euer Admiral sein Ende selbst herbei. Weder kam er auf den naheliegenden Gedanken, dass die Positionsdaten der Erde im Rechner der Largo-14 manipuliert sein könnten, noch nahm er sich die Zeit, in gebührender Entfernung eine Sonde zur Überprüfung abzusetzen. Er wollte Terra überraschen, im Handstreich einnehmen, die Erdenmenschen gnadenlos eliminieren! Anschließend, mit den Waffen und Kampfschiffen des Mars, gedachte er Leigron zu erobern, die dort lebenden Humanoiden ebenfalls auszurotten!«

Entsetzt, zu keiner sofortigen Reaktion fähig, saß Lady Sina Xern am Tisch. Ganz im Gegensatz zu den Ältesten, welche sich von einer schweren Last befreit fühlten.

Danach, es brauchte einige Zeit, bis sie sich gefangen hatte, mit leiser Stimme, Mike fest ansehend.

»Ich nehme an, dass Sie unser Sternenreich mit Leichtigkeit vernichten könnten, nicht wahr? Beabsichtigen Sie, uns anzugreifen?«

»Nicht doch, Lady Xern! Sie bekommen zwei Möglichkeiten zur Wahl. Entweder sie leben so weiter wie bisher, vollständig unabhängig sowie in Frieden mit Shantinar, dann werden wir nicht eingreifen. Besser noch wäre es, Sie stellten sich ebenfalls unter den Schutz Ursalans. Das allerdings ohne Kampfschiffe und Militärs! Wir haben nichts gegen Forschungs- oder Handelsschiffe.

Wir gehen im Moment davon aus, dass sich uns demnächst andere Sternenreiche anschließen und Sie alle zusammen eine frei gewählte, übergeordnete, zivile Regierung einrichten. Sollte jedoch jemand auf dumme Gedanken kommen, nun, die Folgen hat er sich selbst zuzuschreiben!«

Er ließ ihr Zeit, die Information zu verarbeiten.

»Wir besitzen Raumflotten, von einer für Sie unfaßbaren Größe!«

Mitleidig sah er Lady Xern an:

»Ein einziges unserer Schlachtschiffe wird mit all ihren Kampfeinheiten in Minutenschnelle spielend fertig! Und dennoch benötigen wir eine ›Todesflotte‹, von Menschen und Androiden gesteuert, bestehend aus rund zehntausend Einheiten, um nur einen einzelnen ›Feind‹ zu vernichten! Wenn der ein Sonnensystem angreift, erlischt dort alles Leben. Intelligente Lebewesen, Tiere, Pflanzen bis hinunter zur kleinsten Mikrobe, nichts lebt danach mehr!«

Er wandte sich an den ›Rat der Ältesten‹:

»Auf Shantinar werden wir eine vorläufige Botschaft einrichten, über die Sie jederzeit mit uns Kontakt aufnehmen können! Sämtliche ursalanischen Schiffe verlassen anschließend mit mir ihr System. Wir sind keine Besatzer, keine Eroberer! Und noch einmal: Niemand, der nicht in feindlicher Absicht kommt, muss sich vor uns fürchten!«

Lady Xern, sie war derzeit nicht in der Lage, klar zu denken, zu viel war aus sie eingestürmt, hob die Hand:

»Sir, ...!« Zögernd brach sie ab. Mike nickte ihr freundlich zu.

»Ja, Lady Xern. Möchten Sie noch etwas fragen?«

»Sir, ich verstehe eines nicht. Die Shanti besuchten doch Terra, aber Sie sprechen stets von ursalanischen, nicht von terranischen Raumschiffen. Was sind Sie?«

»Ich bin geborener Terraner. Wir bezeichnen uns als ›Menschen‹, unsere Welt als ›Erde‹ oder Terra. Auf einem Planeten unseres Systems, von uns ›Mars‹ genannt, errichteten vor Hundertausenden von Jahren die Ursalaner eine gewaltige, unbemannte, rechnergesteuerte Abwehrfestung gegen den ›Feind‹. Durch eine Notlage des Shantiraumers, der Largo-14, gelangten wir auf den Mars, wo wir das Erbe Ursalans antraten. Damit übernahmen wir auch die Aufgabe, alles zu tun, um den ›Feind‹

daran zu hindern, das Leben anderer zu vernichten! Notfalls um den Preis unserer eigenen Existenz!«

Mike schwieg, bis Lady Xern leise fragte:

»Wer oder was ist der ›Feind‹?«

Müde sah Mike hoch:

»Niemand weiß es! Selbst die Ursalaner sahen ihn niemals von Angesicht zu Angesicht! Nur ein Raumschiff, dessen Ausmaße und Feuerkraft unvorstellbar gewaltig sind!«

Und nach einer langen Pause:

»Hoffen wir, das er nie und nimmer den Weg hierher findet!«

Das Andental

Noch sieben Sekunden bis zu seinem Tod!

Er wusste es nur nicht.

Sein Absprung, aus einem so gut wie kaum ortenbaren Stealthflugzeug heraus, erfolgte in Achttausendmeter Höhe. Der speziell für die niedrige Luftdichte entwickelte Wingsuit flog mit einer Geschwindigkeit von knapp zweihundert Stundenkilometern dem Ziel zu. Der maßgeschneiderte Fluganzug sollte es Major Adorno ermöglichen, unbemerkt und schnell in den vor ihm liegenden, lückenlos überwachten Luftraum einzudringen.

Im Gegensatz zu normalen Wingsuits trug er einen starren Anzug, ein sogenanntes Wingpack, hervorgegangen aus dem militärischen Gryphon oder Greif genannten Programm, vom Geheimdienst unter strikter Geheimhaltung weiterentwickelt.

Sein Dienstherr war äußerst daran interessiert, bei Bedarf die Mitarbeiter unbemerkt einzuschleusen.

Ging es daneben und sie ließen sich erwischen, dann galt das bloß als eine unbedeutende Panne. Ein Spion? Nicht doch! Völlig unbekannt und so.

Das übliche verlogene Händewaschen in Unschuld.

Major Adorno wusste das selbstverständlich. Aber Agent war Agent und Befehl war Befehl! Eine intensive Ausbildung und praktisches Training mit dem Wingpack, eine etwas schwammig formulierte Einsatzanweisung - beobachten und berichten - und er wurde zu diesem Einsatz abkommandiert. Ein Zuckerschlecken, wenn er erst einmal angekommen war.

Noch war es nicht soweit. In wenigen Sekunden musste er durch den schmalen Einschnitt im Gebirge in das weite Hochtal einfliegen, umgehend den Fallschirm auslösen, landen, die verräterischen Accessoires ablegen und verstecken.

Danach ...

Es gab kein ›Danach‹!

Seinem Gefühl nach flog er deutlich zu schnell. Die Druckkombination mit der Sauerstoffmaske engte sein Gesichtsfeld ein. Als er einen Blick auf die Geschwindigkeitsanzeige werfen wollte, musste er den Kopf drehen. Den winzigen Moment der Ablenkung nutzte das Schicksal. Ein unerwarteter Windstoß versetzte ihn um zwanzig Meter zur Seite. Viel zu spät korrigierte er den Kurs. Die kompakte Felswand, auf die er zuraste, erfasste Major Adorno nicht mehr, zumindest nicht in diesem Leben!

*

Betroffen sahen sich die Männer an.

Der Einsatz gescheitert, ihr Agent tot, immense Kosten und Zeitaufwand sowie keine handgreiflichen Ergebnisse!

Ein kleines Kommandoteam, bestehend aus drei Spezialisten, verfolgte von einer benachbarten Bergkuppe aus per Nachtsichtgerät den Anflug ihres mutigen Kollegen. Per direkter Satellitenübertragung mit der Einsatzzentrale verbunden, erlebten die dort Anwesenden praktisch in Echtzeit die Tragödie mit.

General Jefferson, Leiter der ›Gruppe Andental‹, saß sichtlich erschüttert im Sessel. Müde, resigniert, wandte er sich an seine Mitarbeiter:

»Meine Herren, wir brechen vorläufig alle aktiven Aktionen ab. Wir werden den Vorfall genauestens analysieren und versuchen, zu gegebener Zeit erfolgversprechendere Schritte einleiten. Bitte gehen Sie zurück zu ihren Arbeitsplätzen!«

Leise verließen sie den Besprechungsraum.

Den Kopf in die Hände gestützt, in tiefes Nachdenken versunken, blieb der General zurück.

Eine Frage plagte ihn:

›Was war an diesem abgelegenen Andental so bedeutsam, dass sie unbedingt einen Agenten einschleusen mussten? Stellte es überhaupt eine reelle Gefahr dar, oder sah das Verteidigungsministerium Gespenster? Dabei schien anfangs alles so harmlos, bis sie rein zufällig dahinterkamen, dass jemand dafür sorgte, dass Spione, Reporter und sonstige Neugierige keinen Zutritt erhielten.‹

*

General Jefferson informierte sich persönlich über jedes noch so kleine Detail. Wichtig schien ihm vor allem Frage der Verkehrsanbindung, somit die dadurch erhältliche Transportkapazität. Das Tal lag malerisch im Gebirge eingebettet, per Tunnel mit einer weiten Hochebene, rund zwanzig Kilometer entfernt, verbunden. Argentinisches Andengebiet, ungefähr 150 km westlich von San Juan. Wie schafften die Architekten das benötigte Baumaterial heran? Nicht zu vergessen die Baumaschinen.

Der Tunnelbohrer? Kosten spielten anscheinend keine Rolle. Aufgebaut und getestet in Süddeutschland, anschließend zerlegt und in Einzelteilen ausgeflogen, danach vor Ort erneut zusammengesetzt. Angeblich stand er derzeit ungenutzt in einem Nebenstollen.

Die Hochebene?

Für Schwertransporte, nur mit besonderer Genehmigung direkt erreichbar über eine gut befestigte, wenn auch schmale Piste. Weit unterhalb des Tales lag ein erst seit Kurzem eingerichteter Flugplatz mit einer Start- und Landebahn, von der Länge her selbst für Verkehrsflugzeuge mittlerer Größe vollauf geeignet.

Für Transporter á la C-130 Herkules oder gar eine Antonov ausreichend leistungsfähig. Bei Tag und bei klarem Wetter erfolgte der Anflug nach Visual Flight Rules durch mehrmotorige Maschinen, meist von einheimischen Buschpiloten gesteuert, oder per ILS, wenn sich ein teurer Privatjet oder Großtransporter anmeldete. Alles rein zivil, angelegt und unterhalten von einem privaten Konsortium mit eigenem Wachdienst. Der gut erreichbare Airport führte zum Entstehen einer sich stetig ausdehnenden Siedlung. Von dort aus ging es per unterirdisch geführter Bahnlinie, mit hochmodernen Bahnhöfen an den Endstellen, hoch zu dem Andental. Farmen entstanden rund um den Flugplatz, immerhin handelte es sich um wasserreiches, fruchtbares Land.

Angesichts der Kosten, welche für die Einrichtung der Anlage aufgebracht werden mussten, fragte sich General Jefferson, und nicht nur er, wer diese Summen aufgewandt und investiert hatte. Dazu kamen horrende laufende Ausgaben, die durch die Eintrittsgelder garantiert nicht gedeckt wurden.

Zudem der Ausbau des Tales in für südamerikanische Verhältnisse buchstäblich rekordverdächtiger Zeit erfolgte.

Die Baufirmen? Die Behörden? Bis in die höchsten politischen und gesellschaftlichen Ränge mit großzügigen Beträgen beschenkt, die Bauausführung und Teilelieferung von einer weltweit agierenden deutschen Firma genial koordiniert. Je länger der General nachdachte, desto seltsamer und verdächtiger kam ihm das Tal vor. Da musste was faul sein! Auch ohne paranoid und übertrieben misstrauisch zu denken, wie es Geheimdienste nun einmal taten.

Und warum diese Geheimniskrämerei? Weshalb Zutritt nur für handverlesene Personen?

Zuerst versuchten sie völlig offen, sich ein Bild von der Anlage zu machen. Keine Chance! Bereits am ersten Terminal wurden sie höflich, dennoch entschieden abgewiesen. Selbst auf hartnäckiges Beharren und Vorzeigen einer behördlichen Genehmigung ließ das Personal der Station keinen ein. Eine sofort eingereichte Beschwerde auf höchster Ebene? Sinnlos!

›Nicht autorisierte, untergeordnete Dienststelle, tut uns leid, wir bitten um Verständnis, aber bedenken Sie, dass ...‹

Zuerst einmal eine lahme Entschuldigung, danach auf Nachfragen keine Reaktionen mehr.

Da gaben sie es auf. Jetzt half nur noch tarnen und täuschen.

*

Missmutig überflog er den Werbeflyer:

›Diskrete Ferien ohne Tabus in landschaftlicher reizvoller Umgebung. Alles inclusive! Einzelbungalows oder Appartements, je nach Wunsch! Exzellenter Service, nationale und intentionale Küche! Tun und lassen Sie, was Sie wollen! Wir garantieren Ihnen einen absoluten Schutz ihrer Privatsphäre! Daher sind Fotoapparate, Fotohandys und Ähnliches strikt verboten.‹

Gezielt wurden Reiche und Superreiche, egal, durch welche Geschäfte sie ihr Vermögen erwarben, mit dem diskret verteilten Werbeflyer angesprochen. Alles in allem ein durchschlagender Erfolg!

So mancher, der es sich finanziell leisten konnte, ließ in dieser Freizeitanlage schlicht und einfach ›die Sau raus‹. Exzentrische Schauspieler, Größen des öffentlichen Lebens, begüterte Nichtstuer und gestresste, ausgebrannte Konzernmanager verbrachten dort ihren Urlaub. Mafiapatriarchen, Drogenbosse, kein Problem. Allerdings ohne bewaffnete Leibwächter, bitteschön!

Dem Vernehmen nach gab es in der abgeschotteten Idylle wüste Sexorgien jedweder Couleur, Alkoholexzesse, Rauschgifte, halt alles was das Herz begehrte, ohne am Tag danach in den Boulevardblättern an den Pranger gestellt zu werden.

Andererseits standen den Reichen und Mächtigen nahezu unbegrenzt Ärzte, Fitnesstrainer, Krankenschwestern, Therapeuten, Psychologen und ein Heer von medizinischen Hilfskräften zur Verfügung, welche sich aufopfernd um das Wohlergehen ihrer Gäste bemühten. Die reine, klare Gebirgsluft, ein Jungbrunnen für so manche der Damen und Herren.

Nach drei, vier Wochen im Andental strotzen viele nur so von Gesundheit.

Und buchten gleich erneut!

Dem Vernehmen zu Folge, gab es bisher nicht die geringsten Beschwerden vonseiten der zahlenden Kundschaft.

Wie auch immer, die Sache schien oberfaul! Also war dringend eine neue Taktik angesagt. Über einen speziell präparierten Gast!

*

»General, Sir, darf ich Ihnen Mr. Fred Butler vorstellen?«

Der Adjutant sah angesichts des Besuchers höchst belustigt drein. Geschätzte 50 Jahre alt, deutlich übergewichtig, südländischer Typ, jovial dreinsehend und viel Pomade im bereits leicht ergrauten Haar.

Hellwache graue Augen, protzige Goldringe an den Fingern und eine dicke, wenn auch erkaltete Zigarre im Mundwinkel.

»Na mein Bester, wie ist das werte Befinden?« Missbilligend sah sich der Besucher in dem nüchtern eingerichteten Büro um, ehe er vorwurfsvoll feststellte: »Ziemlich trocken hier!«

Der General lachte Tränen. Sein Adjutant zauberte eine volle Whiskyflasche und zwei Gläser herbei und schenkte dem durstigen Gast randvoll ein. Verblüfft nahm er zur Kenntnis, dass dieser seines mit einem Zug leerte.

»Ah! Das tat gut!«

Noch immer lachte der General; ehe er sich beruhigte:

»George, Du bist einsame Spitze! Niemand im Andental wird Dich auch nur im geringsten verdächtigen! Ein Lebemann, wie er im Buche steht!«

Danach, ernst werdend:

»Dein ›Original‹ ist eingeweiht und mit unseren Maßnahmen einverstanden. Du erhältst seine persönlichen Sachen, welche jeder Überprüfung standhalten. Der echte Fred Butler sitzt, mit allen Annehmlichkeiten versehen, sicher in einer feudalen Luxusvilla auf einer abgelegenen Tropeninsel. Von dort her kann kaum etwas schiefgehen. Du bist vertraut mit den Daten, und wenn Dir kein enger Bekannter über den Weg läuft, gibt es keinerlei Schwierigkeiten. Wir haben ihn aufgrund der Werbung offiziell angemeldet. Er füllte die Anträge aus und wurde anstandslos angenommen. Als Abschlusstest fliegst Du mit dem Jet, Typ Challenger 300, seines Geschäftspartners zum Zielflughafen. Die Piloten kennen den echten Mr. Butler. Sofern denen nichts auffällt, haben wir gewonnen. Zumal der Jet gleich wieder abfliegt.«

General Jefferson stand auf und reichte seinem Agenten die Hand: »Mach es gut, Fred! Wir verlassen uns auf dein fotografisches Gedächtnis und deine Zeichenkünste! Wir müssen endlich wissen, was dort gespielt wird!«

*

»Hier spricht ihr Flugkapitän, Mr. Butler. Wir erhielten Landefreigabe und setzen in wenigen Minuten auf! Sie werden direkt an der Maschine abgeholt. Um ihr Gepäck kümmern wir uns! Wir wünschen Ihnen noch einen angenehmen Aufenthalt!«

Gelangweilt sah er aus dem Fenster. Von Osten her quer anfliegend, drehte der Jet nach links zum Endanflug und sank, parallel zum im Westen aufragenden Andengebirge, auf die Runway zu.

›Nettes Panorama‹, dachte er. Ehe er zu längeren Betrachtungen gelangte, setzte der Jet auf. Keine zwei Minuten später geleitete ihn die Flugbegleiterin, eine hübsche Brünette, zur Gangway:

»Auf Wiedersehen Mr. Butler!«

Sein Einsatz begann!

*

Alle Achtung! Der Service erwies sich als Spitzenklasse!

Ein voll klimatisiertes Shuttle mit einer zuvorkommenden Hostess empfing ihn am Fuße der Gangway.

Kaum, dass er Zeit fand, den Begrüßungsdrink zu genießen, stoppten sie an einem U-Bahn-Terminal.

Mit seiner Begleiterin stieg er in ein komfortabel eingerichtetes, rundum verglastes, auf Schienen laufendes Fahrzeug um. Lautlos rollte es an, beschleunigte kräftig und schoss in einem hell erleuchteten Schacht bergauf.

»Sie befinden sich in einer Zubringerkabine, Mr. Butler, welche Sie auf der Basis einer Magnetschwebebahn in knapp 2 Minuten zum Terminal im Hochtal bringt. Von dort aus können Sie in ihrem eigenen, elektrisch betrieben ClubCar - im allgemeinen sind diese für zwei Personen mit Sitzen versehen - im gesamten Gelände herumfahren. Ihr Bungalow sowie Ziele wie Bars, Vergnügungszentren und vieles andere mehr, sind einprogrammiert, sodass Sie auf Tastendruck praktisch jeden gewünschten Ort auf dem kürzesten Weg erreichen. Selbstverständlich dürfen Sie auch per Hand steuern, alle Fahrzeuge besitzen eine Antikollisionseinrichtung.«

Übergangslos wurde es hell. Er war angekommen!

»Willkommen im Andenparadies, Mr. Butler! Wir wünschen Ihnen einen angenehmen Aufenthalt! Wenn Sie wollen, stellen wir Ihnen ab sofort eine persönliche Betreuerin zur Seite, die Ihnen hilft sich einzugewöhnen! Bitte kommen Sie mit!«

*

Was immer er wollte, es würde ihm umgehend beschafft werden. Drinks, köstliche Speisen, Sexpartner nach Belieben und, erfragte kurz danach, auf Wunsch auch Drogen in unbegrenztem Umfang. Alles im Preis inbegriffen.

So wie hier war er noch nie verwöhnt worden.

Primär trieb er sich in Bars oder Vergnügungszentren herum, aber er fand nichts, was er im Sinne seines Auftraggebers verwenden konnte. Die Klubgäste erwiesen sich, von ihren kleinen, perversen Spielchen mal abgesehen, als durchgehend harmlos.

Er fuhr im Tal umher, besichtigte die Solaranlagen, die Windkrafträder, die aus den Bergbächen gespeisten Turbinen. Auf seine Nachfrage zeigte man ihm zwei Dieselgeneratoren, welche bei erhöhtem Energiebedarf automatisch anliefen.

Alles ›Made in Germany‹.

Harmloser ging's wirklich nicht. Bezahlt aus den happigen Eintrittsgebühren ins Paradies.

Am vierten Abend, in einer netten kleinen Bar, machte er die Bekanntschaft des Sicherheitsoffiziers.

Ralf Gubba, nannte der sich. Früher in Deutschland beim MAD, als Major ohne Aussicht auf weitere Beförderung, jetzt im Range eines Obersten mit dem dreifachen Sold. Steuerfrei!

Des Lobes voll über seine Auftraggeber, offenbar handelte es sich um ein Konsortium, vertreten durch eine Anwaltskanzlei, fühlte der sich im Andenparadies pudelwohl. Kein anstrengender Dienst, viel Freizeit, kaum Probleme. Wirklich, so ließ es sich leben. Fitnesstrainer, Saunas und Massagen, ganz wie sie wünschen, Herr Butler!

Woraufhin er beschloss, seinen Auftrag samt General Jefferson zu vergessen und unbeschwert auf Staatskosten Urlaub zu machen. Sollte ihm noch was auffallen, war's erfreulich, wenn nicht, auch in Ordnung!

Durstig erhob er sein Glas:

»Auf ihr Wohl, Herr Oberst! Sofern ich ausgefallene exotische Speisen, sagen wir mal so was wie Schwalbennester, probieren möchte, welches Lokal hier im Tal können Sie mir empfehlen?«

*

»Der vom CIA eingeschleuster Spion ist der Ansicht, dass im Andenparadies alles mit rechten Dingen zugeht. Viele Sachen billigt er nicht, so zum Beispiel Sex mit Minderjährigen. Als wir ihm erklärten, dass es in Ausnahmefällen in einigen wenigen Ländern erlaubt ist, sogenannte Kinderehen ab neun Jahren einzugehen, fand er sich, wenn auch notgedrungen, damit ab. Dass ihm die von manchen Gästen exzessiv eingenommenen Drogen schwer gegen den Strich gehen, brachte er deutlich zum Ausdruck. Von all unseren bisherigen Besuchern ist er der einzig moralisch anständige Mann! Immerhin kam er nicht freiwillig, sondern wurde sozusagen hierher abgeordnet, um die Rolle des Lebemanns zu spielen. Aber dies entspricht im Grunde nicht seinem Naturell. Ich empfehle, ihn geraume Zeit nach Abschluss seines Auftrages anzuwerben.«

Dave und Mike hörten aufmerksam zu.

»Einverstanden, Ralf! Achte bitte darauf, dass mit ihm weiterhin alles problemlos abläuft. Danach ist er uns willkommen! Früher oder später müssen wir das Andental sowieso aufgeben und eine neue Heimat suchen. Der Mars ist auf Dauer nicht für zum Bewohnen geeignet. Mal sehen, ob sich in den bekannten Sternenreichen ein Platz für uns finden lässt!«

Grüßend nickend unterbrach Dave die Hyperfunkverbindung.

*

Bestens erholt saß er seinem Vorgesetzten, General Jefferson, zum Rapport gegenüber.

Ausgedehnte Wanderungen im Gebirgstal, Sport und Fitnessübungen auf freiwilliger Basis, bekamen ihm gut. Trotz des hervorragenden Essens verlor er einige der angesammelten Pfunde und besaß neuerdings eine durchaus vorteilhafte Figur.

Leider zeigte sich sein Chef von der Sache weniger angetan. Außer Spesen nichts gewesen!

Zwar horchte er beim Namen ›Gubba‹ auf, hakte aber nicht weiter nach.

›Schau an‹ dachte er, ›von dem hatte er bereits gehört. Das war doch dieser MAD-Major, welcher kurz nach der Geschichte mit dem Alienraumschiff den Dienst quittierte, oder?‹

Andererseits, die Begründung mit der besseren Bezahlung und einer Beförderung, auch wenn sie nicht gerade militärgerecht war, klang einleuchtend.

Sein Agent erhob sich.

»Ist ihnen nie in den Sinn gekommen, General, dass das Militär und der CIA alles aus dem falschen Blinkwinkel sehen? Warum kümmerte sich bisher niemand um das übergeordnete Umfeld, das Konsortium und die Anwälte? Selbstverständlich arbeitet der Freizeitklub defizitär! Dennoch eine risikolose Möglichkeit für Diktatoren, Mafia- und Drogenbosse, ihr illegal erworbenes Vermögen anzulegen! Das Andental ist nur ein kleines Mosaiksteinchen in einem international agierenden Netzwerk organisierter Kriminalität! Geldwäsche nennt man das, Herr General!«

Nachlässig grüßend entfernte er sich, einen völlig konsternierten Vorgesetzten zurücklassend.

Sollten ihn doch mal alle!

*

Trübsinnig, in einem öffentlichen Coffeeshop in der Tasse rührend, hing er unerfreulichen Gedanken nach.

So konnte es nicht weitergehen! Das Andental? Seit drei Wochen Vergangenheit.

Einerseits machte es Vergnügen, auf Kosten des Steuerzahlers einen Wellnessurlaub zu genießen - es war ihm körperlich hervorragend bekommen! - andererseits, was musste er dort alles mit ansehen? Niedrigste menschliche Instinkte!

Die meisten der sogenannten Gäste führten sich übler auf als Schweine, die sich im Dreck suhlten. Drogen- und Alkoholexzesse, widerwärtige Sexorgien, und, was ihn am ärgsten empörte, Pädophile, welche ihre perversen Triebe voll auslebten.

Ausgerechnet der Grund, warum man ihn ins Andental schickte, erwies sich jetzt zu einer schweren psychologischen Belastung. Sein fotografisches Gedächtnis und sein Geschick, daraus brauchbare Bilder von Gesichtern zu zeichnen, ließen ihn all die ekligen Szenen kaum vergessen.

Sein Auftrag? Er wurde zu seinem höchsten Vorgesetzten, General Jefferson gerufen, welcher ihn umgehend instruierte, ehe er schloss:

»... und so gehen wir davon aus, George, dass sich im Andental verdächtige Personen herumtreiben! Präge Dir ihre Gesichter ein und fertige im Anschluss an deinen ›Urlaub‹ entsprechende Zeichnungen an, die wir schleunigst auswerten. An Promis, oder dem einen und anderen Mafiaboss haben wir kein Interesse! Wir denken an Agenten, sagen wir mal vom russischen KGB, dem israelischen Mossad, dem französischen DGSE und so. Getarnt in der Maske als Fred Butler eingeschleust, müsste es mit dem Teufel zugehen, wenn wir der Sache nicht auf die Spur kämen. Das alles muss ...«

Pech gewesen, da zeigte sich garnichts, wenn man einmal von dem Exmajor Gubba des MAD absah. Aber als gut bezahlter Chef des Sicherheitsdienstes schien er trotzdem unwichtig. Dessen Personalakte besaßen sie längst. Nach der Pleite mit dem UFO kaltgestellt, danach verbittert den Dienst quittiert, ergab das Prädikat harmlos.

Seine Vermutung mit der Geldwäsche bestätigte sich allerdings als Volltreffer. Wirtschaftsfachleute, vor allem aus der Steuerbehörde, versuchten das völlig ineinander verschachtelte Konsortium zu analysieren, was sich als nahezu unlösbar erwies. Firmensitze in korrupten Kleinstaaten, welche keinerlei internationalen Steuerabkommen beitraten oder unterstanden, Strohmänner wohin man sah, absolut undurchdringliche Kreise aus ranghohen Diplomaten, zum Verzweifeln. Aber für General Jefferson gänzlich uninteressant. Andere Dienste wiederum zeigten sich dennoch erfreut. Sie konnten davon noch lernen. Hochinteressante Vertriebswege für Rauschgifte zum Beispiel, kamen zum Vorschein. Dass jemand zwei Drogenfahnder letzte Woche liquidierte? Pech gehabt! Gehörte zu deren Berufsrisiko.

Wie ging es derweil mit ihm weiter? Aussteigen? Äußerst riskant. Er wusste einfach zu viele Interna.

»Mister George Kendall? Oder ist Ihnen Fred Butler lieber?«

Erschrocken sah er hoch. Colonel Gubba! Den hätte er zuletzt erwartet. Ganz in Zivil setzte der sich, wie selbstverständlich, ihm freundlich lächelnd gegenüber.

George schluckte und schluckte. Mühsam fasst er sich wieder.

»Wie bekamen Sie es heraus?«

»Sie verrieten sich selbst!«

Natürlich verstand er kein Wort, was sein Besucher gleich erkannte.

»Mr. Kendall, sie verhielten sich viel zu anständig! Sie nahmen weder Drogen, noch hatten Sie Sex, nicht mal ordentlich besoffen haben Sie sich! Unseren Mitarbeitern fiel ihr Verhalten alsbald auf. Sie waren keiner der normalen Gäste, welche im Andental über die Stränge schlagen wollen, sozusagen die Sau rauslassen. Daraufhin überprüften wir ihre Fingerabdrücke.«

Colonel Gubba lächelte freundlich und ein wenig hinterhältig.

»Dank meiner Verbindungen aus früheren Tagen wussten wir nach kurzer Zeit, wer Sie wirklich sind. Vor diesem Hintergrund beobachteten wir Sie gründlich. Und waren sehr zufrieden. Meine Vorgesetzten, möchten Ihnen daher einen Vorschlag unterbreiten. Natürlich nur, wenn es Sie interessiert.

George überlegte nicht lange. War dies der Ausweg aus seiner Zwickmühle?

Er hatte keine Verwandten, kaum Freunde, Freundinnen noch weniger, mit anderen Worten, er war völlig ungebunden. So langsam fing er sich wieder.

»Wie kamen Sie hierher?«

Colonel Gubba verstand, vor allem wegen des Gedanken lesenden Androiden, welche vor der Cafeteria in einem Auto mit CD-Kennzeichen, getarnt als Chauffeur bereitstand. Er reichte der Bedienung eine Zehndollar-Note und erhob sich.

»Eine Privatmaschine wartet schon auf uns! Kommen Sie, wir fliegen direkt ins Andental, bevor jemand aus ihrem Verein Sie vermisst. Dort befinden Sie sich in Sicherheit und wir werden Ihnen unser Angebot in aller Ruhe erklären. Einverstanden?«

George kannte die Reaktionen von Geheimdiensten nur zu genau. Er nickte und folgte dem Colonel auf dem Fuße. Gepäck? Wozu? Im Andental, das wusste er, gab es alles, was er benötigte.

Nur eines bedauert er: Gar zu gerne hätte er das Gesicht von seinem Chef gesehen, wenn denen sein Verschwinden auffiel. Ob er eventuell bereits überwacht wurde? Zuzutrauen wäre es diesen Brüdern schon.

*

General Jefferson tobte!

Die anwesenden Abteilungsleiter schauten belämmert drein.

»Wollt ihr mir tatsächlich erzählen, dass Georges Verschwinden erst nach zwei Tagen auffiel? Dass Unbekannte in seine Wohnung einbrachen, diese durchwühlten und in einem chaotischen Zustand hinterließen?«

Er vermochte sich kaum zu beruhigen. Was für eine Blamage.

»Zudem fandet ihr keinerlei Spuren, die andeuten, was unserem Agenten widerfuhr? Konnten sie feststellen, ob etwas fehlt?«

»Sir! Alle seine Zeichnungen sind verschwunden, seine Skizzenblöcke unauffindbar!«

»Und was schließen Sie daraus?«

Der Oberst wand sich, ehe er zugab:

»Sir! Wir besitzen keinen konkreten Anhaltspunkt. Da wir ihn seit dem Andental nicht mehr aktiv einsetzten, hängt das

Geschehene vermutlich damit zusammen. Unserer Meinung nach zeichnete er später zuhause etwas auf, dessen Bedeutung ihm nicht bewusst war. Vielleicht sprach er, leicht alkoholisiert, nur einen falschen Satz mit dem falschen Mann. Eine spielerische Skizze auf einem Bierdeckel oder auf einer Serviette? Dieser Jemand sorgte dafür, dass Mike mundtot gemacht wurde! Wir tippen auf Mafia und so. Geldwäsche ist ein höllisch heißes Eisen, Sir!«

Grimmig nickte der General.

»Kümmert euch darum, ob wir etwas in dieser Richtung ermitteln können! Handelt es die organisierte Kriminalität, ist George längst verloren!«

Ein Wink und sie waren entlassen.

Verdammtes Andental! Ein weiterer toter Agent und viele Fragen. Was zum Geier geschah dort noch so alles?

*

Mit Colonel Gubba wortlos im Font sitzend, versuchte er sich über seine spontane Entscheidung klar zu werden.

Ein Beschluss, ohne Einschalten der Logik, rein nach dem Bauchgefühl getroffen. Nein, er bereute es nicht. Der Dienst, bespitzeln aller erdenklichen Personen, hing ihm zu Hals heraus.

Im Nachdenken versunken, bemerkte er ihre Ankunft erst, als sein Begleiter sprach:

»Danke, Max! Kehren Sie bitte in die Botschaft zurück!«

Dezent überreichte er dem Chauffeur ein großzügig ausfallendes Trinkgeld, denn dieser verbeugte sich tief, übers ganze Gesicht strahlend.

Als er ausstieg, stand er wenige Meter vor der Gangway einer startklaren Maschine mit laufenden Triebwerken.

»Max ist uns ab und zu behilflich, wenn wir ihn um eine einfache Gefälligkeit bitten. Kaum anzunehmen, dass jemand in der Botschaft eingeweiht ist. Kleine Nettigkeiten unter Bekannten! Doch jetzt, Mr. Kendall, kommen Sie bitte, wir fliegen in Kürze ab!«

Beim Einsteigen in einen Cessna Citation-Jet mit zwei Hecktriebwerken, blickte er sich kurz um.

Ein Kleinflugplatz für Privat- und Geschäftsleute mit eigenem Flugzeug, absolut unauffällig.

Kaum dass er seinen Platz einnahm, rollte die Maschine langsam an.

»Mr. Kendall, bitte schnallen sie sich während des Starts an! Anschließend bekommen Sie und Oberst Gubba ein Mittagessen. Unsere Flugzeit beträgt in der ersten Etappe knapp drei Stunden. Danach erfolgt eine Zwischenlandung, um nachzutanken, bevor es nonstop zum Andental weitergeht. Wir wünschen Ihnen einen guten Flug!«

Kam es ihm nur so vor, oder wollte die überaus hübsche Flugbegleiterin Oberst Gubba mit einem anderen Rang ansprechen? Erstmalig dachte er intensiv über den Mann nach. Weshalb besaß dieser als normaler Angestellter im Sicherheitsdienst eines Ferienklubs einen militärischen Dienstgrad? In einer privaten Anlage völlig unnötig! Verflixt, was übersah er bisher? War die offensichtliche Geldwaschanlage nichts als eine raffinierte Tarnung für einen ausländischen Spionagestützpunkt? Zudem, wie kamen sie so leicht an seine geheimen Daten heran. Da steckte anscheinend einiges dahinter. Jetzt wurde er neugierig, konnte die Ankunft im Andental kaum mehr erwarten.

Fein, endlich mal ein wenig Abwechslung!

*

Gähnend erhob er sich, als die Flugbegleiterin ihn sanft weckte.

»Wir sind angekommen, Mr. Kendall und bereits gelandet!«

Mist aber auch. Irgendwann war er eingeschlafen, verpasste dabei die Zwischenlandung zum Betanken. Gar zu gerne hätte er gewusst, welchen mittelamerikanischen Staat sie anflogen.

Na, ja, nicht besonders bedeutsam.

Oberst Gubba erwartete ihn vor der Maschine.

»Gut geschlafen? Genießen Sie erst einmal zwei Tage Urlaub, bis unser Auftraggeber kommt. Er möchte neueinzustellende Mitarbeiter stets persönlich kennenlernen. Dabei erfahren Sie auch alles Nötige. Vorerst erhalten Sie ihren bisherigen Bungalow mit dem vollen Service. Kommen Sie, das Shuttle kennen Sie ja inzwischen, ich werde später nachkommen. Vielleicht sieht man sich ja heute Abend noch bei einem Drink? Machen sie es sich bis dahin bequem!«

Also fuhr er, was blieb ihm denn anderes übrig, hoch ins Tal. Unterwegs teilte man ihm mit, dass sich das für den Aufenthalt benötigte Gepäck bereits in seinem Domizil befand, inklusive Wäsche und Garderobe.

Was hieß: duschen, umziehen und ab in das Lokal, in dem Colonel Gubba gewöhnlich zu verkehren pflegte!

*

Der Abend gestaltete sich recht nett, leider ohne ein bekanntes Gesicht.

Trotz alledem schmeckten die Drinks hervorragend, zudem er sich rasch mit einem Gast anfreundete.

Sie beschlossen, sich Morgen in der Frühe, zu einer Wanderung zu einem romantisch gelegenen Bergsee zu treffen. Dort war angeln angesagt, zumal eine fachgerechte Ausrüstung zum Fischen in einem in der Nähe stehenden Blockhaus für jedermann zur freien Verfügung bereitstand.

Auch wenn der Aufstieg als anstrengend ausfiel, der Weiher und die Aussicht entschädigten sie für die Strapazen.

Mike, so hieß der Mann, zeigte sich als erfolgreicher Angler. Nach kurzer Zeit kam eine erkleckliche Anzahl Forellen zusammen, welche, ausgenommen und danach auf einem Rost über einem Feuer gebraten, ein köstliches Mahl ergaben. Dabei tauschten sie sich bezüglich ihrer Ansicht zum Andental aus. Wobei Mike, er stammte aus Irland, was seine roten Haare bestätigten, seiner Meinung hinsichtlich der negativen Seiten des Ferienklubs zustimmte.

Der Tag nach dem Ausflug, wiederum in der Bar an der Theke sitzend, Colonel Gubba kam zu später Stunde hinzu, endete mit einer Verbrüderung. Ralf, so hieß der Colonel, Mike und er, George, duzten sich. Im Kreise dieser Männer fühlte er sich wohl.

Bevor sie sich trennten, meinte Ralf: »George, halte Dich bitte ab Zehn Uhr bereit. Ich hole Dich pünktlich ab!«

Zustimmend nickend begab er sich zurück zu seinem Bungalow. Natürlich bekam er den telepathischen Gedankenaustausch seiner Freunde nicht mit.

›Er passt sehr gut zu uns! Hoffentlich ist Morgen der Schock nicht zu groß!‹

›Keine Sorge! Wir geben ihm entspannende und beruhigende Mittel in das Frühstücksgetränk. Er ist vom Charakter her recht stabil und ausgeglichen!‹

*

Schau mal einer an! Von wegen Endstation!

Ralf holte ihn mit einem ClubCar ab und bracht ihn zur Bahnstation. Dort bestiegen sie eine der Zubringerkabinen und fuhren immer tiefer ins Bergesinnere. Von dieser Erweiterung der Anlage war draußen garantiert nichts bekannt, alles unter höchster Geheimhaltung angelegt.

George war gespannt auf das, was ihn erwartete. Kaum drei Minuten später gelangten sie an ihr Ziel. Zuerst einmal sah er nur einen völlig normalen Bahnsteig, auf dem Mike stand. Freundlich wurde er nach dem Aussteigen begrüßt.

»Willkommen im Herz des Andentals, George! Hier befinden sich die technischen Zentralen, Überwachungseinrichtungen und unsere Büros. Wir gehen in einen kleinen Besprechungsraum, dort erfährst Du, was Du wissen musst. Deinen Vertrag haben wir vorbereitet. Durchlesen, nachdenken, unterschreiben! Du bekommst so viel Zeit, wie Du möchtest!«

Sie schritten durch einen Korridor, bei dem goldenes Licht direkt aus den Wänden zu strömen schien.

›Netter Trick!‹, dachte er.

Am Ende bog Mike ab, und sie erreichten ein Konferenzzimmer mit einem runden Tisch und fünf Stühlen. Kaffee, Gebäck und Geschirr standen bereit, eine Angestellte wartete darauf, sie bedienen zu dürfen. Die Dame? Wunderschön anzusehen. Wo bekamen die nur alle diese Superfrauen her, fragte er sich im Stillen.

»Nimm Platz, George!« Mike wies auf einen der Sitze. Die Bedienung schenkte ein, reichte Kekse und verließ anschließend den Raum.

»Vorab einige Erklärungen! Stelle Dir eine Organisation vor, welche Personen wie Dich weltweit zu Einsätzen anwirbt. Diese Frauen und Männer arbeiten mit geheimen technischen Geräten auf abgelegenen Inseln, in der Antarktis, in Gebirgen oder auf scheinbar neutralen Schiffen. Sie entwickeln und forschen an

Projekten, nach denen sich alle Geheimdienste der Welt die Finger lecken würden, wenn sie es denn wüssten. Keine Orte, wo sie entspannen können. Deshalb schufen wir das Andental! Es ist ein Erholungs- und Urlaubsort für unsere Mitarbeiter. Da viele von ihnen, so wie Du, einfach verschwunden sind, können wir es uns nicht leisten, dass irgendein Idiot per Selfie unabsichtlich ihre Gesichter auf Facebook, Instagramm oder Snapchat, um nur einige zu nennen, postet! Daher das absolute Fotografierverbot! Das Andental ist, militärisch ausgedrückt, ein ›Recreation Center‹. Getarnt einerseits als Ferienklub für Reiche, und zusätzlich als Geldwaschanlage. Einer der Gäste, ein Mafiosi, hat uns das Geschäft diskret angetragen, woraufhin wir gerne einwilligten! Dies ist das echte Geheimnis des Tales!«

Fassungslos griff sich George an den Kopf. Also, darauf wäre er nie im Leben gekommen!

»Fantastisch! Sagenhaft! Und, was ist dann mein Job?«

Mike schob ihm den Vertrag zu: »Du hast früher im Diplomatischen Dienst gearbeitet! Wir brauchen eine zuverlässige, erfahrene, integre Person zur Koordination unsere Außenstellen. Dabei ist viel Fingerspitzengefühl nötig!«

George war begeistert! Ohne ihn durchzulesen, unterzeichnete er seinen Arbeitsvertrag.

»Klasse! Danke Ralf!« Und danach Mike ansehend: »Schätze, Du bist der maßgebende Boss, der mich erst einmal persönlich kennenlernen wollte, nicht wahr?«

Mike lächelte.

»In etwa! Im Moment bin ich hier der Ranghöchste!«

Nach einer kurzen Pause:

»Möchtest Du gerne eine unserer Außenstellen besichtigen?«

George war kaum mehr zu bremsen.

»Aber ja. Geht das gleich? Wie lange brauchen wir?«

»Selbstverständlich! Wir sind seit geraumer Zeit dorthin unterwegs! In knapp zehn Minuten landen wir auf dem Mars im Außenfort Taran 17!«

Von einem Moment zum anderen sah George verstört drein. Hatte er soeben ›Mars‹ verstanden? Bevor er antworten konnte, verschwand eine der Wände vor ihm. Überrascht stand er auf.

Vor ihnen lag ein Steuerraum voll mit unbekannten Geräten und zwei Kontursesseln.

Auf den Bildschirmen: Der Mars!

Danach der nächste Schock: Einer der Sessel schwang herum und eine schlanke Gestalt erhob sich daraus.

»Willkommen an Bord der ursalanischen Korvette ›Tizona‹, Mr. Kendall. Ich bin Raumkapitän Mo Thar von Shantinar!«

Eine Echse, ein Alien! George schwankte. Behutsam wurde er zu einem Stuhl geleitet.

Fassungslos vernahm er Ralfs vorwurfsvolle klingende Worte, indirekt an die Pilotin gerichtet:

»Mo Thar hat einen riesen Zirkus veranstaltet, so lange, bis man ihr erlaubte, eine Schulung für ursalanische Schiffe zu absolvieren! Sie bestand die Prüfung glänzend und ist derzeit unsere einzige nichthumanoide Pilotin. Wir müssen nur aufpassen, dass sie das Schiffchen immer wieder zurückbringt, anstatt damit abenteuernd durch die Galaxis zu düsen!«

Danach, George ansehend, meinte er tröstend:

»Keine Sorge! Auf dem Mars erhältst Du eine Hypnoseschulung, anschließend wirst Du all die dir jetzt noch ungeheuerlichen Dinge verstehen. Und,« fügte er grinsend hinzu, »Du kannst Dich bei Bedarf jederzeit im Andental erholen!«

*

»George, Du wirst mit Mo Thar als Kapitän, Aine und den von Dir geschulten Mitarbeitern in zwei Tagen aufbrechen. Ihr bekommt einen Zerstörer, die ›Curtana‹. Zusätzlich wird eine Flotte von fünf kampfstarken Schiffen, unter dem Kommando eines Raumadmirals stehend, zu eurem Schutz ins Shantinarsystem entsendet. Errichte dort eine ursalanische Botschaft und nimm später Kontakt mit Leigron auf. Vorausgesetzt, dass diese unsere Bedingungen akzeptieren, besuche sie, um bei denen eine gleichartige diplomatische Vertretung, wie bei den Shantis, aufzubauen. Wähle hierzu zwei geeignete Personen nach deinem Ermessen als Gesandte aus. Wie abgesprochen, bist Du deren Chef, das gilt auch, wenn wir demnächst offiziell mit dem Reich der Zwölf Sonnen Verbindung aufnehmen. Du wirst, sobald es so weit ist, von Anfang an mit dabei sein!«

52

Nachdenklich blickte Admiral Dave Thorstensen, derzeit höchster Befehlshaber der Marsfestung Taran und Milverduun, auf das vor ihm schwebende Display.

Seufzend bemerkte er:

»Wir verfügen einfach über zu wenig geeignete Mitarbeiter. Dies ist momentan unser ärgerlichster Schwachpunkt!«

Dave hatte in einem Konferenzraum in der Außenfestung Taran 17 zur Besprechung geladen und George hinzu gebeten. Mike, Ralf und Oberst Riemann, sein Stellvertreter Mars, waren ebenfalls anwesend. Natürlich durfte auch seine persönliche Androidin, Hathor, nicht fehlen.

George befand sich seit drei Wochen auf dem Mars und fügte sich gut in die Mannschaft ein.

Der anfängliche Schock angesichts der Tatsache, sich unerwartet in einem Raumschiff zu befinden, der Anblick Mo Thars und die Erkenntnis, dass die wunderschönen Frauen und viele Männer des Servicepersonals Androiden waren, legte sich schnell.

Vier Tage später, nach abgeschlossener Prüfung, nahm er sichtlich erfreut die Abzeichen seines Dienstgrades entgegen. Ab sofort war er Oberst George Kendall!

Danach ging er begeistert an seine Aufgabe, ein intergalaktisches diplomatisches Korps aufzubauen. Umgehend studierte er die vorhandenen Personalakten, um geeignetes Personal zusammenzustellen. Interessanterweise eigneten sich deutlich mehr Frauen als Männer.

Wie auch immer, George war zufrieden.

»In Ordnung, Dave! Mo Thar kann es kaum erwarten, dass es losgeht! Auf Shantinar gibt es für sie keinerlei Chancen, jemals wieder in einem Raumschiff unterwegs zu sein. Und jetzt, sogar als Kommandantin eines ursalanischen Zerstörers, fühlt sie sich wie im siebten Himmel!«

Dave lächelte in Erinnerung an die junge Shanti. Anfangs, bei ihrem Kennenlernen, hatte sie ihn beinahe wortwörtlich zum Fressen gern. Später kamen sie auf freundschaftlicher Basis gut miteinander aus. Nach ihrer Internierung war sie am Boden zerstört. Kein Forschungsraumer mehr, aus war es mit Abenteuern.

Ihr ehemaliger Kapitän, Kort Nagar, gab ihr den Typ, es bei den Terranern zu versuchen. Anschließend ging sie der provisorischen Vertretung der Marsfestung auf Shantinar solange penetrant auf die

Nerven, bis diese sie bei nächster Gelegenheit ins Solsystem abschoben.

Mike nahm sich die junge Dame persönlich vor:

»Du bekommst deine Chance, Mo Thar! Keine Sonderbehandlung sondern die normale Pilotenschulung! Wenn Du bestehst, gut, wenn nicht, gehst Du freiwillig und ohne Theater zurück nach Shantinar! Klar?!«

Natürlich willigte sie ein. Man schenkte ihr nichts, aber sie biss sich durch. Was Mike bewog, mit Dave darüber zu sprechen, angesichts ihrer Personalknappheit, zukünftig weitere Nichthumanoide zuzulassen. Warum auch nicht, immerhin beschäftigten die Ursalaner früher ebenfalls viele Arbeitskräfte befreundeter Völker.

»Ich freue mich, George, dass sich die Sache mit Mo Thar so gut entwickelt hat! Alles Gute für deine Mission!«

Ein Wink Daves, und sie waren entlassen.

Milverduun

Zwanglos saßen sie in einem bis zu fünfundzwanzig Personen fassenden Raum zusammen.

Ungeachtet der Rangunterschiede, kulinarisch betreut von hilfsbereiten Androiden, nahmen sie in beliebiger Reihenfolge Platz.

Dave führte das formlose Treffen vor ein paar Wochen ein. Jedermann bekam Zutritt und durfte fragen, ein Anliegen vortragen oder einfach nur zuhören.

Einer der Anwesenden ergriff das Wort:

»Hallo Dave! Wozu bekomme ich einen fünffach höheren Lohn als früher, wenn ich ihn nicht ausgeben kann?«

Das weckte auch die Aufmerksamkeit der anderen. Ehe Dave antworten konnte, bemerkte Mike grinsend:

»Sie erhalten überhaupt kein Gehalt! Keiner von uns! Die angeblichen Gehaltskonten in der Schweiz existieren nicht!«

Stille, total verblüffte Gesichter ringsum. Mike lachte wiehernd.

»Wenn ihr nur euere eigenen einfältigen Mienen sehen könntet! Zum Totlachen!«

Bevor die Mitarbeiter Mike an den Kragen gingen, griff Dave begütigend ein.

»Überlegt einmal! Ihr werdet euren Sold auf der Erde nie ausgeben können! Außerhalb des Andentals darf sich keiner von uns blicken lassen, oder die Geheimdienste schnappen ihn! Auf Shantinar, Leigron, wo auch immer, kann niemand mit irdischem Geld bezahlen. Wozu denn? Ihr bekommt alles, was ihr euch wünscht, doch umsonst! Kleidung, Wohnung und jeden erdenklichen Luxusartikel! Was wollt ihr mit Autos, Luxusvillen und eigenen Düsenjets anfangen? Egal was ihr möchtet, fordert es einfach an. Dazu dient die Beschaffungsstelle. Lieferung frei Andental, anschließend per Transmitter hierher. Wenn ihr beispielsweise unbedingt Autorennen zu veranstalten beabsichtigt, gerne auch mit Formel I Fahrzeugen, von mir aus. Taran weist riesige unterirdische Flächen auf, die wir wunschgemäß zu Rennstrecken ausbauen können! Skihügel mit Schnee? Ebenfalls kein Problem! Aber verabschiedet euch von dem Gedanken, jemals wieder ungehindert auf der Erde herumlaufen zu dürfen!«

Betroffen schwiegen die meisten Zuhörer, die wenigsten von ihnen hatten dies bedacht. Mike brach das Schweigen. Leise, nachdenklich:

»Eines Tages, auf einer der Leigronwelten oder im ›Reich der Zwölf Sonnen‹, wird es für uns einen Ort geben, wo, wie es in der Werbung heißt, die Freiheit grenzenlos ist!«

Woraufhin eine lebhafte Diskussion ausbrach. Es drehte sich vor allem um die hochinteressante Frage: Was wünschen wir uns?

Nette Unterhaltung, bis einem einfiel, dass dies auch bezahlt werden musste. Nur, von wem?

»Äh, Dave! Nicht irgendeiner von uns, Du als Admiral eingeschlossen, hat einen Auftraggeber! Niemand besitzt Geld! Woher willst du es nehmen?«

Der Angesprochene lächelte dünn.

»Wobei wir bei den alltäglichen Problemen des Lebens angekommen sind. Bitte um Vorschläge!«

Von Überfall bis Diebstahl, von Raub bis Geldfälschung, alles wurde vorgeschlagen. Entspannt lehnte Dave sich zurück, beobachtete die erregt durcheinanderredenden Personen. Sehr interessant.

Nur Mike und Ralf hielten sich bedeckt, bis es irgendeinem auffiel.

»Raus mit der Sprache! Ihr kennt eine Lösung!«

Mike gähnte betont gelangweilt.

»Wie wird das chronisch defizitäre Andental finanziert? Wer bezahlte bisher alles?«

Ratloses Schweigen rundum. Grinsend gab er gleich darauf selbst die Antwort:

»Zum Glück besitzen wir eine intergalaktische Großbank mit nahezu unerschöpflichen Mitteln!«

Grummelnd meinte einer: »Nun sagt es endlich!«

»Denkt mal nach! Woher kommen all die Zehntausende von Raumschiffen Milverduuns? Die wartenden Todesflotten?« David sah sie auffordernd an.

»Keine Ahnung!«, gab einer zu. »Vielleicht Androiden, die Bergwerke betreiben, nach Erzen graben?«

Mike erklärte selenruhig:

»Nicht doch! Die Lösung ist recht einfach. Milverduun ist ein gewaltiger, längst erkalteter Planet, weitaus größer als unser

Jupiter. Ähnlich wie die Erde besteht das Planeteninnere vorwiegend aus Eisen und Nickel. Diese Metallerze werden atomar in ihre Bestandteile zerlegt und anschließend wiederum in einem Konverter von Energie in Masse umgewandelt. Stufe um Stufe entsteht dabei jedes beliebige Element. Ein gigantischer Bereich Milverduuns ist ausschließlich mit der Materialerzeugung beschäftigt. In Raumschiffen wird in sämtlichen Sektoren, oft auch als Legierungsbestandteil, tonnenweise Gold, Tantal, Coltan, Lanthan, Indium, Yttrium, eben alle bei uns wertvollen oder seltenen Metalle benötigt und eingesetzt. Hinzu kommen auf der Erde bisher unbekannte Transurane. Legierungen aus diesen, selbst bei sehr geringen Halbwertzeit, verhalten sich indessen nahezu ewig stabil! Mit dem Wert des Materials, welches dort auf Vorrat herumliegt, könnte man die Erde zigtausendfach aufkaufen! Eine androidengesteuerte Transporteinheit bringt bei Bedarf einfach ein paar Tonnen teuerster Edelmetalle zum Mars. Diskrete Einschleusung übers Andental in den irdischen Schwarzmarkt und die Milliönchen füllen die Konten in den Steueroasen! Somit so gut wie legal!«, schloss Mike zufrieden.

Verblüfft sahen sich die Anwesenden an. Darauf wären sie nie im Leben gekommen.

Woraufhin die vorherige Diskussion zum Thema ›Wunschzettel‹ erneut aufkam.

*

»Milverduun! Ich muss dringend dorthin und ein paar Sachverhalte klären! Dafür genügt eine Korvette und ich fliege, nur kurz, ohne Begleitung hin! Nur mit Hathor als Pilotin. Danach …!«

Weiter kam Dave nicht. Von allen Seiten schlug ihm Protest entgegen.

Obwohl er den Teilnehmerkreis für diese Informationsrunde klein ansetzte, es nützte ihm keineswegs!

Dr. Isabelle Lamar, seine Freundin, erhob als erste vehement Einspruch.

»Ich komme mit, oder wir sind geschiedene Leute! Meinst Du, dass …!«

Sie kam nicht weit. Taran meldete sich unüberhörbar zu Wort:

»Sir! Ich weise daraufhin, dass Sie außerhalb des irdischen Systems mit der ›Tourendal‹ fliegen müssen, inklusive der beiden Begleitschiffe! Bestehende Regelung für kommandierende Admirale! Der Schutz ihrer Person besitzt oberste Priorität! «

Mist! Die ›Tourendal‹ hatte er mittlerweile schlicht und einfach vergessen. Die Diskussion lief doch bereits vor ein paar Tagen, oder? Also auf ein Neues. Soweit er sich erinnerte, bestand Milverduun nach der Schlacht mit den Xsoor nachdrücklich darauf, von der ›Balmung‹ auf den wesentlich widerstandsfähigeren Kreuzer zu wechseln. Jetzt stand dieser in einem untermarsianischen Hagar.

So langsam gingen ihm die Rechner mit ihrer andauernden Bevormundung auf die Nerven:

»Taran, wer legte das fest?«

Die Antwort dauerte ungewöhnlich lange. Schau an, so eindeutig verhielt sich die Sachlage offenbar nicht. Merklich zurückhaltender fiel die Auskunft aus:

»Die Anweisung stammt von Milverduun, Sir! Sachverhalt für mich in keiner Weise belegbar. Meinen Speichern fehlte vorher diese Festlegung, Sir!«

»Bist Du Milverduun unterstellt?«

»Nein, Sir!« Militärisch kurz und knapp.

»Fein, lösche die Vorschrift sofort! Wenn ich, beispielsweise, ins ›Reich der Zwölf Sonnen‹ fliege, will ich dort so unauffällig wie denkbar auftreten. Brav tiefstapeln! Dabei denke ich an eine Fregatte, allerhöchsten an einen Zerstörer der Kalron-Klasse!«

»Sehr wohl, Sir! Anordnung ist gelöscht!« Nanu, klang die Stimme Tarans etwa leicht verschnupft? War ihm so was von egal. Gleich darauf sah er verblüfft drein:

»Sir, Milverduun bestätigte auf meine soeben erfolgte Anfrage, die Herkunft der Regel ebenfalls nicht verifizieren zu können. Es scheint nur eine ungeschriebene Tradition zu sein. Da Sie der ranghöchste aktive Offizier sind, wird die Vorschrift auf ihren begründeten Wunsch hin generell aufgehoben!«

Dabei fiel Dave noch etwas ein:

»Taran, Du kündigtest vor ein paar Tagen zehn Schiffe Milverduuns an. Warum und wann kommen die?«

»Sir, ihre Pläne, beginnend mit Shantinar, sowie den Schutz weiterer Sternenreiche gegen den ›Feind‹ zu übernehmen, entspricht den ursalanischen Grundsätzen. Dafür schufen uns einst die Ursalaner! Dies ist unser Daseinszweck! Wir sind verpflichtet, Ihnen dazu jegliche Mittel zur Verfügung zu stellen! Eintreffen der Schiffe, sie fliegen mit einfachster Leistung, in zweieinhalb Stunden! Danach erfolgt die Übergabe an Sie, Sir!«

Wirklich, das kleine Manöver mit seinem Tornado über der Ostsee zog immer mehr Aufgaben nach sich.

Was wäre wohl geschehen, wäre er ein paar Minuten früher gestartet, die englische Maschine nicht zu spät gekommen wäre und ...?

Er rief sich zur Ordnung. Sinnlose ›was-wäre-wenn‹ Spielchen.

Isabell ins Auge fassend:

»Du kannst gerne mitkommen, aber beklage Dich keinesfalls, dass es Dir womöglich langweilig ist!«

Und an die Runde gerichtet:

»Höchstens zehn Personen! Bei unserem chronischen Personalmangel gibt es ...!«

Dave erstarrte. Ein scharfer telephatischer Gedanke, diesmal vom Außenfort Taran 17.

›Sir! Dringlichkeitsanruf von Oberst Kendall! Bitte kommen Sie sofort in meine Zentrale!‹

Entschuldigend erhob er sich.

»Tut mir leid, wir müssen die Besprechung verlegen!«

Die Tür öffnete sich und eine Androidin meldete vorschriftsmäßig:

»Admiral, ihr Schweber!«

*

Hoffentlich gab es bei George keinen schwerwiegenden Ärger. Dave konnte sich nicht verklären, was diesen bewog, so dringend anzurufen.

Als zukünftigen Chefdiplomaten erhoben sie ihn in den Rang eines Oberst, um ihm mit ausreichender Autorität gegenüber anderen Dienstgraden auszustatten. Erheitert erinnerte er sich dessen Flüche und Schimpfworte angesichts der bei der Schulung entstehenden Kopfschmerzen. Schwamm drüber, George hatte es überstanden.

Auch wenn er sich hinterher lautstark beschwerte, dass man ihn über die ›Nebenwirkungen‹ nicht umfassend aufklärte, die Sache mit der Telepathie begeisterte ihn. Sich unterhalten zu können ohne unerwünschte Zuhörer, genau sein Fall! Mit Androiden, sofern sie hierfür in der Lage waren, verständigte er sich von da an überwiegend in der Gedankensprache.

Nach dem Ende der im System verbliebenen Resten der Shantiflotte, kehrte Mike zum Mars zurück. George begab sich indessen mit seinem Zerstörer, der ›Curtana‹, mit Mo Thar als ihm unterstellten Kapitän, als vorläufiger Botschafter Ursalans nach Shantinar.

Unter diesen Überlegungen gelangte er an. Kaum, dass er Platz nahm, leuchtete der Bildschirm auf. Keine drei Sätze später hob er die Hand:

»Stop, George! Warte einen Moment! Ich bitte Mike und Ralph dazu!« Dave nutzte die Wartezeit, um sich privat mit seinem Gegenüber zu unterhalten, sich nach dessen Befinden zu erkunden.

Kaum eine Minute später Minute stürmten beide zur Tür herein, gespannt, warum sie so eilig herbeizitiert wurden.

»Dave, was ist ...?« Dieser unterbrach Mike.

»Setzt euch und hört vorerst nur zu. Bitte Georg, schildere den Vorfall von vorne, die inzwischen überspielten Aufzeichnungen sehen wir uns anschließend an!«

Fassungslos saßen sie da, im ersten Augenblick nicht glaubend, was George ihnen mitteilte.

Als sein Bericht endete, herrschte für einen Moment Schweigen.

»Taran 17! Bitte kläre mit Taran Zero und Milverduun, ob es eine Möglichkeit gibt, dass ...!«

*

Generaladmiral Lady Sera Langdar, allmächtige Oberkommandierende der Kriegsflotte Leigrons, sah ihre beiden Großadmirale kalt an.

»Sie haben den Bericht unseres Geheimdienstes gelesen?«

Zustimmendes Nicken.

»Ich fasse zusammen: Lady Sina Xern ließ sich von den Terranern hereinlegen! Aus der Darstellung des Forschungsschiffes der Shanti, der Largo-14, geht klar hervor, dass es anfangs

60

lediglich vier Erdlinge auf der Marswelt gab! Heute dürften es kaum mehr als ein Dutzend sein! Die angeblichen Flotten von zehntausend Einheiten sind ein Täuschungsmanöver, nur dazu da, um uns einzuschüchtern! Mit hoher Wahrscheinlichkeit sind es höchstens hundert veraltete Schiffe. Die vorgeblich fürchterliche Kampfkraft, welche den kümmerlichen Rest der Shantiflotte vernichtete, ist maßlos übertrieben. Mit den winzigen Schrottschiffchen, die vollwertigen Kampfschiffe nahm Admiral Snerk Farl mit in das Verhängnis, wären wir genauso leicht fertig geworden! Beachten Sie, dass die Shantiraumer nicht im Kampf zerstört, sondern mit einem miesen Trick in ein schwarzes Loch gelockt wurden! Alles nur Täuschung und Betrug! Stimmen sie mir zu?«

Wiederum nickten die beiden Admirale.

»Gut! Sind Sie damit einverstanden, dass der ›Rat der Sieben‹ abgesetzt wird und wir an deren Stelle eine Militärregierung einsetzen, sowie auf Leigron das Kriegsrecht ausrufen?«

»Jawohl, Lady Langdar! Wann schlagen wir zu?«

»Sofort, bevor jemand etwas mitkommt! Ordonnanz!«

Eine Majorin, sie war vorab instruiert worden, trat salutierend ein, danach, stramm aufgerichtet:

»Ihre Befehle, Madame?«

»Der ›Rat der Sieben‹ ist unverzüglich festzusetzen! Rufen Sie eine Sitzung aller höheren Militärränge ab Majorin aufwärts ein, sagen wir ab jetzt in einer Stunde. Ich informiere die Damen selbst! Wegtreten!«

*

Im Prinzip gab es nur zwei Optionen: Neutral und unabhängig bleiben oder sich dem entstehenden Sternenreich unter der Obhut Ursalans anschließen.

Gleichgültig wie sie entschieden, nachdem die andauernde Bedrohung durch die Shanti entfiel, gab es keinen Grund mehr, an der kostspieligen Militärmaschinerie festzuhalten. Leigron konnte frei von Angst aufblühen, mit den eingesparten Mitteln ihre Welten in Paradiese verwandeln. Mit Shantinar und anderen Imperien Handel treiben? Welch verlockende Zukunftsaussichten!

»Was machen wir den Militärs? Die werden nicht begeistert sein!«

Lady Sina Xern brachte den einzig heiklen Punkt zur Sprache.

»Kein Problem!« Lady Bori Xalar, Vorsitzende des ›Rates der Sieben‹, sah keinerlei Schwierigkeiten.

»Wir versetzen sie ehrenvoll, versehen mit großzügigen Abfindungen, in den Ruhestand. Feierlicher Abschied mit Dank an die nimmermüde Flotte, welche uns während der Bedrohung durch die Shanti beschützte und ...«

Krachend schlugen die Türen zum ›Großen Ratssaal‹ Leigrons gegen die Wand.

Mit gezogenen Waffen stürmten rund zwei Dutzend Soldatinnen herein, an der Spitze eine Majorin.

»Sie sind wegen Hochverrats verhaftet! Leigron steht unter Kriegsrecht!«

An ihre Truppe gerichtet:

»Führt sie ab! Ein Militärtribunal wird sie heute noch aburteilen!«

Schweigend, innerlich vor Wut kochend - warum sahen sie das nicht voraus? - ergaben sie sich in ihr Schicksal.

Eine kleine Hoffnung verblieb Lady Xern.

›Wenn diese Vollidioten Shantinar angreifen‹, dachte sie im Stillen, ›ist das Thema Militär alsbald erledigt. Ohne Abfindungen, sondern mit Hinrichtungen!«

*

›Der Rat der Sieben‹, keineswegs geknickt, saß auf der Anklagebank. Über ihnen thronten, zufrieden dreinsehend, Generaladmiral Lady Sera Langdar nebst zwei Beisitzerinnen.

Rechts von den Beschuldigten erhob sich die Anklägerin, eine Frau Oberst:

»Hohes Gericht, werte Anwesende! Im Namen des Volkes von Leigron erhebe ich Anklage gegen den ›Rat der Sieben‹ wegen Hochverrats! Ich werde beweisen, dass die Zivilregierung unsere Welt schutzlos an fremde Mächte ausliefern wollte, dass ...!«

Das Plädoyer der Anwältin dauerte knapp drei Minuten.

»Als Strafmaß beantrage ich lebenslange Haft!«, schloss sie.

Leutselig wandte sich Lady Langdar an die Verteidigung.

»Frau Leutnant, Sie haben das Wort!«

Nun, die Dame gab sich redlich Mühe. Indessen, so gut wie niemand hörte ihr zu, die Richter sahen gelangweilt drein.

Als sie endete, ließ sich ihre Richterin huldvoll herab:

»Angeklagte, möchten sie noch etwas sagen?«

Lady Xern erhob sich.

»Ich beschuldige sie alle als Putschisten! Sie sind keinesfalls die legal vom Volk gewählte Regierung, sondern lediglich Empörer und Rebellen. Wir beugen uns der Gewalt, aber eines Tages, wenn sie vor einem Erschießungskommando stehen, werden sie an meine Worte denken!«

Generaladmiral Lady Langdar biss sich auf die Lippen. Mit einer derartigen Anschuldigung hatte sie nicht gerechnet, eher damit, dass die sieben Frauen sich wortstark rechtfertigen würden. Trotzdem wahrte sie die Form, beriet sich kurz mit ihren Beisitzerinnen. Anschließend stand sie auf, wartete bis alle sich erhoben.

»Hiermit verkünde ich das Urteil: Der ›Rat der Sieben‹ wird wegen Hochverrats aufgelöst und die einzelnen Mitglieder jeweils zu lebenslanger Haft verurteilt! Wachen! Führt sie ab!«

*

Alle Fernsehstationen auf den Leigronwelten zeigten das gleiche Bild:

Ein Stehpult, an der rückwärtigen Wand die Embleme der Flotte sowie die Fahnen das Reiches.

Hinter dem Rednerpult, in einer beeindruckend düsteren dunkelblauen Uniform, nur ein einziges Rangabzeichen tragend: Generaladmiral Lady Langdar.

Verstört vernahm die Bevölkerung den Ausruf des Kriegsrechts wie auch die Bedrohung durch die Terraner. Eine zutiefst verabscheuungswürdige Rasse, welche hinterlistig die Shanti angriff und deren Streitkräfte feige und arglistig in einen Hinterhalt lockte.

Bilder der Gräueltaten der Menschen - sie brauchten sich nur der Shanti-Propaganda zu bedienen - lösten Furcht und Entsetzen aus. Darüber hinaus wollte ihre eigene Regierung sie an diese Barbaren ausliefern! Was für ein Glück, dass die Raumflotte rechtzeitig eingriff!

Jubelnd begrüßten sie die Nachricht, dass sich ihre unbezwingbare Raumarmee aufmachen würde, um diese Ungeheuer in die Schranken zu verweisen!

*

Die ranghohen Militärs waren wütend. Trotz angestrengtester Bemühungen sahen sie sich nicht in der Lage, sämtliche Schiffe innerhalb kurzer Zeit voll auszurüsten.

Schlendrian wohin man sah, eine Kampfmoral unter aller Sau!

Sie setzten einen Termin fest: Start in acht Tagen, danach unmittelbarer Angriff auf Shantinar mit Eroberung. Anschließend würde man weitersehen, je nachdem, wie die Reaktion der Terraner ausfiel.

Zufrieden rieben sie sich die Hände.

*

»Sir, die zehn angekündigten Schiffe Milverduuns sind soeben eingetroffen. Sie werden gebeten, die Zentrale von Taran Zero aufzusuchen. Ein Androide höchster Klasse erwartet Sie!«

Dave seufzte, immer dieses militärische Gedöns. Andererseits, mit einer höheren Rangstufe, ließ sich eine Lösung des Problems Leigron vermutlich leichter erreichen.

»In Ordnung Taran 17, ich nehme den Transmitter!«

»Sehr wohl, Sir!«

Eine halbe Minute später erreichte er das Portal zur Hauptzentrale Mars.

Wirklich, er konnte sich nicht beklagen. Trompetengeschmetter, vier salutierende Kampfroboter und zwei Androidinnen, welche in durch das Portal geleiteten.

Gemessenen Schrittes, ganz nach alter Militärtradition, ging er auf den Kommandobereich zu.

Alle Achtung, der ihn erwartende Androide war ein imponierendes Exemplar! Mindestens ein Meter neunzig groß, in eine Galauniform, allerdings ohne Rangabzeichen, gekleidet. Eine Mannlänge vor der Maschine hielt er an,

»Sir! Ich begrüße Sie im Namen Milverduuns! Ihr in ersten Maßnahmen eingeleitetes Vorhaben, den ›Feind‹ zu bekämpfen, friedliche Zivilisationen zu schützen und das ursalanische Reich wiederentstehen zu lassen, entspricht der ›Großen Aufgabe‹! Gegenüber Hathor deuteten Sie an, demnächst nach weiteren Hinterlassenschaften unserer Erbauer zu suchen und erneut in Betrieb zu nehmen. Damit es keine Probleme mit der Kommandoberechtigung gibt, werden Sie in den Rang eines Großadmirals erhoben. Ihre Einstufung gilt unwiderruflich! Entsprechende Anweisungen und Codes sind in ihrem Rangabzeichen festgelegt. Wenn Sie gestatten?«

Als er nickte, trat von der Seite her eine Androidin heran, entfernte die bisherigen vier Sterne und ersetzte diese durch ein ovales Gebilde, rotgold fluoreszierend, rund sechs auf vier Zentimeter messend. Die leuchtenden Linien und die hellen Pünktchen erinnerten an ein vereinfachtes Atommodell mit umlaufenden Atomen. Denkste! Wie gewohnt las Taran indiskret seine Gedanken mit und korrigierte ihn telephatisch: ›Sir, ihr Abzeichen symbolisiert die Umlaufbahnen und Planeten Ursalans!‹ Super, voll in ein Fettnäpfchen getreten.

Salutierend trat der Androide zur Seite.

»Ich grüße Sie, Großadmiral David Thorstensen! Ihre Befehle?«

Dave überlegte ein paar Sekunden.

»Taran Zero, gibt es eine Antwort von Milverduun auf meine Anfrage?«

Die Entgegnung kam überraschenderweise von dem Androiden.

»Sir, wenn sie gestatten?« Er bejahte.

»Ich bin Ihnen als persönlicher Androide zugeordnet. Im Gegensatz zu Hathor kann ich jederzeit eine Verbindung zu sämtlichen bekannten Recheneinheiten direkt herstellen. Milverduun bittet Sie, ihren Plan zu erläutern, sodass ein sachgerechter Vorschlag errechnet werden kann!«

Auch recht!

»Ich nehme an, Du besitzt wie alle deiner Kollegen eine Identifikationsnummer? Für uns Menschen heißt Du ab sofort ›Baldur!‹ Taran 17, hole bitte Mike und Ralf hierher und überspiel ihm die Daten bezüglich Leigron, danke!«

Hoffnungsvoll wandte er sich an seine Begleiterin:

»Wie steht es mit einem Drink?«

Kaum ausgesprochen stand ein großes Glas mit einem Erfrischungsgetränk bereit. Ein tiefer Schluck. »Ah, das tut gut!«

Keine zwei Minuten später kamen Mike und Ralf dazu, interessiert den bisher unbekannten Andoidentyp betrachtend.

»Dies ist Baldur!«, stellte Dave vor. »Ich sage jetzt, wie ich mir das Vorgehen mit Leigron vorstelle. Wir hörten erst einmal ihre Nachrichten ab. Daraufhin beobachteten wir den Militärrat. Kurz und knapp: In acht Tagen greifen sie ohne Kriegserklärung Shantinar an! Im Gegensatz zu den Xsoor sind es harmlose Einheiten, deshalb ja kein Massaker anrichten. Andererseits will ich demonstrieren, dass wir in der Lage sind, jederzeit mit ihnen fertig zu werden. Ein kleines Geschwader von fünfhundert Schiffen dürfte überzeugend genug sein. Mein Wunsch ist, dass wir sie nicht abschießen zu müssen, sondern mit technischen Mitteln außer Gefecht setzen. Wie, das klären wir nachher mit Milverduun. Mike wird mit der Balmung rechtzeitig nach Shantinar fliegen und dort den Befehl über unsere Schiffe übernehmen. George wird vorher die dortige Botschaft Leigrons einnehmen, sodass sie keine Warnung in ihre Heimat senden können. Ich will die streitlustigen Damen völlig überraschen! Anschließend erhält Milverduun seine Einheiten zurück. Soweit verstanden?«

Er wandte sich an Baldur:

»Kann Milverduun mit meinen Vorgaben etwas anfangen und wie lange dauert es, bis ein Ergebnis vorliegt?«

Baldur schweig sekundenlang. Die Menschen warteten gespannt ab.

»Sir, aufgrund der uns bekannten technischen Primitivität der Angreifer wird der Einsatz von Neutronenabsorbern empfohlen. Sie können damit, durch das Absaugen der frei werdenden Neutronen in den Meilern, diese nach Belieben in der Leistung herunterfahren. Wir messen zu Beginn die Energieabgabe an und reduzieren sie auf den gewünschten Wert. Wenn die beispielsweise um achtzig Prozent verringert wird, ist die Grundversorgung des Schiffes mit Atemluft und Licht noch gewährleistet. Die Triebwerke und Waffensysteme sind hingegen nicht mehr einsatzbereit!«

»Super!«, Dave lächelte zufrieden. »Mike wird dieses an allen Leigronschiffen, mit Ausnahme des Flaggschiffes, durchführen.

Wir schalten sie bereits in den ersten Sekunden ihres Austretens aus dem Hyperraum aus! Beim Führungsschiff gehen wir anders vor. Ich will, dass die Damen etwas von unserer Feuerkraft geboten bekommen, ohne ihnen allzu sehr zu schaden. Hathor wird die Feuerleitstation übernehmen. Ich denke mir das folgendermaßen, nämlich dass Mike ...!«

Mike grinste wie ein irischer Kobold seiner Heimat von einem Ohr zum anderen.

Klasse! Endlich war wieder Action angesagt!

*

Generaladmiral Lady Sera Langdar beobachtet genauestens, wie sich ihre Besatzung auf das Austrittsmanöver vorbereitete.

Sämtliche Damen, vom Kapitän hinunter bis zur gemeinen Soldatin, saßen hoch konzentriert vor ihren Manöverstationen. Die Ortungs- und Feuerleitstände waren jeweils zweifach besetzt.

Der Countdown: ... - drei - zwei - eins - null!

Das All erschien auf den Bildschirmen, Shantinar lag, als heller Punkt zu erkennen, genau voraus in Flugrichtung. Bestens!

»Ortungsalarm! Ortungsalarm!« Sirenengeheul und sich überschlagende Meldungen.

»Ruhe! Was ist los?!«

»Fünfhundert gigantische Schiffe halten exakt auf uns zu! Verrat! Wir wurden erwartet!«

Totenbleich erblickte sie die ungeheure Armada, welche sich ihnen entgegenstellte. Verdammt! Von wegen nur maximal dreißig kleine Einheiten. Ihr Geheimdienst hatte voll versagt! War sie, genau wie Admiral Snerk Farl, auf die Aussagen der Besatzung der Largo-14 hereingefallen? Wie konnte sie nur annehmen, dass die Terraner das Forschungsschiff der Shantis über ihre wahre Stärke informierten? Weiter kam sie mit ihren Überlegungen nicht:

»Generaladmiral, wir werden angerufen! Soll ich durchstellen?«

Sie nickte und vor ihr auf dem Hauptbildschirm erblickte sie einen Mann mit roten Haaren, welcher sie ernst ansprach:

»Raumkapitän Mike Chester, ursalanischer Kreuzer Balmung, an nicht anflugberechtigte Schiffe! Stoppen sie unverzüglich und ergeben Sie sich!«

Hysterie erfasste sie:

»Wie können Sie es wagen ...!«

Weiter kam sie nicht.

»Falsche Antwort! Hathor brenne ihr eins auf den Pelz!«

Er nickte der Frau rechts neben seinem Sitz zu.

Die Alarmsirenen jaulten erneut auf, als ihr Raumer, wie von einer unvorstellbar gewaltigen Faust getroffen, durchgeschüttelt wurde. Einrichtungen zerbrachen, das Licht flackerte, Brandgeruch breitete sich aus. Halb betäubt von dem Lärm sah sie den Mann, nunmehr spöttisch lächelnd, noch immer auf ihrem Bildschirm.

»Nun, Lady? Ergeben Sie sich jetzt?«

Mühsam riss sie sich zusammen. »Ja, aber nur zu folgenden Bedingungen ...!«

Was daraufhin geschah, kannte sie bereits.

»Falsche Antwort! Hathor, vernichte beide Polgeschützkuppeln!«

Nur kurz, kaum wahrnehmbar, leuchteten zwei Energiestrahlen auf. Danach existierten ihre leistungsfähigsten Feuerbatterien nicht mehr.

»Lady Langdar, wir können keine Verbindung auch nur zu einem einzigen unserer Schiffen herstellen!« Die Ortungsoffizierin schrie in namenloser Panik.

Anscheinend bekam ihr Gegenüber die Aussage mit. Kühl nickte er ihr zu:

»Ihre lächerlichen Kampfeinheiten setzten wir bereits am Anfang des Anfluges außer Gefecht. Ich frage zum letzten Mal: Ergeben Sie sich bedingungslos?«

Gebrochen, am Boden zerstört.

»Ja, wir ergeben uns!«

»In Ordnung! Begeben sie sich in ihre Rettungsboote und verlassen sie langsam die Hangars! Schalten sie die Triebwerke nach passieren der Schleusentore ab! Sie werden per Traktorstrahl in einen unbemannten Tender gebracht! Die Boote der anderen Schiffe schleppen wir ebenfalls dorthin. Sie können aus ihren Fahrzeugen steigen, Temperatur und Atemluft entspricht ihren biologischen Bedürfnissen! Ein Betreten des Tenderinneren ist nicht möglich!«

Das Bild erlosch.

*

Freundlich lächelnd, dabei knallhart im Ton, informierte Oberst Kendall, Chefdiplomat Ursalans, den auf Leigron noch existierenden Militärrat per überlichtschneller Funkverbindung:

»Ihre Invasionsflotte ist restlos vernichtet, ihre Schiffe vergingen in der Sonne Shantinars! Die Mannschaften befinden sich in Haft. Die Militärregierung ist umgehend aufzulösen, die frei gewählte Regierung erneut einzusetzen. Ich erwarte eine Antwort innerhalb einer Planetenumdrehung. Sollten sie in dieser Zeit nicht kapitulieren, werden sie als Aggressoren eingestuft, und ebenfalls eliminiert!«

Ohne eine Erwiderung abzuwarten, unterbrach er die Verbindung.

*

Eine kümmerliche Oase inmitten der ›Großen Wüste‹ diente als Standort für das Militärgefängnis.

Die wenigen Wachen und Gefangenen freuten sich über den ehemaligen ›Rat der Sieben‹. Endlich eine Abwechslung in ihrer Abgeschiedenheit, denn jetzt erhielten sie die aktuellsten Nachrichten aus erster Hand. Unzensiert! Ihre Empfangsanlage konnte nur den Militärsender empfangen.

Heute war ein bedeutender Tag! Der Start der Armada zum Schutze Leigrons, live übertragen! Wächter und Häftlinge saßen einträchtig nebeneinander im Aufenthaltsraum vor den Bildschirmen.

Lady Sina Xern betrachtete wütend die in Großaufnahme gezeigte Generaladmiralin. Eingebildet und überheblich sprach sie vom bevorstehenden Sieg über die Shanti samt deren üblen Verbündeten, den Terranern.

Begleitet vom Jubel der Bevölkerung, unter dem eingespielten Klang der Fanfaren, begab sie sich an Bord ihres Flaggschiffes. Zehn Minuten später hoben die Schiffe nacheinander ab.

Zum Glück konnte niemand die ketzerischen Gedanken von Lady Xern lesen: ›Schade, dass die Terraner sie alle auslöschen! Gar zu gerne hätte ich die Aufrührer standrechtlich erschießen lassen!‹

*

Oberst Lady Xar Nortan nahm das Ultimatum der Terraner an die Militärs schadenfroh zu Kenntnis. Als Chefin des Geheimdienstes sorgte sie frühzeitig dafür, dass die wesentlichen Leitungen, sowohl zivile wie auch die der Raummarine, angezapft und überwacht wurden. Ihr Stab wertete rund um die Uhr alle Erkenntnisse zeitnah aus, sodass sie das Desaster in kürzester Frist mitbekam.

Geschah den uniformierten Tölpeln recht, obwohl sie zugeben musste, dass ihr ebenfalls zwei schwerwiegende Fehler unterliefen. Zum einen erwischte sie der Putsch kalt. Die Vorbereitungen hierzu bekam sie nicht mit. Noch mehr überraschte sie die Schnelligkeit der Aufrührer, mit der diese ihr Vorhaben umsetzten. Selbst anschließend informierte sie niemand, sondern sie erfuhr erst aus den Nachrichten davon. Ausgesprochen blamabel!

Zum anderen entging ihr vollständig, dass eine unwissende Mitarbeiterin eine einfache Übungsstudie, basierend auf den Aussagen der zivilen Besatzung des Shantyschiffes, ohne Hinterfragen des Zweckes, an die Admiralität weitergab. Der Aussagewert des Schriftstücks ging gegen Null, da die Faktenlage mehr als dürftig war. Wer konnte auch ahnen, dass die machtgeilen Admirale daraufhin einen Krieg anzetteln würden?

Ein Tastendruck und ihre Stellvertreterin huschte herein.

»Hier, sieh Dir das an!« Schweigend lauschten sie dem Ultimatum.

»Lady Sina Xern informierte mich frühzeitig, nach ihrem Zusammentreffen mit den Terranern, über deren absolut glaubwürdigen Aussagen. Außerdem besitzen wir ausgezeichnete Aufnahmen davon, wie sie nachgerade nebenbei die letzten Shantiraumer zerstörten!«

Lebhaft fuhr Oberst Lady Nortan fort: »Veranlasse Folgendes! Ein Mannschaftswagen mit Eliteagenten sofort zum ›Großen Ratssaal‹. Diesen übernehmen und sichern! Ein zweiter zum Gefängnis in der Wüste. Dem ›Rat der Sieben‹ zuerst die Aufzeichnung zeigen, danach sie samt den andern Gefangenen freilassen und nach Leigron bringen. Von dort aus können Sie, wenn sie wollen, Verbindung mit den Terranern aufnehmen! Eventueller Widerstand von Seiten der Wachen ist augenblicklich gewaltsam zu brechen!«

Zufrieden lehnte sie sich zurück. Generaladmiral Lady Sera Langdar konnte sie noch nie leiden!

*

Chaos wohin man sah!

Das Hauptquartier der Raumflotte verhielt sich gelähmt, nahezu geschockt und vor allem zweifelnd.

Ihre Schiffe vernichtet? Von wem denn? Und wer war der unverschämte Kerl, der es wagte, ihnen ein Ultimatum zu stellen?

Andererseits, wieso meldete sich die Generaladmiralin nicht?

Admiral Lady Lara Tork, derzeit ranghöchste kommandierende Offizierin auf Leigron, war ratlos. Eine derartige Situation, nämlich eine Niederlage im Shantinarsystem, sah niemand vorher. Weshalb es für diesen Fall weder Pläne noch Anweisungen gab.

Kurz darauf kam es weitaus entmutigender!

»Lady Admiral! Agenten des Geheimdienstes befreiten soeben den ›Rat der Sieben‹! Sie sind unterwegs zum ›Großen Ratssaal‹ und setzen die vorherige Regierung erneut ein!«

Der Schock saß! Was wusste Oberst Lady Nortan, was ihnen unbekannt war?

Müde griff sie zur Rundsprechanlage:

»Admiral Lady Tork an Alle: Wir gehen davon aus, dass unsere ausgesandten Schiffe wirklich vollständig vernichtet sind! Ich kapituliere. Die noch im Orbit kreisenden Raumer haben, so rasch wie es geht, zu landen. Die Mannschaften verlassen ihre Einheiten und begeben sich bis auf Weiteres in ihre Quartiere! Leisten Sie keinen Widerstand!«

Resigniert, den Kopf in die Hände gestützt, schloss sie die Augen. Ihre persönlichen Zukunftsaussichten waren rabenschwarz. Bald würde man sie abholen. Und wegen Umsturz aburteilen.

*

In derart kurzer Zeit erwartete Oberst Kendall die Antwort nicht, zumal sich zu seinem Erstaunen der ›Rat der Sieben‹ meldete.

»Sir, wir, die gewählte Regierung Leigrons, wünschen mit Ihnen in Kontakt zu treten. Die Aufrührer ergaben sich und sind in

Gewahrsam. Dürfen wir erfahren, was mit der Rebellenarmada geschah und wer Sie sind?«

Na, die Dame, sehr nett anzusehen, gab sich betont höflich.

»Oberst George Kendall, Chef des Diplomatischen Korps Ursalans, zu Ihren Diensten, Madame. Wir spielen Ihnen anschließend die Aufnahmen des Angriffs ein. Mit Ausnahme des Flaggschiffs legten wir frühestmöglich die Reaktoren ihrer Einheiten lahm. Deshalb kam es zu keinen Kampfhandlungen, das heißt, null Verluste an Menschenleben. Die Kampfschiffe sind längst vergangen. Die Mannschaften geben wir gerne zurück. Wie sie mit denen verfahren, liegt in Ihrer Hand. Um die Übergabemodalitäten zu besprechen, schlage ich vor, dass ich mit meinem Schiff auf Leigron lande!«

Fragend sah der Mann sie an. Die Schwestern des Rates stimmten lauthals zu.

»Einverstanden! Wann dürfen wir Sie erwarten?«

Oberst Kendall wandte sich an Mo Thar.

»Kapitän! Geht es bis morgen, zwölf Uhr Ortszeit?«

»Selbstverständlich, Sir!«

Prüfend betrachtet er danach die Damen Leigrons:

»Sie haben es gehört: morgen zur Mittagszeit! Den Tender, den Sie nachher sehen, bringen wir als Geste des guten Willens ferngesteuert mit. Die in den Laderäumen zusammengepferchten Beiboote samt den Notrationen scheinen nicht sehr bequem zu sein, die lieben Leutchen werden sich auf komfortable Betten in Gefängniszellen mit regelmäßigem Essen freuen!«

Der Bildschirm erlosch. Nachdenklich saßen die Damen in ihren Stühlen. Eine Frage plagte sie: Wieso kommandierte eine nichthumanoide Shanty als Kapitän ein ursalanisches Schiff?

*

Eine planetenweite Ansprache des ›Rates der Sieben‹, eine Richtigstellung bezüglich all der angeblichen Gräueltaten und Eroberungsgelüste der Terraner, und die Bevölkerung jubelte wieder.

Frieden! Was für ein schönes Wort!

Natürlich übertrug das Staatsfernsehen die Landung des Diplomatenraumers und die Begrüßung des ursalanischen

Gesandten, genauso wie die des Tenders. Die Aufnahmen der ausgeschleusten Rettungsboote zeigten, wie viele Besatzungsmitglieder dank der Großzügigkeit der Terraner ungeschoren davon kamen: über zwanzigtausend! Ein anderer Gegner hätte gnadenlos das Feuer auf die Invasoren eröffnet und alle getötet!

Ein paar Tage später ...

Gefasst stand Lady Sera Langdar, unehrenhaft aus dem Dienst entlassen, nebst ihren zehn ranghöchsten Mitverschwörern vor dem Erschießungskommando. Nur zu genau erinnerte sie sich den Worten Lady Xerns nach deren Verurteilung.

»Hinrichtungspeloton! Achtung! Legt ...!«

»Halt!« Ein scharfer, nicht zu überhörender Befehl stoppte die Offizierin. »Waffen absetzen und sichern! Nehmt den Gefangenen die Augenbinden ab!«

Eine Frau Oberst des Geheimdienstes, in düsterer schwarzer Uniform, zwei Agenten an ihrer Seite unterbrach den Ablauf der Exekution.

Sie hielt ein Dokument in der Hand und las, weithin hörbar vor:

»Begnadigung! Der ›Rat der Sieben‹ begnadigt alle zum Tode wegen Verschwörung Verurteilten! Das Todesurteil wird in eine zeitlich unbegrenzte Haftstrafe umgewandelt!«

Die Offizierin faltete das Schriftstück zusammen und sprach laut weiter:

»Der Gnadenerlass erfolgte auf Ersuchen des terranischen Botschafters. Wachen! Führt sie ab!«

*

Im Besprechungsraum von Taran 17 nippte Mike genüsslich an einem hochprozentigen Drink,

während George seinen Bericht beendete.

»Sehr gut! Ihr habt die Sache ausgezeichnet durchgeführt!«, stellte Dave zufrieden fest. »Großes Lob an alle Beteiligten!«

Sekundenlang sah er auf den Monitor.

»Nachdem die Probleme mit Shantinar und Leigron gelöst sind, gibt es keinen Grund, meinen Besuch bei Milverduun zu verschieben. George, Du wirst mit Mo Thar zurückfliegen und dort die beiden Botschaften ausbauen und einrichten, Ralf übernimmt die zehn Schiffe Milverduuns und begleitet euch. Stationiert in jedem System fünf Einheiten, dadurch zeigen wir Präsenz und die lieben Leutchen fühlen sich zugleich geschützt. Wenn Du erreichen könntest, dass wir sowohl auf Leigron als auch auf Shantinar ein geeignetes Gelände zur Errichtung einer Militärbasis erhalten, fände ich das vorteilhaft: Baldur! Abflug nach Milverduun in zwei Tagen, bitte die ›Tourendal‹ bereithalten. Mike übernimmt offiziell das Kommando! Nehmt mit, wer unbedingt mit will, aber achtet darauf, dass wir dadurch keine Personalengpässe an anderer Stelle verursachen! Ja, Baldur?«

»Sir, wenn Sie gestatten?« Dave nickte. Sobald der so höflich fragte, gab es für ihn sicherlich wieder Stress. Welche Kröte sollte er diesmal schlucken?

»Sir! Sie wissen, dass nur wenige Schlachtschiffe der Kathar-Klasse gebaut wurden. Milverduun entwickelte sie nach Skizzen der ursalanischen Ingenieure. Sie kamen nie mehr zum Einsatz. Sie sind nicht nur kampfstärker, sondern zudem schneller als alles, was bisher in Dienst gestellt wurde. Gedacht als Kommandoschiffe ab Großadmiral! Einer der Raumer ist im Anflug, er ist danach ihr persönliches Schiff. Eine Werftmannschaft fliegt ihn hierher zum Mars. Die menschliche Crew muss für die Steuerung gezielt geschult werden. Das gilt sowohl für Sie, als auch für die sonstige Besatzung, Sir!«

Mike stöhnte! Erneut verhieß dies Kopfschmerzen, langsam reichte es ihm.

Baldur schien seine Gedanken zu erraten, oder las er verbotenerweise mit?

«Sir, es ist nichts als eine einfache Hypnoseschulung, keine Aufstockung, somit entfallen schmerzhafte Nebenwirkungen!«

Dave erahnte den Pferdefuß.

»Baldur, wie lange dauert die Nachschulung?«

»Vier Tage, Sir, inklusive der praktischen Übungen!«

»In Ordnung, von mir aus! Nehmen wir uns sicherheitshalber ausreichend Zeit für Unvorhergesehenes und starten daher erst in sechs Tagen. Die Sache mit dem Schlachtschiff ist echt ein Oberhammer, deshalb taufen wir es auf den Namen ›Mjölnir!‹

*

Komfortabel und bequem!

Die Mjölnir, ein Schlachtschiff höchsten Formats? Von wegen! Das war eher ein Luxusliner der Fünf-Sterne-Klasse, einen Service bietend, den nicht mal ein irdisches Kreuzfahrtschiff bereitstellte.

Dave saß mit Isabelle in einer Suite, die in vorliegender Größe kein Grandhotel auf der Erde aufweisen konnte.

Und das Essen erst! Einfach Spitzenklasse!

Apropos die Mahlzeiten, wo kam das gesamte Zeugs überhaupt her?

»Baldur!«, ein Ruf in Richtung Tür und dieser trat ein.

»Sir?«

»Seit ich erstmalig die Marsstation betrat, sowie auf jedem ursalanischen Schiff, hatte ich den Eindruck, dass ich stets frische Gerichte serviert bekam. Salat beispielsweise. Stimmt das, oder ist das Essen künstlich?«

»Sir, als Taran 17 erkannte, dass biologische Wesen eintrafen und versorgt werden mussten, wurde als Erstes die Transmitterverbindung Mars-Erde reaktiviert. Der dort anwesende Androide besorgte alles Notwendige anfangs in kleinem Maßstab. Des Weiteren nahm der Leitrechner die untermarsianischen Farmen in Betrieb, um die Grundversorgung sicherzustellen. Bedenken sie bitte, dass Taran Zero nach Planvorgabe bis zu einer Million Menschen versorgen sollte. Außer Nahrungsmitteln und Getränken kommen Dinge wie Körperreinigungs- und Pflegemittel sowie Kosmetika und dergleichen, hinzu.«

Baldur schien sich zu amüsieren.

»Um ihren anspruchsvollen Bedürfnissen gerecht zu werden, kopierte eine dafür zuständige, unabhängige Recheneinheit heimlich die Beschaffungslisten von einigen ihrer alle Annehmlichkeiten bietenden Luxuslinern, wie beispielsweise der Queen Mary II. Es ist immens, was so gebraucht wird! Auf der Erde entstand mit diskreter Hilfe von Taran Zero ein international agierendes Großhandelsunternehmen, welches seitdem, ohne es zu ahnen, uns sämtlichen nichtmilitärischen Bedarf liefert! Ein extrem leistungsfähiger Caterer, sozusagen!«, schloss Baldur zufrieden und verließ die Suite.

Jetzt stand noch die Frage im Raum, wer kochte? Hatten die nur Rezeptbücher gelesen oder einen Spitzenkoch engagiert? Besser, er fragte nicht genauer nach. Wie hieß es doch gleich im Film Ratatouille? Jeder kann kochen!

Dave nahm zudem an, dass ein besonders programmierter Androide auf dem Mars als Proviantmeister fungierte. Schließlich mussten die menschlichen Besatzungen ursalanischer Schiffe seit Anbeginn der See- und später der Raumfahrt ebenfalls versorgt werden. Immerhin bekam er von Taran 17 von Anfang an echtes Essen, keinen Kunstfraß wie auf dem Shantiraumschiff.

Also genoss er mit Isabelle in aller Ruhe das hervorragend mundente Mahl!

*

»Milverduun an Großadmiral David Thorstensen! Sir, seien Sie Willkommen! Die ›Mjölnir‹ wird automatisch angedockt. Bitte benutzen Sie ihre bordeigenen Gleiter, diese bringen Sie und ihre Mitarbeiter ferngesteuert zur Hauptsteuereinheit, Sir!«

Dave saß auf der Brücke erhöht hinter Mike und den Piloten in einem übergeordneten Kommandositz, den er allerdings deaktiviert hatte. Er hatte keinesfalls vor, in die Steuerung des Schlachtschiffes einzugreifen. Im Bedarfsfall, bei einem Kampf, konnte er es notfalls im Einmannbetrieb, unterstützt durch intensivste telepathische Verbindung zum Bordzentralrechner, beherrschen. Nicht sehr empfehlenswert!

Ihr Schiff meldete sich postwendend:

»An Kapitän: Fernsteuerübernahme durch Milverduun ist erfolgt. Der Hangar wurde einhundertzwanzig Kilometer unter der Planetenoberfläche angelegt. Ankunftszeit in sechs Minuten. Sie werden gebeten, in Uniform zu erscheinen!«

Was umgehend Baldur auf den Plan rief:

»Sir, wenn Sie sich bitte in ihre Kajüte begeben, ihre Galauniform liegt bereit!«

Gleichgültig ob es ein mickriger Raum oder eine luxuriöse Suite war, der Wohnbereich von Admiralen und dem Kapitän hieß nach uralter Marinetradition ›Kajüte‹, die supermoderne Steuerzentrale entsprechend ›Brücke‹. Es ging halt nichts über Rituale und Gepflogenheiten.

Leise vor sich hingrummelnd folgte er der Aufforderung. Trotz bewusster Verzögerungstaktik erreichte er noch durchaus rechtzeitig den Gleiter.

Mike und die Anderen waren längst da, standen wartend davor. Als Ranghöchster betrat er zuerst den Gleiter und hatte diesen auch als erster zu verlassen. Sehnsüchtig dachte er an die Zeit bei den Marinefliegern zurück. Im Briefing Room Fluganweisungen einholen, Wetterbericht einsehen, Flugplan ausfüllen, in den Tornado klettern und losdüsen! Reine Routine, kein Stress!

Im Moment haderte er mit seinem Schicksal, warum ausgerechnet er, der er nichts als ein einfacher Pilot war?

Bevor er sich tiefer in düstere Gedanken verlieren konnte, hielten sie an. Aussteigen und ...

Welch ein Aufwand!

Innerlich grinsend erinnerte es sich Isabelles saurer Miene angesichts der Tatsache, dass er alleine voranschritt, während sie als Zivilperson weit hinten bleiben musste. Ob Milverduun Einstufungstests durchführte und wenn ja, ob es ihm gelang, Isabelle zu einer entsprechenden Schulung zu überreden? Als erfolgreiche Physikerin durfte ihr das nicht schwerfallen und würde ihr danach vieles vereinfachen. Vor allem der Umgang mit Einrichtungen, die nur auf Telepathiebefehle reagierten.

Sechs salutierende Kampfroboter, ein Spalier von Androiden, unbekannte Militärmusik - ob die wohl noch von den alten Ursalanern stammte? - sowie wunderhübsche weibliche Androiden, welche mit verführerischem Lächeln jedem ein Glas mit einem rötlich schimmernden Getränk reichten.

Als die Gläser geleert waren, schwang langsam ein schweres Portal vor Dave auf.

»Willkommen in Milverduun, Großadmiral! Bitte treten Sie ein! Ihre Begleitung wird in einen Aufenthaltsraum geführt und dort betreut!«

Neugierig sah er sich um. Im Prinzip gab es gegenüber der Marsstation Taran nichts Neuartiges, außer dass die Grundfläche die doppelte Größe aufwies, sowie rund die Hälfte der Steuerkonsolen deaktiviert schienen. Ob das diese einst als Schalttische für die Erbauer dienten?

Zum Programmieren und Prüfen all der unzähligen komplexen Funktionen der Raumschiffswerft? Wie auch immer, deswegen kam er keinesfalls hierher. Gelassen schritt er zu dem höher gelegenen Areal, zum Sitz des Kommandierenden und nahm darin Platz.

Sofort erschien eine voll aktive Steuereinheit vor ihm.

»Ihre Befehle, Sir?«

»Milverduun, ich habe einige Fragen, die ich nicht über Taran oder Baldur stellen wollte. Streng vertraulich, sozusagen, mit einer Ausnahme: Bitte Admiral Mike Chester, meinen Vertreter hierher, ich möchte, dass er von Anfang an vollständig informiert ist!«

»Sehr wohl, Sir!«

Während er auf Mike wartete, ging er in Gedanken seine Liste durch. Kurz darauf saß Mike neben ihm.

»Mike, Milverduun, ich will mehrere Dinge veranlassen, die unter Umständen unvorhersehbare Auswirkungen haben. Dazu stelle ich jetzt ich konkrete Anfragen, Milverduun!«

»Bitte fragen Sie, Sir!«

»Angeblich hat der ›Feind‹ Ursalan vernichtet. Kennst Du Position der Ursprungswelt deiner Erbauer? Gibt es Bildmaterial über das Ausmaß der Zerstörung?«

»Position bekannt, nicht geheim, da das gesamte Leben auf dem Planeten ausgelöscht wurde. Sehen Sie selbst!«

Dave und Mike waren angesichts der Aufnahmen geschockt. Eine Welt, anfangs bedeckt von einem schwarzen Leichentuch, später ein lohender Scheiterhaufen, welch ein schreckliches Ende!

»Milverduun, dies geschah vor über achthunderttausend Jahren. Wie sieht Ursalan jetzt aus?«

»Sir, der Planet wurde nie mehr angeflogen! Es gibt kein aktuelles Bildmaterial!«

»Besitzt Du ortungssichere Sonden, die Ursalan anfliegen und unbemerkt untersuchen können? Ich möchte wissen, in wieweit dort Lebensmöglichkeiten bestehen!«

»Kein Problem, Sir! Wenn ich sie sofort starte, liegt in zwei Tagen ein ausführlicher Bericht vor!«

»Gut, umgehend losfliegen. Nächste Frage: Hast Du Einheiten, die andauernd aktiv ein Signal ausstrahlen können? Falls ja, wünsche ich mir Folgendes: Sie sollen von Milverduun in alle Richtungen aufbrechen und, sagen wir mal in einem Abstand von jeweils zehn Lichtjahren, ein ursalanisches Anrufsignal abstrahlen, kurz abwarten und danach weiterfliegen. Weit über diese Galaxie hinaus. Ich hoffe, dass sich damit noch funktionierende Abwehrfestungen oder was auch sonst melden. Stelle bitte deine Produktion um, sodass demnächst einige tausend von den Dingern zur Verfügung stehen. Was nutzen uns jede Menge Raumschiffe, wenn wir keine Anwendung dafür haben? Ich schlage vor, dass wir die Fertigung vorläufig ruhen lassen. Was aber das Wichtigste ist: Unbedingt gleichzeitig die Empfänger der Sonden mit höchster Empfindlichkeit auf Ortung des ›Feindes‹ einstellen! Ich will ihn kennenlernen, ihm gegenübertreten! So etwas, was wir gerade sahen, darf nie mehr geschehen! Geht das?«

»Selbstverständlich, Sir. Ich werde ein optimiertes, intelligentes Suchverfahren berechnen und zur Genehmigung vorlegen.«

»Schön, kommen wir zur vorläufig letzten Frage. Soweit ich den Erinnerungen von Admiral Shagaron entnehmen konnte und nachdem, was, wie eben gezeigt, als Reaktion der ursalanischen Raumschiffe auf den Angriff des ›Feindes‹ erfolgte, erkenne ich immer nur das gleiche Muster.«

Einen Moment schwieg Dave nachdenklich, ehe er seinen Gedankenfaden weiterspann.

»Die bisherige Strategie bestand darin, mit einer gewaltigen Übermacht von rund Zehntausend Schiffen anzugreifen, einer sogenannten ›Todesflotte‹, weil dem Untergang geweiht. Durch Verbesserung der Steuer- und Feuerleitzentralen, genügten von Schritt zu Schritt stets weniger Mann Besatzung, um den ›Feind‹ zu vernichten. Trotzdem werden alle angreifenden Schiffe mit vernichtet. Zusätzlich entstanden Abwehrfestung, siehe Mars, aber was die gegen den ›Feind‹ ausrichten sollen, ist mir unklar. Des Weiteren, dies scheint mit hingegen begründbar, schufen die Ursalaner Raumschiffswerften wie Dich. Meine Frage: Welche weiterführende Strategien, respektive Taktiken, wurden angewandt?«

Mike, der Daves Fragen gespannt verfolgte, sah interessiert der Antwort Milverduuns entgegen.

Der Großrechner ließ sich Zeit.

»Sir, da ich in die Überlegungen der Erbauer nicht eingebunden war, ist mir weder der ursprünglich gedachte Anwendungszweck der Abwehrfestungen bekannt, noch bin ich in geplante Kampfstrategien eingeweiht. Ich kann nur Hilfestellungen leisten, wenn mir erklärt wird, was der kommandierende Offizier beabsichtigt und anschließend die Resultate auswerten. Beim Angriff der Xsoor trugen Sie mir ihre Wünsche mit den entsprechenden Begründungen vor, die ich danach sachgerecht umsetzen konnte. Ihre Strategie ergab ein hervorragendes Ergebnis, mit dem Sie ihre Befähigung zum Admiral nachwiesen. Auf die ›Gedanken‹, Nachforschungen über Ursalan anzustellen sowie eine Suche nach ursalanischen Hinterlassenschaften einzuleiten, kann ich nicht kommen! Das, was Sie mit Intuition, spontanen Einfällen, Visionen, Träumen und vielem mehr bezeichnen, ist für mich undenkbar. Was Sie gleich wieder verwerfen, würde meine Rechenkapazität, da ich unmöglich erkenne, ob etwas Sinn macht, schnell überschreiten und zum Systemabsturz führen. ›Was wäre wenn‹ Spiele oder ›man könnte‹ Überlegungen, alles, was nicht mathematisch eindeutig erfassbar ist, keine klare Aufgabenstellung beinhaltet, führt letztendlich ebenfalls zum Ausfall, Sir!«

Sieh mal einer an! Kein Wunder, dass die alten Ursalaner die Handlungsfreiheit ihrer Rechner kräftig einschränkten. Die wussten dem Anschein nach genaustens über deren Grenzen bescheid!

»Milverduun! Wir werden so lange bleiben, bis die ersten Ergebnisse hinsichtlich Ursalans Zustand vorliegen. Anschließend fliegen wir zurück zum Mars. Mike wird sich danach um das ›Reich der zwölf Sonnen‹ kümmern. Vielleicht gibt es demnächst auch Informationen zu dem Verbleib von ›Feinden‹ und womöglich noch weiterefunktionierende Anlagen. Bis wir abfliegen, besuchen wir alle zusammen deine Fertigung. Baldur soll die Führung organisieren!«

*

Die Bilder gelangen hervorragend, das Gesamtergebnis war jedoch niederschmetternd.

Eine tote Welt mit vom Regen abgewaschenem, nacktem Gestein, die Meere eine graue, undefinierbare Brühe. Unwetter, wohin man sah. Sauerstoffgehalt in der Atmosphäre? Viel zu niedrig für Menschen!

Leben? Weit und breit keine Spur.

»Sir, bitte bedenken Sie, dass der ›Feind‹ außer Ursalan, auch das System in seiner Gesamtheit, sogar weitläufig über dessen Grenzen hinaus, auslöschte! Somit gab und gibt es dort nicht eine einzige lebende Zelle!«

Nachdenklich rieb sich Dave das Kinn.

»Milverduun! Wie viele solcher Tender, wie gegen Leigron eingesetzt, besitzt Du?«

»Sir, genau eintausendzweihundertelf!«

»Gibt es bei Dir noch ähnliche Schiffe, mit denen großräumige Materialmengen transportiert werden können?«

»Es existieren Versorgungsschiffe mit einer hohen Aufnahmekapazität. Wozu benötigen Sie die?«

Mike, als stiller Zuhörer, fragte sich das auch.

»Uns stehen mehrere Planeten mit durchaus intakter Fauna und Flora zur Verfügung! Terra, Shantinar und die Leigronwelten. Wir entnehmen diesen unauffällig, während eines längeren Zeitraums hinweg, fruchtbare Erde mit all den darin enthaltenen Mikroorganismen und werfen sie über den toten Gebirgen Ursalans, sofern nicht von ewigem Eis bedeckt, ab. Die Regenfälle schwemmen das Material allmählich zu Tal und verteilen es anschließend ausreichend gleichmäßig. Aus den Meeren holen wir Algen, Krill und jede Menge Kleinstlebewesen, und schütten das Zeugs in die ursalanische Brühe, die einstens Meerwasser darstellte. Wir erzeugen kein Leben, wir importieren es! Mit Ausnahme von Fischen und größeren Tieren, die dürften alsbald verenden.«

Stille!

Milverduun und Mike mussten das offenbar erst einmal verdauen. Danach meldete sich der Rechner voller Begeisterung.

»Sir! Ich will sogleich ...!«

Dave unterbrach ihn:

»Halt! Nicht so schnell! Wir ziehen Ralf hinzu, er wird das Projekt ›Rebirth‹ leiten! Zuerst soll er auf der Erde nachsehen, wo wir im Geheimen relativ unauffällig Erdreich entnehmen können, später offen auf den mit uns befreundeten Welten. Wenn wir Glück haben, dürfen wir im ›Reich der Zwölf Sonnen‹ ebenfalls ein wenig abstauben!«

Fröhlich lächelnd wandte er sich Mike zu:

»Als zukünftiger Schwiegersohn des Königs von Kantar gibst du uns gewiss einen kleinen Happen ab, nicht wahr?«

Zuerst lief der rot an, danach grinste er über sein gesamtes irisches Koboldgesicht:

»Klar, Dave! Was tut man nicht alles für liebe Freunde!«

*

Im Schatten der uralten Bäume ließ es sich aushalten.

Anders als in den sommerheißen Straßen der Großstadt mit all dem Lärm und der Hektik.

Der Zentralpark in der Hauptstadt Leigron kam ihm als ein Wunder an Landschaftsgestaltung vor. Hügel, Bäche, Weiher und Seen, sowie weitläufige Rasenflächen, wechselten ab mit Hainen und Wäldchen, Büschen und Riesenbäumen. Farbenprächtige Blumen blühten an vielen Orten, mit weißem Kies ausgelegte Wege verliefen in Schlangenlinien durch die Parklandschaft. Kreuzungen, Rondelle, lauschige Plätzchen unter tief herabhängenden Zweigen, einfach wunderbar!

Kaum, dass man anderen Menschen begegnete.

Seine persönliche Androidin, er gab ihr den Namen ›Sirona‹, erhielt die Anweisung, einen Mindestabstand von fünfhundert Metern einzuhalten und sich auf gar keinen Fall blicken zu lassen.

Ungestört nachdenken, war angesagt.

Die beiden Botschaften einrichten? Null Problem! Längst erledigt.

Aber Leigron selbst?

Eine nahezu reine Frauengesellschaft. Wohin er kam, stets betrachtete man ihn misstrauisch und aberwehrend. Ein einzelner Mann? Unmöglich! Sobald er in einem Lokal sowie einer Bar auftauchte, verstummten sofort die Gespräche oder fanden im Flüsterton statt. Unhöfliche Bedienung war an der Tagesordnung!

Also mussten Breschen in diese, zumindest für ihn, nervige Frauendomäne geschlagen werden.

Ein erster winziger Schritt erfolgte bereits: Das Personal der ursalanischen Botschaft auf Leigron war durchgehend männlich!

Sehr zum Verdruss der Verfechterinnen der reinen Linie: Frauen können alles, Männer so gut wie kaum etwas.

Seine Androidin, als solche nicht zu erkennen, trat demnächst, als Besitzerin eines Lokals auf. Selbstverständlich weihte er den ›Rat der Sieben‹ rechtzeitig ein, na ja, im Grunde nur teilweise, sodass eine gewisse Rückendeckung gesichert war.

Überschrift: Männer bevorzugt!

Das musste in der Leigronpresse für Wirbel sorgen.

Nächster geplanter Streich: Einrichten eines Fußballfeldes auf dem rückwärtigen Bereich des Botschaftsgeländes mit der laut DFB kleinstmöglichen Größe von neunzig auf fünfundvierzig Metern. Erstellen von einfachen Tribünen und Mannschaftsunterkünften. Über die Botschaft beabsichtigte er gezielt sportliche, männliche Personen anzuwerben, anschließend sie als Fußballer, Schieds- und Linienrichter auszubilden. Zudem musste er sicherstellen, dass die Spiele im Leigron-TV liefen. Anfangs nur spät abends, wenn die meisten schliefen, danach zusehen, wie es weiterging. Bis zum ersten Wettkampf vergingen aller Voraussicht nach noch ein paar Monate, aber das erhoffte Ergebnis war es dies wert.

›Sir!‹, ein scharfer mentaler Gedanke Sironas erreicht ihn. ›Einige Mitglieder des ›Rates der Sieben‹ gehenn im Stadtpark spazieren und kommen dicht an ihrer Bank vorbei!‹

Ups! Denen wollte er im Moment nicht unbedingt begegnen. Also setzte er sich, soweit wie es ging, zurück, teilweise unter den Zweigen verborgen, um keineswegs gesehen zu werden. Dummerweise vergaß er, dass er der einzige männliche Besucher im Park war, somit die Aufmerksamkeit, genauer die Neugier, der Damen erregte. Geradewegs kamen sie auf ihn zu. Als er ihre Schritte hörte, sah er hoch. Obwohl in Zivil gekleidet, erkannten sie ihn umgehend.

»Herr Oberst! Entschuldigen Sie bitte die Störung! Wir glaubten, dass ...!«

Stammelnd unterbrach sich die Frau, diejenige, welche ihm vor einiger Zeit auf sein Ultimatum an die Militärs Leigrons antwortete. ›Hübsch, äußerst hübsch!‹, dachte er. ›Dunkelblondes Haar mit einem weichen roten Schimmer, rehbraune Augen, eine Figur zum Träumen und eine sanfte, melodische Stimme.‹

»Ja, was glaubten Sie denn?«

Verlegen sahen sich die Frauen gegenseitig an, zu keiner vernünftigen Antwort fähig. Mit allem hatten sie gerechnet, nur nicht mit ihm.

»Meine Damen, ich bewunderte soeben ihren gepflegten Park. Gestatten Sie, dass ich Sie begleite und anschließend zu einer Erfrischung einlade? Rund um diese Anlage gibt es nette Lokale. Bitte schlagen Sie freundlicherweise eines vor.«

Die gut gemeinte Einladung des ursalanischen Chefdiplomaten konnten sie kaum ausschlagen. Oberst George Kendall freute sich auf den nächsten Streich.

Telephatisch wies er Sirona an, nachher der Presse einen Wink zu geben.

In seiner Vorstellung las er bereits die Schlagzeilen:

›Mitglieder des ›Rates der Sieben‹ speisen mit unbekanntem Mann in einem öffentlichen Lokal!‹

Eines war klar: Diesmal würde der Service bei der gemeinsamen Mahlzeit erstklassig ausfallen!

*

Wie er es auch drehte und wendete, er konnte sich der Erkenntnis nicht verschließen:

Er war verliebt!

›Keri Torn‹, lautete ihr Name. Die ihm bereits beim ersten Sehen als außergewöhnlich hübsch aufgefallene Frau war die Sprecherin des ›Rates der Sieben‹.

Das Lokal am Park stellte sich als ein Restaurant der Spitzenklasse heraus. Auf der Erde zeichnete man so etwas mit mindestens drei Sternen aus!

Nach dem hervorragenden Mahl, diskret zahlte er die Rechnung, verabschiedete er sich per angedeutetem Handkuss von den Damen, welche ob dieser Geste verwirrt dreinsahen. Ob er ein Buch á la Knigge, Regeln zum Benimm und zur Etikette, auf Leigron Einführen sollte?

Er wandte sich ab. Kaum ein Dutzend Schritte weiter, hörte einen zaghaften Ruf in seinem Rücken.

»Sir!«

Sieh an, Lady Keri! Was wollte die von ihm?

Er sollte es sogleich erfahren.

»Sir, ich möchte mich mit Ihnen unterhalten, ohne Mithörer. Darf ich sie heute Abend in eine kleine Gaststätte, am Rande der Stadt gelegen, auf einen Drink einladen? Geht das?«

Irgendwie schien es ihr bei ihrem Vorhaben nicht ganz wohl zu sein.

Bittend sah sie ihn an:

»Ich lasse Sie vor ihrer Botschaft abholen?«

Die hatte doch was vor! Gab es vielleicht Probleme innerhalb des Rates? Thema politische Intrigen?

»Ja, sehr gerne!«

Keri drehte sich um und lief eilig ihren Kolleginnen hinterher.

*

Ein Fahrzeug der Regierung, sehr komfortabel eingerichtet, fuhr in ein nördlich der Stadt gelegenes Viertel. Die Fahrerin sprach kein Wort, männliche Fahrgäste kannte sie bisher wohl nicht.

Sirona sollte in einem ursalanischen Gleiter unsichtbar folgen. Allerdings konnte ihm wenig zustoßen, sein Gürtel enthielt unter anderem einen Energiefeldgenerator. Da musste mindestens ein komplettes Haus auf ihn stürzen, ehe er zu Schaden kam.

Komisch, wie ein Villenviertel sah die Gegend kaum aus, eher wie ein Amüsierbezirk.

Bunte Laternchen in den Fenstern, farbige Lichtreklamen über den Eingangstüren der Lokale und Musik war zu vernehmen.

»Sir!«, die Fahrerin sprach ihn in betont neutralem Ton an, »Bitte warten sie kurz ab, es kommt gleich jemand!«

Sah ziemlich konspirativ aus! Nun war er wirklich gespannt!

Keine zwei Minuten klopfte es rhythmisch an das Fenster.

»Sir, steigen Sie jetzt aus!«

Also nichts wie raus. Kaum, dass er auf der Straße stand, schoss sein Fahrzeug los und verschwand im Dunkeln. Kopfschüttelnd sah er hinterher.

Ein höflicher junger Mann - tatsächlich ein Mann! - sprach ihn an:

»Sir, wenn Sie mit bitte folgen wollen?«

Woraufhin er nickte und hinter ihm auf ein bunt beleuchtetes Haus, unschwer als Nightclub zu erkennen, zulief.

Im Inneren empfing in leise Musik sowie eine dezente Beleuchtung. In der Luft lag ein Hauch von Parfüm. Auf einer Tanzfläche, umrahmt von Tischen für zwei bis drei Personen, bewegten sich Paare zum Takte der Klänge. An der Wand zu seiner Rechten stand eine dunkel getönte Bar mit gut zehn Plätzen. Erwartungsvoll steuerte er darauf zu - fein, ein Drink kam ihm in der derzeitigen Situation gerade recht -, doch sein Führer deutete lächelnd auf eine verhangene Nische im Hintergrund, ehe er verschwand.

Was war das für ein Lokal hier? Trafen sich hier Emanzen mit den ansonsten verachteten Männern? Zufluchtsort für Liebespaare? Frauen, welche auf diskrete Begegnungen aus waren?

Der Kragen wurde ihm eng? Keri? Die wollte hoffentlich nicht, oder?

Vor der Nische hielt er zögernd an. Gefahr bestand kaum, anderenfalls hätte Sirona ihn längst gewarnt.

Im nächsten Augenblick trat Keri heraus, fasste ihn an der Hand und zog in das Separee. Ein liebevoll gedecktes Tischen, Getränke, eine Couch und ...!

Keris Erscheinung verschlug ihm die Sprache! Unbeschreiblich! Das tief ausgeschnittene Kleid, ihre Frisur, die ...!

George haute es beinahe aus den Socken. Derart verführerisch empfing ihn bisher noch nie eine Frau!

Ihn aus großen Augen anblickend, schloss sie die Vorhänge. Sekunden später umarmte sie ihn und küsste ihn heftig! Wow! Was für ein traumhaftes Weib!

Gleich darauf löste sie sich und zog ihn auf die Couch, drückte ihm ein Glas in die Hand und stieß mit ihm an.

»Herr Oberst, bitte verzeihen Sie ...!«

Gelassen und entschieden unterbrach er sie: »Ich heiße George, Lady Keri! Auf ihr Wohl!«

»Keri, George, nur Keri!«

Ein flüchtiger Kuss und sie legte ihm vor. An die exzellenten Getränke und Häppchen erinnerte er sich hinterher nicht mehr.

Bewundernd hing sein Blick an der wunderschönen Frau.

Fest sah sie ihm ihn die Augen.

»George, vom ersten Augenblick an, als ich Dich sah, bei deinem Ultimatum an die Militärs, wollte ich Dich näher kennenlernen. Später begehrte ich Dich, bis ich erfuhr, dass Du aus einer männerdominierten Gesellschaft kommst. Dein selbstbewusstes Auftreten machte mir klar, dass eine untergeordnete Rolle, wie sie Männer in unserem Kulturkreis innehaben, für Dich niemals akzeptabel ist. Du stehst in der Öffentlichkeit, willst, dass deine Partnerin sich ebenfalls vor allen Leuten zu Dir bekennt. Als Mitglied im ›Rat der Sieben‹ geht das nicht. Es ist für mich ein zu großer Schritt! Aber jetzt! Eine gemeinsame Nacht und danach trennen wir uns wieder!«

Er fühlte sich wie von einem Kübel mit Eiswasser übergossen. Wer war er denn? Ein Zuchtbulle oder was?

›Sirona, hole mich sofort ab! Sage, ich werde dringend benötigt!‹

Und an Keri gewandt:

»Tut mir leid, das mache ich keinesfalls mit! Ich bin kein Typ für eine Nacht! Entweder ...!«

Für sie völlig unerwartet trat Sirona ein. Brave Androidin! Es ging halt nichts über Telepathie.

»Sir, bitte kommen Sie, Sir! Wichtiger Anruf vom Mars!«

Ehe sie reagieren konnte, zu Wort kam, verließ er bereits das Lokal, eine total verstörte Frau hinterlassend. Diese begriff nichts mehr, außer, dass sich der Unterschied zwischen Männern anderer Welten und denen Leigrons als viel grundlegender erwies als geahnt.

Danach brach sie in Tränen aus.

*

»Sirona, bitte fliege augenblicklich zurück zur Botschaft! Mo Thar soll kommen und mich schnellstmöglich abholen, ich will weg von hier. Am besten erst einmal nach Shantinar!

Betrübt sah vor sich hin.

Eines war allerdings klar. Er liebte Keri, auch wenn diese Liebe keine Zukunft besaß!

Zumindest bestand kaum Gefahr, ihr noch einmal zu begegnen.

Er musste sie vergessen.

*

Sie war wütend und durch und durch geladen! Nicht mit ihr! Kein Mann, gleichgültig welcher Herkunft, durfte sich erdreisten, eine Frau des ›Rates der Sieben‹ derart bloß zu stellen!

Das würde Folgen haben!

Am nächsten Tag saß sie überaus früh in ihrem Büro.

»Zentrale! Verbinden Sie mich umgehend mit dem Botschafter Ursalans!«

»Sehr wohl, Lady Torn!«

Zwei Minuten später sah sie einen freundlich lächelnden Mann auf ihrem Bildschirm.

»Guten Morgen, Lady Torn, was kann ich für Sie tun?«

In scharfem Ton, ohne ihrerseits zu grüßen:

»Ich wünsche umgehend ihren Chef, Oberst Kendall zu sprechen!«

Täuschte sie sich oder lag tatsächlich eine Spur von Schadenfreude in der Antwort des Botschafters?

»Bedaure, Lady Torn! Es ist derzeit völlig ausgeschlossen, ihn zu erreichen. Gestern Abend flog er mit unbekanntem Ziel ab! Kann ich Ihnen sonst noch behilflich sein?«

Jetzt reichte es. Stinksauer unterbrach sie die Verbindung.

Sie so zu brüskieren! Das schrie nach Konsequenzen! Rache war angesagt!

Dummerweise fiel ihr nichts ein.

Wenn sie es recht bedachte, besaß sie keinerlei Ansprüche an ihm. Er, der viele Frauen auf anderen Welten haben konnte, würde sich von ihr keinesfalls beeindrucken lassen.

Sie musste ihn vergessen! Für den Chefdiplomaten Ursalans bedeutet ihr Titel ›Mitglied des Rates der Sieben‹ wohl kaum etwas. Zumal sie annahm, was ihr schwerfiel einzugestehen, dass ihn auch die technisch rückständige Leigronzivilisation vermutlich wenig beeindruckte.

Oberst Kendall kannte viele Planeten, war im All zuhause? Und sie, was außer der Hauptstadt Leigron war ihr bekannt? Im Grunde genommen so gut wie nichts. Sie hatte niemals eine der anderen Leigronwelten besucht, war nie in einem Raumschiff mitgeflogen.

Plötzlich erinnerte sie sich der ursalanischen Pilotin aus Shantinar. Wenn diese lernte, Sternenschiffe zu steuern, warum nicht auch sie?

Gleich nachher musste sie ...!

›George,‹ dachte sie, ›eines Tages sehen wir uns wieder!‹

Ihr war völlig gleichgültig, was ihre Ratsschwestern davon hielten.

Mit einem Male wurde ihr Leigron zu klein!

*

»Die Transportkapazität Milverduuns übertrifft alle meine Erwartungen! Die dort vorhandenen, gigantischen Tender fassen jeweils zwei Kubikkilometer Wasser! Wir übernehmen im Tarnmodus gleichzeitig an verschiedenen Stellen Meerwasser, jedoch verhältnismäßig langsam und so, dass sich keine Änderungen der Meeresströmungen ergeben. Unser oberstes Gebot ist es, die entstehenden Strömungen soweit wie möglich zu neutralisieren oder zu kompensieren. Eine Million Kubikkilometer beispielsweise entnommen, senkt den Wasserspiegel der Meere nicht mal um einen halben Zentmeter. Die Veränderung der irdischen Rotationsgeschwindigkeit aufgrund der Massentnahme ist bedeutungslos, sie liegt beim heutigen Stand der Terratechnik unter der Messgrenze. Die im Wasser enthaltenen Kleinlebewesen, pflanzlich wie tierisch, in ruhigen Meeresbuchten Ursalans ausgesetzt, vermehren sich prächtig. Natürlich nichts Hochstehendes wie Fische, Muscheln, Korallen, halt alles, was die Artenvielfalt auf Terra ausmacht. Dies wird noch Jahrhunderte dauern, aber ein Anfang ist gemacht und es geht weiter. An Land sprießen erste Gräser in kleinen, aufwendig angelegten Biotopen, sowohl aus irdischen wie auch aus Pflanzen von Leigron und Shantinar stammend, bestehend. Unsere Biologen sind begeistert!«

Ralph nahm einen großen Schluck aus dem vor ihm auf dem Pult stehenden Glas - wahrscheinlich bestand es eher aus einem glasähnlichen Kunststoff - und berichtete lebhaft:

»Bevorzugt nehmen wir das Wasser aus sogenannten Müllstrudeln auf und entlasten die irdischen Ozeane ein wenig vom Plastikmüll. Wir filtern ihn einfach heraus und entsorgen ihn in Materiekonvertern. Damit verringern wir die Umweltverschmutzung, reduzieren das Fischesterben. Gewissermaßen«, Ralf grinste von einem Ohr zum andern, »als kleiner Dank für die Wasserspende.«

Dave nickte zustimmend. Die Bilder der Feuchtgebiete sprachen für sich.

Taran, Taran 17 und die Androiden schwiegen wohlweislich. Sie erinnerten sich genau an Daves kürzlich geäußerten Vorwurf, dass sie sich niemals um Ursalan gekümmert hätten. Auf ihre Entschuldigung, dass ihre Programme derartiges Handeln nicht gestatteten, lautete Daves Kommentar:

»Scheiß Programme! Und ihr denkt, dass ihr intelligent seid!«

Das saß! Seitdem verhielten sich die Rechner deutlich weniger überheblich und aufdringlich.

Am Ende vor Ralfs Vortrag stand Dave auf.

»Danke Ralf! Bitte macht so wie bisher weiter! Ich habe Milverduun angewiesen, Dir jegliche Unterstützung zu gewähren, sofern genügend Besatzungen aufzutreiben sind. Wie ich hörte«, Dave lächelte leicht, »bewerben sich neuerdings selbst ranghohe Mitglieder aus der Regierung Leigrons um eine Ausbildung auf ursalanischen Schiffen.«

Und mit einem ironischen Seitenblick auf Mike:

»Wer weiß, ob nicht eines Tages eine Prinzessin aus Kantar mit ihren bisherigen Mannschaften dazu kommt? Wir weisen niemanden, der die Prüfungen besteht, zurück! Früher oder später, wann auch immer, werden wir auf den ›Feind‹ treffen! Danach schlägt für uns die Stunde der Bewährung!«

Dave, bei den letzten Worten tiefernst geworden, grüßte und verließ den Konferenzraum. Eine nachdenkliche Gruppe zurücklassend.

Der leuchtende Berg

Der wunderbare Duft des nur wenige Tage alten Heues, der würzige Geruch köstlicher Räucherware, dazu der herzhafte Geschmack des Holzofenbrotes, die kühle Milch, all das trug zu seinem tiefsten Wohlbehagen bei.

Ein heiterer Sommer neigte sich dem Ende zu, jetzt nahte der Herbst mit raschen Schritten. Die Schafe fanden noch genügend Futter, doch bald musste er die Hochweide verlassen, hinunter ins Tal zum stattlichen Gutshof gehen. Sacht schwebte ein welkes Blatt herbei.

Korf, sein treuer Begleiter, ein dunkelbrauner Mischlingsrüde, schlapperte neben ihm zufrieden Wasser aus dem winzigen Rinnsal, welches weiter unten in einen kleinen Bach überging. Die Quelle, rund zehn Gehminuten bergauf in einem Felsgewirr entspringend, versiegte auch im heißesten Sommer nie, sodass für ihn und die Tiere immer klares Trinkwasser zur Verfügung stand.

Bisher verlief dieses Jahr angenehm. Er sah keinen Grund, warum es nicht so weitergehen sollte. Aber im nächsten ...!

Der Großknecht teilte ihm im Frühjahr ein recht üppiges Weideland zu. Flach ansteigende Almen mit saftigem Gras und vielen Wiesenblumen, mit schmackhaften Pflanzen für die Tiere und dazwischen immer wieder schattenspendende Bauminseln mit mächtigen Laubbäumen. Seit Jahrzehnten fest, stabil und sicher. Stets Schutz vor Unwettern und heißer Sonnenglut bietend.

Zwei Handbreit hoch stand die Sonne über der im blauen Dunst kaum erkennbaren Silhouette des weit entfernten Gebirges. Die kleineren Hügel und Vorberge konnte er gegen das Sonnenlicht nicht erkennen.

An irgendeinem Ort, tief in den im Massiv hochragenden Eisriesen erhob sich ...

... der ›Berg‹ ...

Sein Traum, seine Sehnsucht und unter Umständen dereinst sein Schicksal.

Kein Name.

Nur der ›Berg!‹

Sein Blick wanderte die Anhöhe hinab.

Cyrill, ein Mädchen in seinem Alter, nur ein Jahr jünger, knapp fünfzehn, kam aus der Tür der Almhütte und lief zum Gong.

Gleich darauf hallten drei laute Schläge über die Hügel. Zeit um die Tiere, welche nicht im Freien übernachteten, zurück zum Pferch zu treiben und zum Abendessen zu kommen.

Wenig später verschwand die Sonne hinter dem Horizont. Der blaue Schatten der Nacht begann sich langsam auszubreiten, ein kühler Wind kam auf.

Ein kurzer Pfiff. Korf sprang auf. Im Nu trieb er die Herde zusammen. Die Tiere kannten den Weg.

Und morgen, der Flug der Vögel verriet es ihm, würde es einen weiteren angenehmen Tag geben.

*

Der ›Berg!‹

Seit er zum ersten Mal von ihm vernahm, ließ er ihn nicht mehr los.

Sven erinnerte sich genau!

Vor zwei Wintern besuchte die ›Alte Frau‹, niemand kannte ihren Namen, den Gutshof.

Vier Räume im Erdgeschoss, insgesamt ein längliches Rechteck bildend, waren so angeordnet, dass jeweils ein Viertel des zentralen Kachelofens jede Stube beheizte. Eine der Wohnstuben diente in der kalten Jahreszeit als Spinnstube.

Svens Schlafplatz lag nebenan dicht am Ofen, sodass er den uninteressanten Tratsch und Klatsch der Bäuerin und den Mägden mitbekam. Eines Abends, vor sich hindösend, fiel das Wort der ›Berg‹!

Plötzlich hellwach, lauschte er gebannt den Erzählungen der ›Alten Frau‹.

»... wer es wagt, hoch bis zur Grenze am ewigen Eis zu klettern, gelangt zum ›Tor der Götter‹! Dahinter wartet das Paradies! Aber es ist ein gefährlicher Weg! Viele erfroren in den eisigen Höhen! Diejenigen, die es schaffen, werden reich belohnt! Sie schweben hinauf zu den Sternen! Dort gibt es weder Not noch Krankheit oder Elend! Um Mitternacht danach steigt eine blau leuchtende Säule über dem ›Berg‹ empor in die Unendlichkeit!«

Mist, er hatte den Anfang verpasst.

Am nächsten Morgen, als er die Erzählerin ausfragen wollte, war diese verschwunden.

Betrübt saß er vor dem Stall auf einer Holzbank. Aus dem höher angebrachten Fenster drang der Geruch von Heu. Die Mägde fütterten die Tiere.

»Hallo Sven! Wie schaust Du den drein? Welche Laus ist Dir über die Leber gelaufen?«

Der Gutsherr! Sagen oder schweigen? Er beschloss, zu fragen.

»Herr, was wisst Ihr vom ›leuchtenden Berg‹?«

Einen Moment schien der Bauer zu erschrecken. Danach setzte er sich neben Sven.

»Woher kennst Du diesen Begriff?«

»Gestern Abend, in der Spinnstube, erzählte die ›Alte Frau‹ davon. Ich ruhte auf der Ofenbank im Nebenraum und bekam nur den Schluss mit. Ist es nur ein Märchen, eine Legende oder Wahrheit?«

Lange schwieg der Gutsherr, ehe er bedächtig sprach:

»Hör jetzt gut zu Sven. Niemand weiß, wer die ›Alte Frau‹ wirklich ist! Aber sie besitzt Kenntnisse und Fähigkeiten, beispielsweise als Heilerin, weit über das normale Maß hinaus. Gerüchte sprechen davon, dass sie angeblich Jahrhunderte alt ist. Man kann es glauben oder nicht. Mein Großvater, mein Vater und viele andere Menschen, die ich kenne, sind ihr begegnet. Und immer wieder spricht sie von dem seltsamen ›Berg‹. Es gibt zwei Dinge: Schau hinüber zu dem Gebirge, es heißt ›Altanor‹. An seinem Rande liegt die kleine Stadt Iltan an einem aus den Hügeln kommenden Fluss. Um dorthin zu gelangen, dauert es von hier aus etwa vier Wochen. Bis zum eigentlichen Fuß des Massivs, stets am Wasser entlang, benötigst Du weitere vier bis fünf Tage, je nach Wetterlage. Danach, beim Dorf Ursal, teilt sich der Wasserlauf in drei Bäche, dies ist der Zeitpunkt der Entscheidung. Nur wer ›gerufen‹ wird, schlägt ohne zu zögern, den richtigen Weg ein! In den Seitentälern liegen winzige Ansiedlungen und Weiler. Sobald Du höher steigst und Du dann den ›Eingang zur Torpyramide‹ findest - niemand kennt sie oder weiß, was das ist -, ist der Weg zu den Göttern frei! Da nur alle paar Jahre einer mutig sowie verrückt genug ist, ein Tal hochzusteigen, wird derjenige von den Anwohnern bei seiner selbstauferlegten Mission unterstützt! Mit Essen und warmen Decken, festem Schuhwerk und Wegzehrung. Doch bedenke, keiner kam jemals wieder zurück! Sollte es jedoch jemand schaffen, das ›Tor‹ zu erreichen, steigt anschließend um Mitternacht ein blaues Licht empor zu den Sternen!«

In die eingetretene Pause fragte Sven leise:

»Sie haben es versucht, nicht wahr?«

Müde nickend, traurig und schleppend:

»Ja, Sven! Aber in Ursal verließ mich der Mut! Niemand rief mich!«

Mit hängenden Schultern entfernte sich der Bauer.

*

Sein Entschluss stand fest.

Im übernächsten Sommer war er alt und groß genug, um zum ›Berg‹ zu gehen! Leise still und heimlich wollte er verschwinden. Die Wegbeschreibung des Bauern erschien ihm mehr als ausreichend. Dieser ahnte gewiss, wohin er ging und würde schweigen.

Vorerst war sparen angesagt. Unterwegs mussten Lebensmittel wie Brot, Käse und ein wenig Speck gekauft werden. Wasser zum Trinken gab es überall kostenlos. Er war äußerst genügsam, bis Ursal brauchte er sich daher keine Sorgen zu machen. Und anschließend?

Entweder er fühlte den Ruf, danach war alles klar, wenn nein, wollte er aufs Geratewohl ein Tal wählen.

So oder so, er gedachte nicht, zurückzukehren. Wie es auch immer ausginge, der ›Berg‹ würde zu seinem Schicksal werden.

*

Endlich war es soweit!

In einem Monat erreichte der Sommer seinen Höhepunkt, der Schnee im Gebirge zog sich dann weit in die Höhen zurück.

Heute Nacht, sobald alle Knechte und Hütejungen schliefen, war es an der Zeit aufzubrechen. Die Helligkeit des Mondes reichte aus, um ihm den Pfad ins Nachbartal zu zeigen. Keinesfalls durfte er den regulären Weg aus dem Hochtal hinunter nehmen, viel zu riskant!

Am Gutshof vorbei? Die Hunde würden anschlagen, die Bewohner wecken und aus war es! Wie sollte er erklären, warum er die ihm anvertrauten Tiere im Stich ließ? Er hielt es für erforderlich, Korf fest anzubinden, sonst rannte der ihm freudig bellend hinterher.

In Gedanken ging er letzmalig sein Vorhaben durch. Nichts vergessen, an alles gedacht?

Jetzt konnte er noch kurz eine Mütze voll Schlaf nehmen. Ausgeruht gelang danach vieles leichter.

*

Niemand bemerkte Svens leisen Aufbruch. Sein Bündel hatte er im Stall versteckt, sodass keiner mitbekam, wie er nahezu lautlos aufstand.

Hervorragend! Im Schein des Mondes lagen die Hügel gut erkennbar vor ihm. Die Herden weideten oder schliefen in Pferchen. Nachtwachen? Unnötig! Wozu auch? Diebe gab es kaum, wilde Raubtiere, welche Weidetiere rissen, seit Langem nicht mehr,

Wenige Minuten später war er auf dem Hügelkamm angelangt.

Ein letzter Blick auf die Almhütte und ein leises ›Lebewohl‹!

Hundert Schritte weiter unten standen sich ein paar von Büschen umgebene, mannshohe Findlinge.

Eine schmale Gestalt kam hinter einem der Steine hervor geradewegs auf ihn zu. Er erstarrte vor Schreck. Eine weibliche Stimme meinte mit leichtem Spott:

»Hallo, Sven! Du hast doch nicht vor, im Alleingang zu dem ›Berg‹ zu gehen, oder?«

Im Schock war er zu keiner Antwort fähig, stand einfach unbewegt da.

Cyrill! Wie um aller Götter willen kam die hierher? Und wie kam sie ausgerechnet auf sein heimliches Ziel?

Sie fasste nach seiner Hand und zog ihn hinter sich her.

»Komm endlich! Wir haben wenig Zeit, um weit wegzukommen. Unterhalb des Dorfes gibt es kleine Heuhütten mit einem Bach in der Nähe. Wir müssen sie erreichen, bevor es zu hell wird. Niemand soll uns sehen! Zum Unterhalten und zum Ausruhen haben wir morgen einen ganzen Tag! Also los!«

Benommen, fassungslos stolperte er ihr nach. Nur eine Frage beherrschte ihn: Woher wusste sie, dass ...?

*

»Cyrill und Sven sind verschwunden!«

Aufgeregt suchten sie die nähere Umgebung ab.

Korf war ihnen keine große Hilfe. Als sie ihn losbanden, rannte der zu den ihm derzeit anvertrauten Weidetieren, trieb sie lauthals bellend zusammen und legte sich dann erwartungsvoll ins Gras, auf sein Herrchen wartend. Zwei Stunden später begann er unruhig zu werden. Klagend umkreiste er die Herde, hielt witternd die Nase in die Luft und winselte.

Der Großknecht deutete auf einen der Hütejungen:

»Du, da! Renne hinunter zum Bauern, berichte ihm, dass Sven und Cyrill verschwunden sind. Er soll uns sagen, was wir tun sollen!«

Eilends rannte der Junge das Tal hinab.

Und an die Übrigen gerichtet:

»Er kommt frühestens in fünf Stunden zurück! Bis dahin, weiterarbeiten! Los geht's!«

Danach wandte er sich Svens Herde zu und rief den Hund.

»Korf, hierher!«

Doch der kam nicht. Sie sahen ihn nie wieder.

Missmutig ging der Knecht an die Arbeit, mehr konnte er derzeit kaum tun.

*

Interessiert hörte der Bauer dem außer Atem geratenen Hütejungen zu.

»Alle beide? Sieh mal einer an. Das hätte ich nicht erwartet. Ich gebe Dir als vorläufigen Ersatz für Cyrill eine der Köchinnen mit. Wir sehen uns später im Dorf nach neuen Leuten um und stellen welche ein. Verteilt Svens Tiere für ein paar Tage auf die anderen Herden. Keine Suche bitte, Ich weiß wohin sie gehen. Wir werden sie nie wiedersehen!«

Er wandte sich ab und meinte:

»Komm mit, stärke Dich zuerst einmal und nachher nimmst Du Ellie mit. Hilf ihr, ihre Sachen hochzutragen!«

Während er ins Haus ging, überlegte er:

›Schaffen sie es oder nicht?‹

*

Ciryll lag ruhig atmend im trockenen Heu neben ihm.

Im Morgengrauen gelangten sie an eine abseits stehende Almhütte. Niemand sah, wie sie sie dort Unterschlupf suchten.

Während der ganzen Nacht sprachen sie nur wenige Worte miteinander, lediglich um sich gegenseitig vor Hindernissen beim Abstieg aufmerksam zu machen. Seine Begleiterin schien es mehr als eilig zu haben, so wie sie den Abhang hinunter hastete. Kurz nach Mitternacht erreichten sie die Talsohle, doch Cyrill zog ihn, als er eine Rast einlegen wollte, unerbittlich weiter.

Kaum zu glauben, welche Kraft dieses schlanke Persönchen aufbrachte. Im Sternenlicht umgingen sie in großem Bogen ein nur schemenhaft zu erkennendes Dorf. Einmal kamen sie einem der Höfe zu nahe, wie ein wachsam kläffender Hund verriet. Sie kümmerten sich nicht darum und bald verklang des Bellen des Tieres in der Ferne.

Als sie in der vorgesehenen Hütte ankamen, trank Cyrill ein paar Schlucke Wasser, fiel umgehend ins Heu und befahl:

»Ruhe Dich aus! Besprechen können wir uns anschließend!«

Minuten später war sie tief eingeschlafen.

Sven lag verstört wach. Ja wer war er denn? Wie kam sie dazu, sich ihm derart aufzudrängen, ihn den Weg hinunter zu hetzen und ihm Vorschriften zu machen? Die hatte wohl nicht alle, oder?

Auf jeden Fall konnte das so keinesfalls weitergehen. Er war in keiner Weise auf sie angewiesen. Zumal er von Mädchen kaum etwas hielt. Nervig, wie sie eben bewies, und aufdringlich.

Am besten war es, er würde einfach verschwinden. Sollte sie doch zusehen, wie sie weiterkam.

Über diesen Gedanken schlief er ein.

*

Zu Tode erschrocken fuhr er hoch.

Ein riesiges Monstrum fiel über ihn her, leckte ihn ab und stieß grauenhafte Laute aus.

Es dauerte mehre Sekunden, bevor er begriff.

97

Korf! Sein Hütehund. Offenkundig ließ der die ihm anvertraute Herde einfach ihm Stich, um ihm zu folgen.

Vielleicht war es gut so, wie es kam. Nachdem Korf zur Ansicht gelangte, dass er Sven lange genug begrüßte, legte er sich hungrig und erwartungsvoll mit dem Schwanz wedelnd, zu dessen Füßen.

Sven seufzte. Seine eigene Ration würde nachher sehr kärglich ausfallen, aber das Tier hatte das Futter durch die gezeigte Anhänglichkeit redlich verdient.

Gleichgültig ob mit oder ohne Cyrill, Korf wäre ihm auf jeden Fall gefolgt. Also trug nur er die Verantwortung für ihn! Niemand sonst!

Leise, er wollte sie auf keinesfalls wecken, fütterte er den Hund. Als er sich zurück ins Heu legte, kroch Korf an seine Seite, ihn beschützend und wärmend. Woraufhin er, obwohl es mitten am Tag war, zufrieden einschlief.

*

»Der Hund muss zurück! Schick ihn weg! Er braucht zuviel Futter!«

Kaum dass Cyrill erwachte, sie das friedlich daliegende Tier erblickte, fauchte sie los.

Sven seufzte. Jetzt war reinen Tisch machen angesagt.

Er packte sein Bündel und sprach Korf an:

»Komm, mein Freund! Zeit, weiterzugehen!«

Ohne sie einens Blickes zu würdigen verließ er die Hütte und lief entschlossen in Richtung der im Dunst sich abzeichnenden, fernen Berge aus. Im ersten Moment war sie still, mit dieser Reaktion hatte sie keinesfalls gerechnet. Gleich danach tobte sie los.

Na und? War ihm so was von gleichgültig!

Ihr Gezeter klang mit jedem Schritt, den er tat, leiser.

Fein!

Leider hielt der Friede nicht lange an. Keuchend und schimpfend kam Cyrill hinter ihm her und ergriff seine Ärmel.

Wütend fuhr er herum:

»Wehe, Du fasst mich noch mal ungefragt an! Ich gehe, wohin ich will und lasse mir von niemanden Vorschriften machen. Gestern Abend hast Du mich überrumpelt! Doch ich bin auf dem Weg zur Erfüllung eines Traumes, von dem mich keiner abbringen wird! Wenn Du es weiterhin wünschst, kannst Du mitkommen. Dabei wirst Dich aber nach mir richten. Ansonsten, verschwinde!«

Er drehte sich um und ging weiter. Verstört blieb sie stehen.

Sie erkannte Sven nicht wieder. Aus dem friedlichen, scheinbar unbedarften Hütejungen war ein Mann geworden, welcher unbeirrt auf sein Ziel lossteuerte, ohne auf sich oder andere Rücksicht zu nehmen. Von wegen, dass er ihr gegenüber, ob ihrer Fürsorge, Dankbarkeit zeigte.

Unversehens wurde ihr die heranbrechende Dunkelheit bewusst. Furcht ergriff sie. So ganz allein auf weiter Flur?

»Sven! Sven! Warte!« So rasch es ihre Last zuließ, rannte sie ihm hinterher. Keuchend holte sie ihn an.

»Bitte, Sven, nimm mich mit! Ich hörte ebenfalls die Erzählungen der ›Alten Frau‹ und möchte seitdem genauso zum ›leuchtenden Berg‹. Ich beobachtete aufmerksam dein Verhalten, als ich mitbekam, dass Du Dich überall nach dem Weg erkundigt hast.«

Nachdenklich sah er sie an.

»Gut, aber wehe, Du versuchst, mir Vorschriften zu machen. Klar?«

Zustimmend nickte sie.

»Danke!«

*

Vier harte Wochen vergingen seit ihrem Aufbruch.

Jetzt sahen die Häuser Iltans vor sich liegen.

Besorgt betrachtet Cyrill ihren Begleiter.

Sven wirkte hager und abgerissen, dennoch schien er von einem ihn verbrennenden, inneren Feuer erfüllt. Wie es sich anhörte, war er zudem stark erkältet. Ein schmerzhafter Husten quälte ihn, aber stur wies er jede Hilfe zurück.

Obendrein, auch wenn er es nie zugeben würde, hatte er den Hund überhaupt nicht eingeplant. Was bedeutete, dass Korf ausreichend zu fressen bekam und Sven überwiegend auf Beeren und Früchte angewiesen war. Kein bisschen kräftigend und daher seiner Gesundheit wenig zuträglich.

Als sie ihm von ihrem mitgeführten Essen anbot, Brot und Fleisch, war er derart ungehalten geworden, dass sie ab sofort nur noch heimlich aß. Ein paarmal halfen sie auf Bauernhöfen aus, welche ihnen als Lohn Lebensmittel mitgaben. Das Geld, das Sven gespart hatte, ging trotzdem alsbald zur Neige. Es störte ihn keineswegs.

Nachts schliefen sie, wo es möglich war, in abseits stehenden Heuschobern, wenn nicht, saßen sie, eng aneinandergeschmiegt, Korf zu ihren Füßen, unter einem Baum mit schützend tief herabhängend Ästen. Zum Glück hatte Sven eine wasserdichte Felldecke mitgenommen, die sie bei Regen leidlich trocken und warm hielt.

Nun lag das alles hinter ihnen.

Für Übernachtung und ein kräftiges Essen in Iltan würde Svens letztes Geld durchaus reichen. Und danach?

Derzeit, im Sommer, gab es Beeren und saftige Früchte in Hülle und Fülle.

Ihr nächstes Ziel, das Dorf Ursal, lag nur wenige Tagesreisen entfernt. Der Weg führte immer schön an einem Bach entlang, was bedeutete, dass es täglich fangfrischen Fisch als Bereicherung des Speisenplanes gab! Korf würde erfreut sein, von rein pflanzlicher Kost hielt er nicht viel. Zuhause bedienten sich ebenfalls aus den Gebirgsbächen, sofern sie dafür Zeit fanden.

Sven hatte Cyrill vom Bericht des Bauern erzählt, und auch, dass die Dorfbewohner ihnen auf der letzten Etappe, hoch empor zum ›Tor der Götter‹, angeblich jede notwendige Unterstützung angedeihen ließen.

Frohgemut schritten sie aus. Zum Gasthof ›Zur Gämse‹, welcher unterwegs, auf ihre Fragen hin, als gut und günstig empfohlen wurde. Hoffentlich gab es wegen Korf keine Probleme.

*

Sie fühlte es genau, Sven war nahezu am Ende seiner Kräfte angelangt.

Was nützte es, dass sie Ursal endlich erreicht hatten, wenn ihm die Stärke zum Aufstieg in die eisigen Höhen fehlte?

Als sie erzählten, dass sie zum ›Berg‹ wollten, gab man den Beiden kostenlos eine kleine Kammer und mehr als ausreichend zu Essen. Selbst Korf versorgten sie gut. Niemals vorher nahm auch nur einer von all den Wagemutigen einen Hund mit.

Der Dorfälteste - lange sprach er mit Sven - erkannte sehr schnell, dass dieser auf jeden Fall zum ›Berg‹ aufsteigen würde. Immerhin gelang es ihm, ihn zu einer dreitägigen Ruhepause zu überreden.

Reichliches Essen, viel Ruhe und ein maßlos verwöhnter Korf trugen dazu bei, dass Sven sich rasch erholte. Der Husten verschwand und die bisherige Ungeduld ging in eine ruhige Zuversicht über.

Stundenlang, Cyrill dabei stets an seiner Seite sitzend, hörte er aufmerksam den Erzählungen der Einheimischen zu. Dann wiederum saß er träumend auf einer Bank, den majestätisch vor ihm aufragenden ›Berg‹ betrachtend.

Am zweiten Tag, sie hatte sich schweigend zu ihm gesetzt, umarmte sie ihn plötzlich.

»Ich liebe Dich, Sven!« Ein scheuer Kuss und sie huschte blitzschnell davon.

Verblüfft sah er ihr hinterher. Zum ersten Mal sah er in ihr mehr als nur eine lästige Reisebegleiterin, sondern eine junge, hübsche Frau, die unvermutet völlig neue, bisher unbekannte Gefühle in ihm auslöste. Je intensiver er darüber nachdachte, desto stärker ergriff ihn eine tiefe Verunsicherung.

Liebe?

Was war, was bedeutete das?

Sicher, die anderen Knechte auf der Alm, oder im Winter auf dem Hof, erzählten so manches über ihre Liebschaften und Sex. Da es ihn nie besonders interessierte, seine Gedanken nur um den ›Berg‹ kreisten, stand er jetzt vergleichsweise ahnungslos da.

Was nun?

Natürlich wusste er, zumindest rein theoretisch, wie die körperlichen Aktivitäten abliefen. Aus den Beschreibungen der anderen Hirten und Knechte. Allerdings, eine nackte Frau sah er bisher nicht, konnte sich das schwer vorstellen. Wo und wie berühren? Und dazu noch Gefühle wie Liebe?

Fatal, äußerst fatal!

Glück im Unglück! Soeben kam ein junger Mann vorbei - gestern unterhielt er sich ausgiebig mit diesem über den ›Berg‹ -, sodass er ihn mutig ansprach. Lars, so hieß der, lachte und nahm neben ihm Platz.

»Kein Problem, Sven! Das geht so ...!«

*

Diese Nacht würde er nie vergessen! Soweit er begriff, war Cyrill bisher noch Jungfrau.

Was hieß, dass sie genauso wenig Erfahrung wie er besaß. Trotzdem war es für ihn ein einschneidendes, wunderbares Erlebnis.

Als er am nächsten Morgen erwachte, ihren warmen und weichen Körper in seinen Armen hielt, fühlte sich rundum glücklich.

Scheu strich er Cyrill über das Haar.

Sie öffnete die Augen, lächelte ihn liebevoll an und umarmte ihn fest, ihn dabei intensiv küssend.

Was er als Aufforderung zu weiteren innigen Aktivitäten verstand.

*

Erstes Morgengrauen!

Noch im Dunkel verließen sie Ursal, vor ihnen erhob sich der ›Berg‹. Außer einer schattenhaften Spitze, die im Hellwerden kaum sichtbar auftauchte, erkannten sie so gut wie nichts.

Zum Glück stand einer der beiden Monde relativ günstig, sodass der Weg hinreichend zu erkennen war. Der Einzige, der keine Schwierigkeiten hatte, war Korf, welcher freudig bellend voraus rannte.

Am Tag zuvor ...

Cyrill kam kleinlaut angeschlichen.

»Sven, ...?«

Sie zögerte, wollte etwas, getraute sich aber sichtlich, nicht zu fragen.

»Ja?« Auffordernd sah er sie an.

»Sven, ich habe keinen ›Ruf‹ oder was auch immer vernommen! Ich weiß nicht, welchen Weg wir nehmen sollen! Ich möchte trotzdem unbedingt zum ›Berg‹!«

So, endlich war es heraus.

Er lächelte leise.

»Weißt Du, Cyrill, ich glaube, der ›Ruf‹ sowie eine sonstige, übernatürliche Eingebung existiert nur in den Erzählungen und

Berichten! Jeder, der ernsthaft zu den Göttern will, ist hier gefordert, sich zu entscheiden, ob er den Mut zum Aufstieg hat, oder lieber wieder umkehrt! Da außerdem alle drei Wege hochführen, ist es gleichgültig, welchen man wählt. Somit scheint es logisch, einfach den mittleren, also den geraden und damit den kürzesten Weg zu nehmen.«

Nach einer sekundenlangen Pause:

»Weiter oben, hinter dem ersten Vorhügel, befindet sich ein verlassener Weiler. Jetzt stehen dort nur noch fünf leidlich unbeschädigte Holzhäuser. Die anderen sind seit Jahren zerfallen. In einem der Gebäude liegen lang haltbare Lebensmittel zum Mitnehmen bereit. Geräucherte Wurst, Fleisch, Käse und Trockenbrot. Alle paar Monate steigt jemand aus dem Dorf hoch und sorgt für frische Vorräte. Für sie ist es, so wie sie es sehen, ein ›Dienst an den Göttern‹!«

Nachdenklich fügte er hinzu:

»Damit gibt es auch keine Schwierigkeiten, Korf ausreichend zu füttern! Wir werden dort übernachten und am nächsten Tag wiederum höher klettern. Gegen Abend erreicht man eine Art Schutzhütte, eher ein primitiver Verschlag beziehungsweise Unterstand, die letzte Möglichkeit zur Rast. Danach ...!«

Sven brach ab.

Plötzlich lachte er.

»Wenn der mittlere Aufstieg der falsche wäre, würden sich die Bewohner Ursals wohl kaum die Mühe machen, Lebensmittel bereit zu stellen und die Schutzhütte instand zu halten! Sie verrieten mir die Sache mit dem Weiler und so erst, nachdem ich sagte, wie ich mich entschlossen hatte! Sie selbst dürfen keinesfalls hoch! Ein uraltes Tabu, mit einem Fluch belegt. Helfen? Ja, aber mehr nicht!«

»Deshalb«, erklärte er, »kennt keiner der Dörfler den letzten Teil des Weges! Niemals sahen sie das ›Tor der Götter‹! Einer hat sich vor langer Zeit aus reiner Wissbegierde zu weit vorgewagt und anschließend berichtet, dass er im Dunst in der Ferne ein vermutlich pyramidenförmiges Gebilde erblickte. Angeblich vermeinte er, einen kaum sichtbaren, mit herabgebrochene Steinen zugeschütteten, verfallenen Pfad zu erkennen. Doch der Fluch bestrafte ihn für seine Neugier! Zwei Tage später erkrankte er schwer und starb. Seitdem wagte es keiner mehr, gegen das Tabu zu verstoßen! Morgen werden wir aufbrechen, lege Dich bitte frühzeitig hin! Wir stehen kurz vor dem Morgengrauen auf!«

So geschah es und nun schritten sie in gleichmäßigem Tempo den Talweg empor, stets darauf achten, weder zu schnell noch zu langsam zu laufen. Ihre Kräfte nicht vorzeitig zu erschöpfen, sondern sie bestmöglich einzuteilen war angesagt. Gegen Mittag erreichten sie den Hügelkamm. Im Gegensatz zu Cyrill und Korf war Sven sichtlich erschöpft. Die Folgen seiner Erkältung ...

Vor ihnen lag ein breites Hochtal, an dessen Ende, aus dieser Entfernung kaum erkennbar, der kleine Weiler lag. Und dahinter? Dort stieg der Weg, soweit sie es von hier aus sahen, erneut steil bergan.

Sie machte sich Sorgen. Ob Sven das schaffen konnte? Und später, nach der Schutzhütte, gab es da einen sichtbaren Pfad, und wenn ja, wie schwierig war der begehbar?

Heruntergebrochenes Geröll, gar unter Schnee und Eis?

Zumindest ging es im Augenblick einigermaßen flach weiter, im letzten Teil der Strecke nur leicht ansteigend.

Als Korf bellend voraus rannte, folgten sie ihm in eher mäßigem Tempo, deutlich langsamer als bisher ausschreitend.

*

Die Häuser erwiesen sich als weitaus solider als gedacht. Dank der festen Läden war keinerlei Schmutz und Unrat im Inneren.

Dafür gab es hölzerne Vorratskistchen mit sowohl getrocknetem als auch geräuchertem Fleisch.

Andere enthielten haltbares Hartbrot sowie verschiedene Käsesorten in mehr als ausreichender Menge.

Feuerholz? Aber ja! Dazu kamen zwei mit Trockenheu ausgestattete Schlafstellen.

Cyrill entfachte ein Feuer, füllte den Kessel mit Wasser und legte das Trockenfleisch hinein.

Langsam gekocht würde es in kurzer Zeit weich werden und selbst für Korf genießbar sein. Als Hütehund fraß er zudem sehr gerne Käse, kurzum, das Tier bekam genügend zu fressen.

Während sie das Essen zubereitete, saß Sven zusammengesunken, keuchend atmend, mit geschlossenen Augen, Korf zu seinen Füßen, auf einer Holzbank.

Tiefes Mitleid erfasste sie.

»Sven!«

»Ja, Cyrill?« Müde und schleppend,

»Gestern, gegen Abend, sprach ich lange mit dem Dorfvorsteher. Wenn jemand körperlich nicht vollständig fit ist, schafft er den Weg zum ›Tor der Götter‹ niemals! Alle bisherigen Mühen und Entbehrungen waren dann sinnlos! Er hat eindringlich dazu geraten, hier einen Ruhetag einzulegen! Bitte, Sven! Ich benötige die Pause genauso wie Du! Die dünne Höhenluft kostet viel Kraft. Sobald wir von hier aufbrechen, gibt es endgültig kein Zurück mehr! Denke daran! Niemand kam je wieder!«

Im ersten Augenblick wollte er wütend hochfahren. Aber gleich darauf dachte er nach. Wegen einem fehlenden Ruhetag seinen Traum aufs Spiel zu setzen, kurz vor dem Ziel schlapp zu machen, ergab wahrhaftig wenig Sinn. Ehrlicherweise musste er eingestehen, dass er sich, was seine Kräfte anbetraf, gröblichst überschätzt hatte, auch wenn er das Cyrill gegenüber nie zugeben würde.

»Nein Cyrill, wir machen keinen Tag Pause!« Als sie heftig widersprechen wollte, hob er abwehrend die Hand und lächelte:

»Ich denke, zwei Tage sind eher angemessen!«

Ungläubig sah sie ihn an, ehe sie ihm um den Hals fiel. Plötzlich horchte sie auf.

Korf stand leise fiepend vor dem Kochkessel. Sie lachte.

»Komm, Sven! Jetzt wird erst einmal gegessen!«

*

Die Ruhe bekam ihm hervorragend.

Der Aufstieg zur Schutzhütte strengte ihn weniger als erwartet an. Obwohl sie ihren Weg durch eine Engstelle mit dem kleinen, eiskalten Bach teilen mussten. Zum Glück schien die Sonne in dieser Höhe mehr als warm, sodass sie nach kurzer Zeit wieder trockneten. Nur ihre Schuhe begannen sich langsam aufzulösen. Dank der Bewohner Ursals kein Problem, sie hatten je ein paar Ersatzstiefel dabei.

Gegen Spätnachmittag erblickten sie eine winzige Holzhütte in der Ferne. Im Schatten der Felsen lag Schnee. Heute Nacht würde es kalt werden. Die Dämmerung setzte bereits ein, als sie die

Notunterkunft erreichten. Eine verriegelbare Tür, ein mickriges Fenster, ein Raum, gerade mal mannshoch. Zu ihrer Freude lag der Fußboden, aus dicken Dielenbrettern bestehend, zwei bis drei Handbreit über der Erde und fühlte sich deshalb einigermaßen trocken an. Mithilfe ihrer warmen Decken war ein Übernachten kein Problem. Eng aneinandergeschmiegt, Korf an Svens Seite liegend, Tür und Fenster verriegelt, hielten sie die Kälte einigermaßen in Schach.

Die Kate, mehr was es nicht, lag noch vor dem letzten Hügelkamm, was bedeutete, dass sie sich bis morgen gedulden mussten, um den ›Berg‹ in voller Pracht zusehen.

Im Lichtschimmer der beginnenden Morgendämmerung brachen sie auf. Eine halbe Stunde später ...

Sie hatten fast geschafft!

Erste Sonnenstrahlen tauchten die Spitze des ›Berges‹ in ein nahezu überirdisches Licht. Staunend das wunderbare Naturschauspiel betrachten standen sie, Hand in Hand, ergriffen still.

Ihr Atem verwehte als kaum sichtbarer Hauch in der morgendlichen Kühle.

Minuten später erhob sich der ›Berg‹ in glitzerndes Weiß gehüllt majestätisch vor ihnen. Welch ein märchenhafter Anblick.

Langsam schritten sie aus. Ein Weg oder Pfad war nirgends zu erkennen, nichts als reine, unberührte Natur. Sie folgten dem winzigen Rinnsal in der Talmitte.

Die Baumgrenze war längst überschritten, nur ein paar kümmerliche Latschenkiefern wuchsen an wenigen Stellen auf dem kargen Boden.

Ungeduldig wurde Sven immer schneller, mehr und mehr enttäuschter. Weit und breit keine Spur vom Tor der Götter!

Und mit der Ernüchterung erlosch der innere Antrieb. Er taumelte.

Der quälende Husten kehrte zurück, das wieder aufflackernde Fieber stieg von Minute zu Minute, seine Kraft schwand. In letzter Sekunde fing Cyrill ihn auf, langsam sank Sven zu Boden.

Laut jaulend umkreiste der Hütehund seinen Herrn, leckte ihm über die Hand und wollte ihn hochziehen.

Mit einem Mal rannte er los. Gut hundert Schritte weiter hielt er bellend an.

106

Sven, Korfs seltsames Verhalten bemerkend, stand schwankend auf, versuchte, liebevoll von Cyrill gestützt, zu ihm zu gelangen. Als er den Hund erreichte, konnte er nicht erkennen, was dieser anbellte. Verwirrt ließ er sich fallen! Er war am Ende der Reise angelangt.

Wunderschöne Landschaften, voll mit duftenden Orchideen nie gekannter Größe erblickend, jubilierende bunte Vögel sehend, schloss er müde die Augen.

Warme Tränen benetzten sein Gesicht.

Wer?

Cyrill?

Warum weinte sie? Er fühlte sich doch so glücklich und leicht!

*

Seit Ewigkeiten wartete sie. Kaum einmal, dass jemand kam. Mutig und voller Tatendrang. Sobald sie die ›Grenze‹ überschritten, erging an den Ankömmling der ›Ruf‹. Per Hypnosuggestion führte eine untergeordnete Steuereinheit diese zum Einlassportal. Danach schaltete die Sonde erneut in den Wartemodus.

Aber jetzt?

Gleich drei Objekte? Höchst ungewöhnlich!

Die Meldung der Ortungssonde ging an einen übergeordneten Rechner. Der stellte fest: ein Junge, ein Mädchen sowie ein Hund. Eine der Personen war zudem schwer erkrankt. Sie benötigte dringend medizinische Versorgung!

Woraufhin die Zentraleinheit informiert wurde.

Diese wiederum weckte den ›Wächter‹. Das die Zeit nahezu stillstehen lassende Stasisfeld wurde abgeschaltet. Keine drei Minuten später nahm Oberst Kairan vor dem Hauptsteuerpult der ursalanischen Basisstation Platz.

»Hatten die Personen Kontakt mit der ›Beobachterin‹?«

Die Zentraleinheit bejahte.

»Sofort eine Androidin zur Bergung aussenden! Bitte eine Kurzfassung der letzten dreißig Minuten auf den Bildschirm legen!«

Jung, viel zu jung, war sein erster Gedanke. Kein Wunder, dass ihnen vorzeitig die Kraft ausging!

Der Hund hatte den Beiden das Leben gerettet. Er schaffte es, die ›Grenze‹ zu überschreiten und den Alarm auszulösen. Beinahe wäre es schiefgegangen!

Oberst Kairan dachte nach.

»An Zentraleinheit! Hierher kommen eigentlich nur Personen, die dank unserer ›Beobachterin‹ gezielt zu den Göttern wollen!« Er schmunzelte leicht. »Ab sofort wird der Erfassungsradius um fünf Kilometer erweitert! Ausführung!«

*

Weinend beugte Cyrill sich über Sven.

Sein Weg zum ›Tor der Götter‹ endete hier und jetzt.

Und ihrer? Allein, ohne Sven?

In diesem Moment verstand sie, warum niemals jemand zurückkehrte. Auch ihre Kraft neigte sich dem Ende zu. Eine Rückkehr? Vorbei!

Sie fror erbärmlich. Erstmals wurde ihr die Kälte sowie die dünne Luft vollkommen bewusst. Dabei schien alles so leicht zu sein. Einfach nur den ›Berg‹ hochsteigen und am ›Tor der Götter‹ um Einlass bitten.

Ihre Sinne verwirrten sich. In ihrer Fantasie stand eine wunderschöne blonde Frau, einem Engel gleichend, vor ihr und reichte ihr einen gläsernen Kelch. Dankbar trank sie die wohlschmeckende Flüssigkeit. Ein wahrer Göttertrank! Angenehm kühl und erfrischend, zugleich süß und belebend.

Im nächsten Augenblick bekam sie Angst.

Von wegen Einbildung! Die Frau stand tatsächlich vor ihr! Wie kam diese hierher, rätselte sie.

Der ›Engel‹ zog Sven in eine sitzende Lage und hielt auch ihm den Becher an die Lippen. Mit jedem Schluck, den er zu sich nahm, ging es Sven besser.

Korf wartete zufrieden hechelnd daneben.

»Guten Tag Sven, guten Tag Cyrill! Seid willkommen an der ursalanischen Basis auf Ertagon. Bitte, nehmt Platz!« Die Dame deutet auf einen Punkt hinter ihnen.

Als sie sich umdrehten, erschraken sie. Ein unbekanntes Gebilde, aus silberglänzendem Metall, schwebte gut fünf Handbreit leise summend über dem Boden.

Unschwer erkennbar enthielt es mehrere Sitze. Nach mehrfacher Aufforderung kletterten sie ängstlich in das ›Göttergefährt‹, denn es konnte nichts anderes sein. Korf hingegen schien keinerlei Angst zu verspüren, den er sprang fröhlich bellend hinterher und nahm zu ihren Füßen Platz.

Sven beherrschte nur ein Gedanke: ›Sie hatten es geschafft!‹

*

Nachdem sie in den ›Schweber‹ einstiegen, die Frau hatte das Ding so bezeichnet, raste der mit ungeheurer Geschwindigkeit los und schoss auf eine Felswand zu. Vor ihnen erschien eine Öffnung, aus welcher heller Lichtschein herausdrang.

Ob dies das ›Tor der Götter‹ war?

Ehe sie gänzlich zur Besinnung kamen, hielt ihr Gefährt in einer kleinen Halle an.

»Bitte steigen Sie aus! Sven wird zuerst ärztlich versorgt. Danach müssen Sie baden und erhalten anschließend hygienisch einwandfreie Kleidung. Ihre Eingeborenenfetzen werden vernichtet. Bitte folgen Sie mir!«

Wahnsinn!

Herrliches warmes Wasser in unbegrenzter Menge, duftende Seifen und ätherische Öle, alles im Überfluss. Nach dem Bad wurden sie beide massiert und eingerieben, die Haare und die Nägel geschnitten. Zwischendurch reichte man ihnen Getränke und kleine, köstlich mundente Häppchen.

Interessiert wandte sich Sven an eine der Frauen:

»Wer sind Sie? Ein Engel oder«, er wurde plötzlich unsicher, »eine Göttin?«

»Weder noch, junger Mann! Ich bin eine Androidin! Wir alle, mit Ausnahme des Kommandanten, sind intelligente Maschinenwesen. Sie werden das später, auf Ursalan II, nach den Schulungen verstehen. Aber jetzt«, sie lächelte freundlich, »ist es an der Zeit, dass ihr euch ausruht.«

Das Bett? Einfach himmlisch! Stoffe von einer unglaublichen Feinheit, nicht ihm Geringsten mit den groben Textilien, welche aus dem Garn ihrer Spinnstuben gewebt wurde, vergleichbar. Eindeutig, sie hatten ihr Ziel erreicht, die Götter gefunden!

Korf ging es ebenfalls gut. Bei der Reinigung seines Fells verlor zudem das gesamte Ungeziefer, vor allem die blutsaugenden Flöhe. Natürlich erhielt er jede Menge Futter. Zufrieden schnarchend lag er auf einer weichen Decke vor dem Bett, aufs Svens Seite.

Nur die Androiden bekamen anfangs ein Problem mit dem Hund.

›Gassi gehen‹ war in ihrer Programmierung nicht enthalten!

*

Nach einer erholsamen Nacht, einem üppigen Frühstück, holte eine Androidin sie ab.

»Der Kommandant möchte Sie sprechen!« Die Frau lächelte beruhigend. »Keine Sorge! Ihnen geschieht nichts!«

Wieder glitten sie mit dem Schweber durch das ›Reich der Götter‹.

Vor einem verzierten Portal, die Symbole waren für sie keinesfalls zu entziffern, hielten sie an.

Lautlos öffnete es sich und eine freundliche Männerstimme bat sie, einzutreten.

Sven, obwohl hochgewachsen, wurde von dem sie stehend empfangenden Gott weit überragt. Er war, die Androiden nannten ihn ›Oberst Kairan‹, von beinduckender Gestalt. In eine nachtblaue Uniform gekleidet, einen grausilbernen Metallgürtel tragend, entsprach er dem Bild, dass sich Sven von ihm als ›Gott‹ gemacht hatte.

Überlegen, hoheitsvoll und mächtig wirkend.

»Willkommen, Cyrill, willkommen, Sven! Bitte setzt Euch und esst und trinkt!«

Er wies auf einen niedrigen Tisch mit allerlei Gebäck und Getränken.

»Ich begrüße Euch in der ursalanischen Basisstation Ertagon, wie eure Welt heißt, deren Namen in Vergessenheit geriet. Ihr bewiest Mut und Ausdauer, um hierher zu gelangen. Da Sven unbeeinflusst, aus eigenem freiem Willen heraus, ohne einen ominösen Ruf zu bekommen, den mittleren Weg gewählt hat, - der gerade Weg ist immer der Beste! -, erhieltet ihr Hilfe. Die Menschen Ursals, sie erfüllen diese ihnen übertragene Aufgabe seit unzähligen Jahrhunderten, stellen in dem kleinen, verlassenen Weiler Essen bereit, errichteten und halten die Schutzhütte instand.

Sie kennen den Weg genau, aber sie dürfen niemals Ortsfremden etwas darüber erzählen! Und sie wissen auch, dass die anderen Wege in den sicheren Tod führen! Wenn sich jemand falsch entscheidet, wird er eindringlich gewarnt! Ignoriert er die Mahnungen, bleibt stur bei seinem Vorhaben, hat er sein Schicksal selbst ausgesucht. Sechs Wochen später steigt ihm eine gut ausgerüstet Gruppe hinterher und birgt den Toten! Abenteurer, Glücksritter und Neugierige erreichen diese Station nicht! Wer Umwege wählt, hat bereits verloren!«

Für einen Moment schwieg er, gab ihnen Zeit, das Gehörte zu verarbeiten, ehe er weitersprach:

»Aber aus eurem Besuch lernten wir unsererseits. Niemals zuvor war jemand so jung wie ihr! Dank dem Hund«, ein freundlicher Blick streifte das ruhig dasitzende Tier, »wurde gerade noch das Signal für die Pforte ausgelöst. Jetzt haben wir den Erfassungsbereich weit vorverlegt. Wer nach der Schutzhütte das Hochtal erreicht, wird eingelassen!«

Eine der hübschen Frauen - Sven fragte sich immer wieder, was eine Androidin eigentlich ist, mit dem Begriff ›intelligente Maschine konnte er nichts anfangen - trat heran und meldete:

»Sir, es ist bald soweit!«

Oberst Kairan nickte.

»Bitte kommt mit! In wenigen Minuten werdet ihr diese Station verlassen und zu eurem endgültigen Ziel gelangen: zu einer Welt jenseits der Sterne!«

Verstört, nichts begreifend, liefen sie hinter dem ›Gott‹ her, gefolgt von Korf.

*

»Nehmt den Hund bitte an die Leine!«

Die Androidin reichte Sven ein Halsband und ein dünnes Lederseil. Willig ließ Korf sich anbinden.

Sie erreichten einen geräumigen Kuppelsaal, in dessen Mitte, ein wie es aussah stählerner Torbogen auf einem flachen, kaum eine Hand breit hohen, golden schimmernden Absatz emporragte.

»Tretet jetzt nebeneinander auf die Plattform! Sven, halte Korf fest! Lebt wohl!«

Ehe sie reagieren konnten, legte sich ein milchigweiser Nebel um sie, welcher drei Herzschläge später wieder verschwand.

Zu ihrer Verblüffung standen sie anstatt in dem bisherigen Dämmerschein, in einer bestens ausgeleuchtete Halle. Korf bellte leise, beruhigte sich aber gleich darauf.

Ein junger Mann trat heran: »Willkommen! Bitte folgen sie mir!«

*

Reglos, das in weiter Ferne sich erstreckende Altanorgebirge betrachtend, wartete die ›Alte Frau‹, wie sie auf Ertagon genannt wurde, auf das Zeichen.

Pünktlich um Mitternacht schoss drei Sekunden lang eine grellweiße Lichtsäule hoch in den Himmel.

Die ›Beobachterin‹ wirkte erfreut. Sven und Cyrill flogen in diesem Moment zu den Sternen.

Danach kicherte sie, was bewies, dass auch Androiden Sinn für Humor besaßen.

Sie stellte sich soeben vor, was die Bedienungsmannschaft des Empfangstransmitters wohl für Augen angesichts des Hundes machen würde.

Wer von denen musste den Großseneschall, Duc de l'Achcon, über das Tier informieren?

Im ›Reich der zwölf Sonnen‹

Misstrauisch hinter einem Vorhang stehend beobachtete die Lehrerin den Mann.

Seit ein paar Tagen saß der während der großen Pause auf einer Bank gegenüber dem Schulhof.

Ihr fiel alsbald auf, dass er es vor allem auf Mädchen abgesehen hatte, so intensiv, wie er diesen nachsah. Sie witterte Unrat.

Normaler Typ mit einer harmlosen Vorliebe für Lolitas oder ein pädophiler Kinderschänder?

Zögernd griff sie zum Telefon.

»Polizei? Hier spricht die Leiterin der höheren Schule. Gegenüber, auf der Bank neben der Bushaltestelle, sitzt seit einiger Zeit fast täglich eine männliche Person, die auffällig unsere Schülerinnen betrachtet. Könnten Sie den bitte überprüfen? Ja? Sie kommen gleich? Danke!«

Erleichtert legte sie auf. Still abwartend blieb sie stehen.

*

Langsam bog der Streifenwagen in die Busspur ab, sich vorsichtig der Bank mit dem Verdächtigen nähernd. Der Beifahrer stieg aus und ging zu dem Mann, welcher regungslos dasaß, mit bekümmertem Gesichtsausdruck zu den Kindern hinübersehend.

Geschätzt Mitte der Dreißig, einen dunklen, absolut erstklassig aussehenden Anzug tragend. Also, ein Penner war das auf keinen Fall. Höflich sprach er ihn an.

»Guten Tag, mein Herr. Würden Sie sich bitte ausweisen? Die Schulleiterin von gegenüber meldete Sie als verdächtige Person!«

Der Mann sah hoch, schien ihn erst jetzt zu bemerken.

»Aber gerne, nicht das geringste Problem!«

Ein Griff in die Innentasche seines Anzuges und eine teure lederne Brieftasche kam zum Vorschein. Gelassen öffnete er sie, zog den Pass heraus und überreichte diesen.

Ein kurzer Augenschein genügte dem Polizisten und er nahm automatisch Haltung an:

»Bitte entschuldigen Sie die Störung, mein Herr! Ich wünsche ihnen noch einen schönen Tag!«

Umgehend gab er den Ausweis zurück, tippte achtungsvoll grüßend an die Schirmmütze, drehte sich um und schritt schnell zum Streifenwagen. Eilig stieg er ein.

»Fahr los, Fred! Ich will keinen Ärger! Der Mann ist ein hochrangiger südamerikanischer Offizier mit Diplomatenpass!«

Und leicht sauer fügte er hinzu:

»Wen unsere Frauenwelt neuerdings nicht immer so voreilig handelte! Überall sehen die Gespenster! Bei denen wimmelt es rundherum nur so von schlechten Männern!

*

Verblüfft muste die Schulleiterin mit ansehen, wie rasch der Streifenwagen wieder losfuhr. Kaum eine halbe Minute sprach der Beamte mit dem Unbekannten, danach schien er es ungewöhnlich eilig zu haben, wegzukommen.

Na so was!

Im nächsten Augenblick nahm sie verwundert die Luxuslimousine der Oberklasse zu Kenntnis, welche herankam und den Mann abholte. Das gab es doch nicht!

Der Fahrer stieg aus und hielt dem Einsteigenden höflich die Tür auf.

Im Wegfahren erkannte sie das Schild am Fahrzeugheck: ›CD‹

Au weia! Das konnte ins Auge gehen!

*

Natürlich rieten ihm alle ab!

Aber nein, er wollte ›Sie‹ unbedingt sehen, wenn auch aus sicherer Entfernung.

Den Wind auf seiner Wange sowie die milden Sonnenstrahlen spüren, die ihn umgebenden Gerüche und die Geräuschkulisse direkt erleben, dabei das Gefühl haben, ›Ihr‹ nahe zu sein, war bei ihm zu einem übermächtigen Wunsch geworden. Aufzeichnungen, ob live oder nicht, ergaben trotz höchster technischer Perfektion nur ein eingeschränktes Bild.

Wie lange hatte er keinen Kontakt mehr zu ›Ihr‹?

Er, Dave Thorstensen, neuerdings ursalanischer Raumadmiral, zu ›Ihr‹, zu seiner Tochter Sylvia, welche bei seiner geschiedenen Frau samt Schwiegereltern wohnte.

Kaum, dass er sich noch an sie erinnerte. Etwa sechs Monate vor dem Zwischenfall über der Ostsee?

Wie auch immer, dem Gefühl nach bereits ewig her!

Der Polizist brachte ihn auf den Boden der Tatsachen zurück. Mist, das konnte Ärger geben. Zum Glück sicherte er sich rechtzeitig ab. Sein Diplomatenpass war echt. Gegen entsprechendes Honorar gab es in Südamerika, und nicht nur dort, nahezu alles.

Eine übereifrige Lehrerin war in der Planung dummerweise nicht vorgesehen.

Unwichtig, er sah seine Tochter mit all ihrer Unbekümmertheit und Fröhlichkeit.

Doch eines durfte weder sie noch sonst jemand erfahren: nämlich, dass er noch am Leben war! Offiziell galt er als verschollen.

›Baldur! Hole mich bitte ab!‹

Ein letzter Blick auf seine ausgelassen herumtollende Tochter. Seufzend stieg er in den Wagen. Später eventuell, in ein paar Jahren ...

*

Ihre Hoheit, Prinzessin Alina Galtan, geruhte schlechter Laune zu sein.

Was weder zum ersten Mal geschah, noch etwas Besonderes bedeutete.

Seit der offensichtlich mühelosen Vernichtung der Xsoor durch eine im Grunde genommen kleine Flotte unbekannter Raumschiffe verhielt sie sich mehr oder weniger ungenießbar. Eine Ursache für ihren Ärger bestand darin, dass diese nach vollbrachter Kampftätigkeit unverzüglich verschwanden, keinen Kontakt mit ihr aufnahmen.

Deutlicher konnten sie ihre geringschätzige Meinung bezüglich der Kampfkraft der Schlachtschiffe Kantars kaum zeigen!

Im Grunde hatten sie ja recht. Ihre eigenen Angriffe auf die Xsoorarmada entpuppten sich als reiner Selbstmord. Solange die

Xsoor im Verbund flogen, unter dem Schutz von überlagernden Abwehrschirmen, waren ihre ach so hochgelobten Superschlachtschiffe nicht in der Lage, auch nur ein einziges Xsoorschiff zu zerstören.

Trotzdem, sie wollte den Unbekannten danken. Und von ihnen lernen.

Dass sie die Fremden zuerst auslachte, als diese ihr anrieten, das Kampfgebiet schnellstens zu verlassen, war keine diplomatische Meisterleistung ihrerseits. Zumal sie hinterher noch heftige Vorwürfe bekam, weil sie die kantarischen Raumer nicht sofort abdrehen ließ.

Ihre Gedanken kehrten zurück in die Gegenwart. Die Wiederherstellung der geplünderten Planeten machte gute Fortschritte. Die wenigen Überlebenden wurden jeweils an einem Ort auf ihrer Welt zusammengefasst und umfassend versorgt. Um diese Plätze herum entstanden Äcker und Felder. Sie pflanzten Bäume sowie Sträucher und legten Fischteiche an. In einigen Jahren, sobald eine tragfähige Ernährungsgrundlage bestand, sollten Tiergehege hinzukommen. An schwer zugänglichen Stellen, welche die Invasoren nicht kahlfraßen, begann sich die Vegetation erneut auszubreiten. Winzige grüne Inseln bilden Keimzellen für eine kommende Pflanzendecke.

Alles in allem äußerst erfreulich.

Aber die wesentlichere, die überlebenswichtige Frage lautete: Wie hilflos stand Kantar, samt den anderen Systemen im ›Reich der zwölf Sonnen‹, einem zukünftigen Angreifer in Wahrheit gegenüber?

Die Antwort, die sie erhielt, wirkte auf Prinzessin Galina mehr als niederschmetternd! Bereits in der Abwehr der Xsoor besaßen sie keinerlei Chancen, noch weniger in Bezug auf deren unbekannte Gegner, die Retter Kantars. Vierhundertdreißig, in Relation zu ihren eigenen Einheiten nahezu winzig erscheinende Schiffchen, fegten in sekundenschnelle beinahe nachlässig eine Armada von einigen zehntausend angreifenden Kampfschiffen hinweg.

Beklommen fragte sie sich, wie viele ihnen technisch weit überlegene Aggressoren durchstreiften das Universum, stets auf Suche nach Beute?

Ihre Wissenschaftler, Ingenieure, Konstrukteure, Entwickler, Forscher und was es da sonst noch so gab, einer unfähiger als der andere!

Den Reaktoren mehr Leistung entnehmen, die Feuerleistung erhöhen, eine überlichtschnelle Funktechnik?

Gerne, Eure Hoheit! Aber wie?

Mit deutlichen Worten: Die bisher im ›Reich der zwölf Sonnen‹ bestehende Hochtechnologie, auf die sie sich wunder was eingebildet hatten, war hoffnungslos unzureichend!

Und was sie am meisten wurmte war, dass ihr nichts einfiel, wie dieser Zustand zu beenden wäre.

Zum Verzweifeln!

*

Xar Nortan, die Leiterin des Geheimdienstes Leigrons, las verwundert das vor ihr liegende Schreiben. Sie konnte sich den Grund dafür nicht erklären.

Einfach so, ohne weitere Angaben, bat man sie in höflichem Ton, demnächst, nach Terminvereinbarung, in der ursalanischen Botschaft vorbeizukommen. Und bitte etwas Zeit mitbringen.

Alle ihre Überlegungen brachten sie keinesfalls voran. Schließlich siegte ihre ohnehin rein berufsmäßige Neugier. Die Verbindung kam sofort zustande. Ein freundlicher Mann fragte zuvorkommend nach ihren Wünschen. Kommentarlos hielt sie das Schreiben vor die Kamera.

Ihr Gegenüber lächelte fein.

»Oberst Ralf Gubba möchte Ihnen ein Angebot machen. Er weilt derzeit auf Leigron und ist an einem kurzfristigen Termin interessiert. Was schlagen Sie vor?«

Locker und gelassen, kein bisschen nervös. Immerhin, als allmächtige Chefin des Geheimdienstes war sie gewohnt, dass ihre Gesprächspartner sich meist unruhig und angespannt verhielten. Jetzt zeigte eher sie sich aufgeregt. Was wollten die Terraner von ihr?

Ohne lange zu überlegen:

»Geht es gleich?«

»Selbstverständlich, Lady Norton! Wann dürfen wir Sie erwarten?«

117

Sie sah auf die Uhr.

»In einer Stunde?«

Ihr Gegenüber bejahte höflich, woraufhin sie die Verbindung unterbrach. Sie rief nach ihrer persönlichen Sekretärin, eher ihrer Vertrauten, und orderte ein unauffälliges Fahrzeug. Ganz in Zivil, niemand sollte sie beim Betreten der Botschaft erkennen, begab sie sich zur Fahrbereitschaft. Nur eine Frage beherrschte sie: ›Was, bei allen Göttern Leigrons, wollten die Terraner von ihr?‹

*

Alle Achtung! Ihre Umgangsformen ließen nichts zu wünschen übrig!

Zuvorkommend half ihr eine junge Frau aus dem Wagen, sprach sie korrekt mit Namen an und geleitete sie in das Botschaftsgebäude.

Ein hochgewachsener, sehr beeindruckender Mann empfing sie, reichte ihr seine Hand und begrüßte sie in einem ruhigen, angenehmen Ton:

»Seien Sie mir willkommen, Lady Nortan! Ich heiße Ralph Gubba, Oberst in der ursalanischen Flotte,« stellte er sich vor und fuhr fort: »Darf ich sie in mein bescheidenes Büro bitten? Ich lasse Ihnen sofort einen Imbiss kommen. Haben sie einen besonderen Wunsch?«

Fragend sah er sie an.

»Nein! Nein danke!«

Der Mann, allein durch seine Ausstrahlung, verwirrte sie gänzlich. Ganz klein und unbedeutend kam sie sich vor.

Ihre Spione - Verzeihung, ihre Agenten! - berichteten ihr haarklein, dazu recht genussvoll, von Lady Keris Verhalten gegenüber Oberst George Kendall und dessen Reaktion. Natürlich waren in Leigron nahezu sämtliche ›diskreten‹ Lokale schlicht und einfach verwanzt! Zu ihrem eigenen Entsetzen stellte sie fest, dass Oberst Gubba in ihr ebenfalls ungewohnte Gefühle auslöste. Unglaublich! Und das ihr, einer rein kühl, sachlich und logisch handelnden Frau, allen männlichen Wesen weit überlegen!

Galt wohl nicht für Terraner, oder?

Nach wenigen Metern, in einen hellen Korridor, hielt er vor einer sich automatisch öffnenden Tür an und bat sie einzutreten.

118

Von wegen bescheidenes Büro! Das war ja riesig im Vergleich zu ihrem eigenem Arbeitsraum.

Als sie den reich gedeckten Tisch bemerkte, lief ihr das Wasser im Mund zusammen. Oberst Gubba lächelte fein.

»Ich nahm an, dass Sie noch nicht zu Mittag gegessen haben. Zuerst wollte ich sie in eines der im Grunde genommen ausgezeichneten Restaurants Leigrons einladen, aber gewisse Vorbehalte in ihrer Gesellschaft«, sie spürte den leichten Spott in seinen Worten genau, »ließen mich davon Abstand nehmen! Wir wollen keinesfalls erneut eine der ehrbaren Ladys aus Leigron kompromittieren! Bitte, setzen Sie sich und greifen Sie zu. Bei einem guten Essen lässt sich vieles ungezwungener besprechen als an einem reinen Konferenztisch!«

Zwei ausnehmend attraktive Damen traten ein, rückten die Stühle zurecht und legten vor.

Auch wenn sie vor Neugier beinahe platzte, wartete sie darauf, dass ihr Gegenüber das Gespräch eröffnete. Dieser aß genussvoll, kein Wunder angesichts des absolut besten Mahles, dass man ihr je auf Leigron vorsetzte. Was sie bewog, ebenfalls beherzt zuzugreifen. Köstlich, einfach ein kulinarischer Hochgenuss!

Als der erste Hunger gestillt war, erhob Oberst Gubba das Glas:

»Auf ihr wohl, Lady Nortan und auf eine gute zukünftige Zusammenarbeit!«

Wie? Was? Sie glaubte, sich verhört zu haben.

Nach einem kräftigen Schluck stellte er sein Getränk zurück, lächelte und meinte:

»Sie haben es durchaus richtig vernommen! Wir bieten Ihnen den Posten als Leiterin des neu zu installierenden ursalanischen Geheimdienstes an! Zu Leigron - dort sind sie neuerdings, da es keine aufsässigen Militärs mehr gibt, ziemlich unterbeschäftigt! - kommt außer Shantinar demnächst das ›Reich der zwölf Sonnen‹ hinzu. Wir sind sowohl von ihren Fähigkeiten als auch von ihrer Loyalität überzeugt. Sie müssen allerdings aus dem bisherigen Dienst ausscheiden und erhalten als Nächstes eine mehrwöchige Ausbildung auf der Marsstation. Sie können sich in aller Ruhe entscheiden, Sie bekommen jedwede Zeit, die Sie brauchen. Aber bedenken Sie: Mit ihrem zukünftigen Wissen gibt es keine Rückkehr mehr. Leigron ist anschließend für Sie viel zu klein!«

Er legte eine Pause ein, durstig einen kräftigen Schluck nehmend, indessen sie Mühe hatte, das Gesagte zu verarbeiten.

Ihr schwindelte. Die aufmerksam wartende Dame reichte ihr flugs ein winziges Becherchen.

»Hier, Lady Nortan! Trinken Sie und es geht Ihnen gleich besser!«

Oberst Gubba wartete inzwischen geduldig ab.

Sekundenlang starrte sie reglos vor sich hin, danach hob sie den Blick, sah ihn fest an:

»Vielen Dank für die Einladung, Herr Oberst!«

Lächelnd erhob sie sich:

»Allein das köstliche Essen war einen Besuch wert! Ein ausgezeichneter Grund, ihr Angebot zu prüfen! Sie werden in Kürze von mir hören!«

Ihr Gastgeber stand seinerseits auf.

»Gestatten Sie, Lady Nortan, dass ich Sie zur Tür begleite?«

*

Tief in Gedanken versunken saß sie in ihrem Arbeitszimmer.

Vor wenigen Stunden erschien es ihr als wunder wie großräumig und hochwertig ausgestattet. Und jetzt?

Eher klein und schäbig wirkend.

Ihr Arbeitsgebiet? Oberst Gubba beschrieb es richtig: Sie war, auf Leigron beschränkt, so gut wie arbeitslos. Das Ausspähen der Militärs auf Shantinar? Es gab dort keine mehr! Genau wie auf ihrer eigenen Welt.

›Reich der zwölf Sonnen‹? Mit dem Mars ergaben sich derzeit insgesamt fünfzehn Zivilisationen. Irgendwer war immer unzufrieden, kam auf dumme Gedanken. Selbst wenn es nur verbrecherische Syndikate, Untergrundorganisationen oder gar Raumpiraten waren. Hier schien eine unerkannt, dennoch effektiv im Verborgenen arbeitende Geheimdienstorganisation durchaus angebracht.

Der einzige Haken an der ganzen Sache bestand darin, dass sie ihre gewohnte Frauenumgebung verlassen und mit Männern zusammenarbeiten musste.

Sobald sie jedoch Oberst Gubba mit den Damen Leigrons verglich, blieb von der vielbehaupteten Ansicht bezüglich natürlicher weiblicher Überlegenheit kaum was übrig.

Wenn sie an die junge Shanti dachte - wie hieß die doch gleich? Ach, ja, Mo Thar -, zeigte sich eindeutig, dass Frauen durchaus in der Lage waren, mit hochstehenden Techniken zurechtzukommen. Warum also nicht auch sie selbst?

Sie grübelte und grübelte.

Irgendwann, spät am Abend, fasste sie einen Entschluss. Ohne Angabe von Gründen reichte sie ihren Rücktritt beim ›Rat der Sieben‹ ein. Anschließend informierte sie die ursalanische Botschaft.

*

Von wegen ›Oberst‹ Gubba!

Der Mann war einer der höchsten Offiziere Ursalans im Range eines Admirals!

Indessen trat er stets bescheiden und zurückhaltend auf.

Vor zwei Wochen flog sie mit ihm zum Mars. Daraufhin kam sie aus dem Staunen nicht mehr heraus.

Einige Tage gab man ihr zur Eingewöhnung. Dabei erhielt sie unzählige Informationen, konnte beliebig Fragen stellen, welche die freundlichen Androiden sofort erschöpfend beantworteten.

Danach erfolgte der entscheidente Schritt: Die grundlegende Schulung!

Inzwischen hatte sie die daraufhin zwangsläufig erfolgenden Kopfschmerzen überwunden.

Hernach der Schock!

Ihre bisher unterbewussten telepathischen Eigenschaften, sie hatte das in ihrer vorherigen Tätigkeit als guten Instinkt bezeichnet, entwickelten sich nun derart, dass sie mit den Androiden problemlos geistigen Kontakt aufnehmen konnte.

Auch mit vielen anderen geschulten Personen. Wunderbar!

Und sie erkannte nun, warum gerade sie ausgewählt wurde. Ohne die Gabe des ›stillen Sprechens‹ akzeptierten die ursalanischen Einrichtungen niemanden als befehlsberechtigt.

Lange Gespräche mit Ralf, Mike und Dave folgten. Sie erfuhr alles über den Besuch des Forschungsraumers der Shanti, den

Zwischenfall mit Absturz in die Ostsee, den Flug mit dem schrottreifen Schiff zum Mars und all die sich daraus ergebenden Ereignisse. Genauso wie die Vernichtung der Xsoor die weiteren Planungen. Was die angedachten und eingeleiteten Vorhaben betraf, unterrichtete man sie ebenfalls ausführlich.

Ihr Büro? Unvollstellbar komfortabel und mit dem Feinsten ausgestattet. Zudem brachten sie ihr grinsend bei, dass sie niemals ein Gehalt beziehen würde. Auf ihr verblüfftes Gesicht hin erklärte man ihr, dass es schlicht und einfach alles, was sie sich wünschte, umsonst sowie in beliebiger Menge gäbe.

Unfassbar! Manchmal glaubte sie zu träumen.

In ihren Erinnerungen gestört, sah sie hoch. Ein dezentes Klopfen an der Tür.

»Ja, bitte?«

Eine Androidin trat ein.

»Lady Nortan, Sie werden ersucht, sich unverzüglich in die Hauptzentrale Taran zu begeben!«

Voller Neugier folgte sie der Aufforderung. Vor ihrem Büro wartete bereits lautlos schwebend ein zweisitziger Gleiter. Nachdem sie einstieg, nahm die Androidin neben ihr Platz. Sekunden später verschwamm die Umgebung durch die rasende Fahrt zu einem verwaschenen Strich.

Geduldig abwartend überlegte sie, warum sie in der geheimnisvollen Zentrale erwartet wurde. Soweit sie wusste, durften nur wenige, normalerweise höchstrangig Personen, von ein paar Ausnahmen abgesehen, diese aufsuchen.

Sekunden lang, als sie die untermarsianische Stadt überflogen, wurde es hell. Indessen rasten sie mit unverminderter Geschwindigkeit weiter, auf einen im gegenüberliegenden Felsgestein deutlich sichtbaren Schacht zu. Lady Nortan gab keinen Mucks von sich, auch wenn sie von dem vorgelegten Tempo nicht angetan war. Von ihr aus hätte es die Androidin ein wenig langsamer angehen können.

Kaum zehn Sekunden später stoppten sie vor einem eindrucksvollen Portal. Zwei Kampfroboter salutierten achtungsvoll, während die Torflügel gemessen aufschwangen..

›Bitte treten Sie ein, Lady Nortan!‹

Eine ausnehmend sympathische ›Stimme‹ erklang in ihrem Kopf und sie schritt durch das Tor, mit der Androidin, welche sie abgeholt hatte, an ihrer Seite.

Ein riesiger Saal, voll mit technischen Geräten, Steuerpulten, blinkenden Lichtern, holografischen Bildschirmen, lag vor ihr. Alle Achtung, das war wirklich die beeindruckendste Schalt- und Steuerzentrale, die sie bisher sah. Die angeblich überaus leistungsfähigen Einrichtungen ähnlicher Art auf Leigron konnten sich nicht im Geringsten mit dieser Anlage messen. Dabei war diese, wie sie gelernt hatte, nur eine von vielen Abwehrfestungen der Ursalaner.

Im Hintergrund, auf einer relativ flachen Empore, standen mehrere Personen, soweit erkennbar in Galauniformen.

Im Näherkommen erkannte sie Ralf, Dave, George und Mike, welche sie augenscheinlich erwarteten.

Zögernd trat sie näher. Zwei Androiden kamen herbei, wobei einer ein rotes Samtkissen trug.

Dave begrüßte sie, militärisch korrekt salutierend. Verwirrt gab sie den Gruß zurück. Er griff nach dem Kissen, auf dem ein Edelstein funkelte, und heftete ihn ihr an.

»Ab sofort sind Sie Flottillenadmiral Lady Xar Nortan, Leiterin des ursalanischen Geheimdienstes. Gratuliere zu ihrer ausgezeichnet bestandenen Ausbildung und ihrer Beförderung!«

Fassungslos, voll überrascht, fühlte sie sich nicht in der Lage, gleich zu antworten.

Sie und im Admiralsrang?

Alle gratulierten ihr herzlich.

»Willkommen in unserem Kreis!« Mike lachte. »Ab jetzt sind wir per Du! Übrigens, deine Uniform darfst Du nur bei offiziellen Anlässen anlegen, intern tragen wir keine Rangabzeichen. Man hat sonst wenig Ruhe und erregt jedes Mal Aufsehen. Immer brav tiefstapeln! Aber nun komm! Nebenan ist für Dich eine kleine Feier vorbereitet! Mit exquisitem, intergalaktischem Büffet und einigen Gästen!«

Zufrieden rieb er sich die Hände.

*

Ihr Büro? Schön und gut. Klar, sie konnte alles bestellen, was und wie viel sie wollte. Alleine essen jedoch? Nicht nach ihrem Geschmack!

Also ging sie in eines der Kasinos, wo sie von freundlichen Androiden verwöhnt wurde. Ringsherum saßen jede Menge lachende und sich lebhaft unterhaltende Personen. Andere speisten friedlich und versonnen, in Gedanken oft weit entfernt.

Soeben spießte sie ein leckeres Stückchen eines Edelfisches ihrer Heimat auf die Gabel, als eine verblüffte Stimme sie in ihrem Nachdenken über kulinarische Leckerbissen unterbrach.

»Lady Nortan?! Wie kommen Sie hierher? Sind Sie ebenfalls eine Schülerin?«

Sieh an, Offiziersanwärterin Keri Torn, demnächst sicherlich Kadettin Torn. Sie kannte deren Akte. Sehr intelligent, aber überaus impulsiv, oft unnötig emotional, anstatt rational handelnd. Nun, mit der Zeit und wachsender Erfahrung würde sie bedachter, gelassener werden. Im Moment sah es jedoch kaum so aus, dass sie es zum Stabsoffizier bringen konnte. War derzeit unwichtig. Keris Ziel war der gute George. Ob sie dessen wahren Rang ahnte? Wohl eher nicht!

Im Gegensatz zu ihr, die sie eine ›Vollschulung‹ mit Intelligenzaufstockung, Ausbildung ihrer latent vorhandenen telepathischen Fähigkeiten in einer der Schulungsmaschinen erhielt, welche sie befähigte mit allen ursalanischen Einrichtungen ›stillen‹ Kontakt aufzunehmen, musste Keri alles mühsam lernen. Sie bekam lediglich ein paar Grundlektionen unter Hypnose. Türen, die nur durch Telepathie zu erkennen waren, öffneten sich nur den wenigen, voll geschulten Ausgewählten.

Selbstverständlich wussten einfache Schüler nichts von den telepathischen Fähigkeiten der Androiden, der Rechner und ranghöchsten Offiziere. Was Xar einmal mehr bewog, darüber nachzudenken, warum ausgerechnet sie so hoch eingestuft wurde. Bei nächster Gelegenheit sollte sie dringend mit Dave darüber sprechen.

›Lady Nortan! George kommt nachher mit Mo Thar vorbei und nimmt in ihrer Nähe Platz, dabei tut er so, als ob er sie beide nicht bemerkte! Er bittet Sie, Keris Verhalten genau zu beobachten!‹

Leigrona, wie sie ihre persönliche Androidin nannte, stand unerkannt in einiger Entfernung und war als solche nicht zu erkennen, kontaktierte sie unvermutet. Selbstredend bekam ihre Umgebung dies in keiner Weise mit. Telepathen unter sich, sozusagen.

Aber George? Oh, oh, das konnte ins Auge gehen! Der Zeitpunkt schien ihr ziemlich früh gewählt. Zuerst hieß es, Keri zu begrüßen.

»Hallo Lady Torn! Wie kommt eine Hohe Dame aus dem ›Rat der Sieben‹ dazu, sich als einfache Schülerin hier zu bewerben? Aber bitte, setzen Sie sich!«

Was sich Keri nicht zweimal sagen ließ, war sie doch hocherfreut, eine Bekannte ihrer Heimatwelt zu treffen.

›Leigrona! Ersuche George, noch ein paar Minuten zu warten! Ich will erst einmal einen persönlicheren Kontakt als bisher mit ihr herstellen! Immerhin war ich früher eine Untergebene von ihr! Danke!‹

Eine Bedienung trat heran:

»Anwärterin Torn! Darf ich Ihnen ihr Essen servieren?« Sie durfte.

Keri traf, so wie die meisten Gäste, gleich nach dem Betreten des Kasinos, ihre Speisenauswahl. Jeder konnte es danach im Prinzip sofort mitnehmen, aber der überwiegende Teil der Gäste ließ es sich an den Tisch bringen.

Keri wusste keineswegs, wie sie Lady Nortans Frage beantworten sollte.

Schließlich rang sie sich zu einer ehrlichen Antwort durch.

»Zum ersten Male in meinem Leben liebe ich einen Mann! Einen Terraner! Auf Leigron im Grunde genommen unvorstellbar, deshalb machte ich vermutlich alles falsch. Ich besaß nicht die geringste Vorstellung von dem Verhalten von männlichen Personen, am Wenigsten von dem vom Erdenmenschen! Gleichberechtigung? Gott bewahre! Undenkbar! Gerade ausreichend für Sex, ansonsten zu in keiner Weise zu etwas nütze! Und sich keinesfalls öffentlich mit einem zeigen! Dabei übersah ich völlig, dass diese angeblich einfältigen Wesen Techniken beherrschen, die der unseren weit überlegen sind, die mit den Militärs auf Shantinar und Leigron spielend fertig wurden! Technologien, welche andere Männer bereits vor Jahrhunderttausenden entwickelten!«

Nachdenklich nahm sie so nebenher ihr Essen ein. Xar Nortan hörte aufmerksam zu.

»Heute ist mir klar, wie tief ich ihn verletzte. Er gab mir keine Gelegenheit, mich bei ihm zu entschuldigen! Wenn ich es schaffe, eines Tages auf seinem Schiff Dienst zu tun, erhalte ich hoffentlich eine Chance, ihm zu sagen, wie sehr ich ihn liebe! Falls es dafür nicht längst zu spät ist!«, schloss sie seufzend.

›George wurden Lady Torns Worte übermittelt! Er zieht sich zurück!‹

›Danke, Leigrona!‹

Mehrere Minuten aßen sie schweigend. Danach, lebhaft fragend:

»Was bringt die allmächtige Chefin des Leigronschen Geheimdienstes dazu, hier ebenfalls als Schülerin anzufangen?«

Xar Nortan lächelte.

»Vielleicht erhoffe ich mir auch etwas von einer Schulung in ursalanischen Techniken, Keri! Mehr Wissen kann niemals schaden!«

*

Aufmerksam sah er sich auf dem Flugplatz um.

Soeben verließ er das nach außen hin zivil erscheinende Flugzeug, einen C-21A Learjet, der Air Force. Nichts deutet auf seinen Rang hin.

Ein vermögender Gast wie viele andere auch, zwei Wochen nur zur Erholung hier.

Einmeterundachtzig groß, schlank, Kurzhaarschnitt, straffe Haltung, kurzum, durchaus als Offizier zu erkennen. Bei der Bewerbung drückte er sich bezüglich seines Berufes recht neutral aus, aber ihm war klar, dass sie längst genauestens wussten, wer er war. Egal! Er legte keinen gesteigerten Wert darauf, unerkannt zu bleiben.

Aber er wollte selbst nachsehen, was im Andental gespielt wurde! Auch wenn die Sache mit der Geldwäsche immer offensichtlicher wurde, verließ in das flaue Gefühl in der Magengegend keineswegs! Irgendetwas stimmte nicht. Doch was?

Ein Flughafenshuttle rollte heran. Eine überaus hübsche Frau, in einer Stewardessenuniform, sprach ihn an.

»Mr. Patrick Jefferson? Bitte, steigen sie ein!«

Hinter ihm liefen dir Triebwerke des Jets an, sie wollten gleich zurückfliegen.

Im nächsten Moment sah er überrascht drein. Ein Gigant der Lüfte, eine Antonov An-124, setzte zur Landung an.

Die Frau folgte seinem Blick.

»Eine gecharterte Frachtmaschine. Sie kommt einmal die Woche und transportiert überwiegend Proviant!«

Schau an, wieso stand das nirgends in den Akten? Was brachte die Maschine sonst noch so mit? Den Jungs zu Hause würde er die Hölle heiß machen! Spielte womöglich der KGB im Andental mit? Oder die russische Mafia?

Zu weiteren Überlegungen kam er nicht, denn sie fuhren in den hell erleuchteten Tunnel zum unterirdischen Bahnhof ein. Seine Aufmerksamkeit galt der Umgebung, sich jedes Detail einprägend.

Wohin er blickte, nirgends die geringste verdächtige Spur.

Plötzlich fiel ihm die Antonov ein.

»Beherbergen Sie viele Gäste aus Russland?«

»Aber ja! Sie brauchen sich keine Sorgen zu machen, Wodka, Kaviar und Krimsekt sind im Überfluss da! Sollten wir mit etwas nicht versehen sein, lassen Sie uns ihre Wünsche wissen, danach fliegen wir es umgehend ein!«, schloss sie zufrieden.

Die Fahrt hoch zum Andental? Der Bahnhof am oberen Ende? Die ClubCars? Die Bungalows?

Harmlos und unverdächtig!

Frustriert beschloss er, die nächstgelegene Bar aufzusuchen und sich ein paar starke Drinks einzuverleiben. Zwei bis drei Cocktails à la Mai Tai oder besser gleich Zombie?

*

Ralf amüsierte sich köstlich, als er berichtete:

»Unser guter ›Chefspion‹, General Jefferson wachte heute Morgen mit grässlichen Kopfschmerzen auf! Jetzt ist er wieder halbwegs nüchtern und weiß nicht weiter. Einerseits verstärkt sich das ungute Bauchgefühl immer mehr, andererseits hält er seinen Einfall, persönlich im Andental vorbeizuschauen, inzwischen für eine Schnapsidee!«

Umgehend wurde er ernst.

»Zu unserer Überraschung stellten wir fest, dass er stark ausgeprägte parapsychische Fähigkeiten besitzt! Er fühlt unbewusst, dass die Androiden keine normalen Menschen sind.

Wir sollten ihn behutsam ansprechen. Er könnte einer der besten Telepathen werden.«

Bevor er antwortet, sah Dave sich fragend in der Runde um. Alle nickten zustimmend.

»In Ordnung, Ralf! Nimm zusammen mit George den Transmitter und weiht ihn schonend ein!«

*

»Mister Jefferson, einer ihrer früheren Mitarbeiter erkannte Sie und fragt, ob Sie sich zu einem Treffen bereitfänden? Sie wissen, dass wir auf äußerste Diskretion Wert legen, wir jeden Ärger von unseren Gästen soweit es geht fernhalten. Wenn Sie ablehnen, achten wir darauf, sie beide auseinanderzuhalten!«

Verblüfft sah er die freundliche Hostess an.

»Nein, nein, ich möchte ihn gerne sprechen. Wo kann ich den Mann finden?«

Ein ClubCar glitt heran.

»Wenn Sie bitte einsteigen, bringt es Sie zu dem betreffenden Restaurant!«

Das musste sie ihm nicht zweimal sagen. Schleunigst nahm er in dem Gefährt Platz, welches sogleich anfuhr.

Er freute sich. Endlich jemand, mit dem er über seine Gefühle sprechen konnte. All die vergangenen Tage fühlte er sich einsam. Auf die mehrfach diskret angebotene Damenbegleitschaft verzichtete er, an reinem Sex zeigte er kein Interesse.

Also unternahm er ausgedehnte Wanderungen, besichtigte Versorgungsanlagen, die Energiezentralen, das Wartungscenter für sämtliche technischen Geräte wie Shuttles und ClubCars, aber nichts ergab im Sinne des Geheimdienstes verwertbares Material.

Wenn er von den vielen russischen Gästen absah, schien alles in bester Ordnung zu sein. Wie er herausfand, einer der Russen verriet es ihm nach dem wer-weiß-wie-vielten Wodka, gab es hier völlig offen eine Dependance einer internationalen Großbank. Mit äußerst diskreten offshore Briefkastenfirmen. Gut zum Anlegen unversteuerter, meist illegal erworbener Dollars und Rubelchen.

Das mit einem Elektroantrieb ausgestattete Wägelchen rollte leise summend dem Ziel zu.

Innerlich fröstelnd sah er sich um. Das Andental empfand er von Tag zu Tag unheimlicher. Über dem Tal schwebte ein dunkler, drückender Schatten. Ob es seinem früheren Mitarbeiter auch so erging?

Vermutlich eher nicht. Soweit ihm aus den Akten bekannt war, fühlten sich hier alle bisherigen Gäste mehr als pudelwohl.

Wie bekiffte, besoffene oder sonstige skandalöse Promis, welche als Besucher herumliefen und die er aus den täglichen Nachrichten kannte, deutlich bewiesen. Soeben fuhr er an einem vorbei, der die ihm nachgesagte Vorliebe für allzu kindliche Mädchen offen zeigte. Die beiden kichernden Gänschen in seinen Armen sahen allerhöchstens zwölf Jahre alt aus! Elende Sauerei, aber er durfte sich keinesfalls beklagen, aus den Akten war ihm das längst bekannt.

Er seufzte. Was suchte er noch hier? Wenn das Gespräch nachher nichts ergab, war für Morgen die Heimreise angesagt.

Vor einem unauffällig scheinenden Lokal, wie es aussah, war es eher ein ordentliches Speiserestaurant denn Bar oder Nachtklub, hielt das ClubCar an.

Erwartungsvoll stieg er aus und eilte die flachen Stufen hoch, voller Neugier auf seinen Bekannten.

Diskret wies eine Hostess in Richtung eines seitlich in einer Nische stehenden Tisches. Die bisher davor sitzende Person erhob sich, kam ihm einige Schritte entgegen und sprach ihn ernst an:

»Willkommen, General Jefferson! Ich sehe, Sie sind enttäuscht, jedoch ich bin gehalten, Sie vorab zu sprechen. Ihr ehemaliger Mitarbeiter kommt in wenigen Minuten! Bitte, nehmen Sie Platz!«

Verwundert setzte er sich. Der Mann war eindeutig ein Offizier wie er. Durchtrainierte Figur, aufrechte Haltung, klare, befehlsgewohnte Sprache. Zudem kannte der seinen Rang.

»Tut mir leid General, aber ich muss Sie vor eine Wahl stellen. Sie bemühen sich seit Langem, hinter das Geheimnis des ›Andentals‹ zu kommen! Sie fühlen unbewusst, dass hier ein Rätsel vorliegt. Zum Einen dürfen Sie alles erfahren, doch anschließend wird es keine Rückkehr in ihr bisheriges Leben geben! Zum Anderen verzichten Sie darauf, den Schleier, der über dem Tal liegt, enthüllen zu wollen, reisen unverzüglich ab, vergessen einfach dieses Gespräch, nehmen zuhause ihren vorherigen Dienst beim CIA wieder auf und kümmern sich nie mehr um das Tal! Sie können zukünftig viel Neues erleben und lernen, oder in ihre Tätigkeit zurückkehren, bei der Sie längst am Ende ihrer Laufbahn angekommen sind! Lassen Sie sich einen Moment Zeit! Überlegen Sie in Ruhe! Wenn Sie ablehnen, gibt es keine zweite Chance!«

Verstört, maßlos verblüfft, hörte er zu. Eine Bedienung stellte zwei Gläser vor ihnen auf den Tisch. Einladend hob sein Gegenüber das Getränk:

»Auf ihr Wohl, General!«

Ah, der Drink tat gut! Er brachte schlagartig Ordnung in seine verwirrten Gedanken. Er würde alles tun, um das Geheimnis zu erfahren! Jawohl!

Fest sah er den unbekannten Mann - wie hieß der eigentlich? -, der hatte sich noch immer nicht vorgestellt, an und meinte:

»Ich nehme an und will es endlich wissen!«

Fassungslos fuhr er hoch, als eine wohlbekannte Stimme ihn von hinten ansprach.

»Hallo Patrick!«

Für einen Moment sah er geschockt drein:

»George! Du? Aber Du bist doch tot!«

*

Kritisch sah er zu, wie sein Androidendouble den kurzfristig gecharterten Jet betrat.

Scheinbar uninteressiert, von mindestens zwei seiner eigenen Agenten beobachtet. Er selbst veranlasste vor einiger Zeit, in das Bodenpersonal des Andenairports Spione einzuschleusen. Bisher kamen von dort keine verwertbaren Erkenntnisse, aber demnächst konnten sie bestätigen, dass er abgeflogen war.

Dass er seine Dienststelle von dem vorzeitigen Abbruch des ›Urlaubs‹ unterrichtete, war selbstverständlich. Zusammen mit dem Flugplan. Die Maschine flog in Richtung Osten, um über dem Atlantik, weit außerhalb irgendwelcher Hoheitsgewässer, nach Norden abzudrehen. Nichts Besonderes, wenn man von den dort teils heftig auftretenden Unwettern absah.

Sehr gut!

In Unterschätzung der Gefahr und Überschätzung ihrer Flugkünste, würden die beiden Buschpiloten voll in das Schlechtwettergebiet hinein fliegen. Und nie mehr auftauchen!

Nicht das erste Flugzeug, welches spurlos über dem Meer verschwand.

Die üblichen Suchaktionen, eine Trauerfeier und das war es dann.

Er, General Patrick Jefferson, war in wenigen Stunden tot. Fein, sehr fein.

Dabei saß er quicklebendig in der Steuerzentrale Taran 17 auf dem Mars, in gestochen scharfer Bildqualität seinen ›letzten Flug‹ betrachtend. Ursalanische Technik und Hyperfunkverbindungen, nichts reichte nur annähernd an diese Leistung heran. Leigron, Shanti, das Reich der Zwölf Sonnen? Steinzeit Technologien sozusagen. Von der Erde ganz zu schweigen.

Nein, er bedauerte es keinesfalls, den Dienst ›quittiert‹ zu haben!

Ab Morgen waren dann intensive Schulungen angesagt. Und danach? Was auch immer käme, er freute sich darauf!

*

Die Besprechung fand in kleinem Kreise statt.

Dave, Mike, Ralf, Xar Nortan sowie der neu hinzugekommene Patrick.

»Auf der Erde existieren viele Arten von Geheimdiensten, meistens im Auftrag ähnlich, aber mit verschiedenen Schwerpunkten.«

Dave trank einen Schluck, eher weitersprach.

»Ich beziehe mich jetzt weitestgehend auf die deutschen Gepflogenheiten. Dort gibt es den Bundesnachrichtendienst und den militärischen Abschirmdienst. Xar wird eine grob dem BND entsprechende Agententruppe aufbauen, mit Hauptaugenmerk auf alle politischen Parteien, sowie Weltverbesserern und sonstigen Fanatikern. Patrick wird sich hingegen primär um Spionage und Gegenspionage kümmern. Eine Mischung aus MAD und CIA, zumal er der letzteren Organisation angehörte. Ich gehe davon aus, dass die entmachteten Militärs auf Leigron, wie auch auf Shantinar, durchaus über ein Comeback, sprich Putschversuche nachdenken. Allerdings ohne ernst zu nehmende Erfolgsaussichten. Dennoch kann es Ärger geben. Kritischer wird es, wenn wir den guten Leutchen im ›Reich der Zwölf Sonnen‹ beibringen, dass sie ihre Kampfschiffe ebenfalls verschrotten müssen. Deren Militärs werden kaum davon begeistert sein, ihr Leben von nun an im Ruhestand zu verbringen. Natürlich nur, wen sie sich uns freiwillig anschließen. Wir zwingen niemanden dazu. Ich könnte mir denken,« sein Blick erfasste Mike, als er spöttisch fortfuhr, »dass Prinzessin Alina ganz schön sauer wird, sobald man dieser ihre ›Riesenspielzeuge‹ wegnehmen will! Aber Du wirst sie vermutlich von der Richtigkeit unseres Vorgehens überzeugen, nicht wahr Mike?«

Mike sah einen Moment gequält drein. Zum Glück sprach Dave gleich weiter:

»Ralf, als erfahrenem, ehemaligem MAD Major, werden Xar und Patrick unterstellt, wobei ich davon ausgehe, dass ihr beide eng zusammenarbeitet! Keine Konkurrenz! Ich weiß genau, dass sich Überschneidungen im Bereich der Geheimdienste nie vermeiden lassen!« Er hob sein Glas: »Auf eine gute und erfolgreiche Arbeit!«

*

Nicht schon wieder! Innerlich aufstöhnend wurde ihr klar, dass es mit dem friedlichen, genussvollen Essen vorbei war.

Kadettin Keri Torn!

Im Nu saß diese an ihrem Tisch und sprudelte nur so heraus:

»Stellen Sie es sich vor! Ich habe es geschafft und werde auf Georges Schiff mitfliegen! Da müsste es mit dem Teufel zugehen, wen ich ihn nicht sprechen könnte! Wie steht es mit Ihnen? Wäre doch schön, wenn wir gemeinsam ...!«

Xar Nortan hörte ihr nicht mehr zu, das hektische Geplapper nervte. Auf Leigron war sie Keri untergeordnet gewesen, aber nun hatte sich das gedreht. Höchste Zeit Keri reinen Wein einzuschenken, am einfachsten per Schocktherapie. Eine kurze telephatische Anweisung an Leigrona und diese trat, militärisch grüßend, näher.

»Admiral Lady Nortan, Sie werden gebeten, in ihr Office zu kommen!«

Kalkweiß starrte Keri sie an, stotternd, kaum verständlich:

»Sie sind ein ›Admiral‹? Sie ...!«

»Aber ja!« Sich erhebend und im Begriff der Androidin zu folgen, fügte sie mit einem Hauch von Bosheit, den Rang deutlich betonend, hinzu: »Kadettin Keri Torn!«

*

Die ›Balmung‹, ein schwerer Kreuzer der Kufkar-Klasse, trat mit drei Begleitschiffen, Zerstörern der Kalron-Klasse, praktisch gleichzeitig fünf Lichtminuten vom Zielplaneten entfernt, aus dem Hyperraum aus, langsam weiterfliegend.

Allem Anschein nach überraschten sie die Kantarer vollständig.

Es dauerte mehrere Minuten, ehe man sie anpeilte und ortete. Einfache Tastimpulse auf lichtschneller Basis.

Ein Geschwader von zehn Einheiten kam allmählich heran, wobei Mike annahm, dass diese ihrerseits mit höchster Geschwindigkeit flogen.

Seine Ortungsabteilung meldete:

»Sir, Anruf von der Kantar I, wir schalten auf ihren Hauptbildschirm um!«

Sieh an, ein aufgeregter, ordensgeschmückter Mann und und im Hintergrund ...

Prinzessin Alina!

Mühsam löste er den Blick von ihr und konzentrierte sich auf den Sprecher,

»... haben Sie unverzüglich zu stoppen und sich zu identifizieren! Wenn Sie ...«

Mike hörte schon gar nicht mehr hin.

Ein kleiner Wink und sein Bild, er war deutlich im abgesetzten, erhöhten Sitz des Kommandanten zu erkennen, wurde abgestrahlt.

Er lachte spöttisch.

»Sieh an, Prinzessin Alina von Kantar! Wie ich sehe, setzen Sie noch immer ihre trägen, fliegenden Schrotthaufen ein? Sinnlos überdimensionierte Masse mit armseligen Energiemeilern und Triebwerken? Haben Sie seit der Vernichtung der Xsoorarmada nicht gelernt, einigermaßen akzeptable Raumschiffe zu bauen?«

Wütend wollte Prinzessin Alina auf die unverschämten Worte des fremden Mannes antworten, als sie die Worte wiedererkannte. Oft und oft hörte sie sich die aufgezeichneten Funkgespräche zwischen den Kantarschiffen und den Unbekannten an. Und jetzt? Nahezu die gleichen Worte!

Diese Schiffe? Identische Form und Größe wie ihre damaligen Retter, welche die Xsoor quasi so nebenbei vernichteten.

Konnte es sein? Kamen ›Sie‹ zurück?

Kaum zu einer Antwort fähig, mit brüchiger Stimme.

»Ihr ward das? Ihr besiegtet die Invasoren?«

Mike nickt bloß bestätigend.

Prinzessin Alina war ganz aufgeregt vor Freude. Ihre damaligen Retter in der Not! Endlich konnten Sie sich bei ihnen bedanken und ...

»Bitte folgen Sie uns! Wir laden Sie nach Kantar ein! Sie sind uns hochwillkommen. Wer sind Sie? Wieso ...?«

»Sachte, sachte, Prinzessin Alina.« Er unterbrach sie. »Ich heiße Mike Chester und bin nur der Kapitän des ursalanischen Schiffes ›Balmung‹. Wir sind in diplomatischer Mission und bitten Sie, auf Kantar landen zu dürfen. Darf ich Ihnen meinen Vorgesetzten, Admiral George Kendall vorstellen?«

Sich diebisch freuend, nahm er Georges Verblüffung zur Kenntnis.

›Tut mir leid‹, sprach er ihn telepathisch an, ›aber Dave meinte, die Leitung dieser wichtigen Expedition kann er keinem einfachen Oberst anvertrauen, also ernannte er Dich zum Admiral! Das macht auch viel mehr Eindruck! Dummerweise ›vergaßen‹ wir es Dir zu sagen. Er sagte nur, dass es sehr schade sei, dass er nicht dabei sein könne, um dein Gesicht zu sehen, wenn Du es erfährst. Deine neuen Rangabzeichen händige ich Dir nachher aus!‹

›Ihr elenden Gauner!‹ Für mehr reichte die Zeit nicht. Die Kamera erfasste ihn.

Liebenswürdig antwortete er der ungeduldig Wartenden:

»Im Namen Ursalans bedanke ich mich für ihre freundliche Einladung, Prinzessin Alina Galtan von Kantar: Bitte fliegen Sie uns voraus, wir nehmen gerne an!«

*

Zuerst hocherfreut, danach frustriert und enttäuscht, jetzt nur noch niedergeschlagen und verbittert.

Sozusagen am Boden zerstört!

Der Kapitän der ›Balmung‹, hatte sie und ihre besten Wissenschaftler durch das Schiff geführt. Mit dem Ergebnis, dass sie nichts verstanden!

»Prinzessin, Sie können selbst in Jahrzehnten eine derart überlegene Technik keineswegs einholen. Wir geben Ihnen gerne unser Wissen, aber Sie können damit wenig anfangen! Um beispielsweise ihre Schiffe bei gleicher Leistung zu verkleinern, benötigen Sie Materialien, die wesentlich mehr aushalten, als ihre bisher besten Stähle. Vorher müssen Sie Werkzeugmaschinen entwickeln, mit denen Sie anschließend die Legierungen erzeugen. Diese werde danach wiederum weiter verarbeitet. Allein, um die grundlegende Infrastruktur aufzubauen, werden viele Jahre vergehen. Von leistungsfähigen Reaktoren sind Sie dabei noch weit entfernt!«

Mike schwieg einen Moment, um ihr Gelegenheit zu geben, das Gehörte zu verarbeiten. George hörte schweigend zu. Die drei ebenfalls anwesenden Berater der Prinzessin, sie saßen in einem prunkvollen Raum des königlichen Schlosses, bestens mit Speisen und Getränken versorgt, lauschten gebannt.

»Wo wir ihnen relativ kurzfristig helfen können, ist eine Umstellung ihrer Funktechnik von analoger auf digitale Signalverarbeitung. Dies bedeutet aber immer noch gut zehn Jahre! Die zur Herstellung der Halbleiter benötigten Einrichtungen für effiziente Rechner lässt sich auf Terra einfach beschaffen, einschließlich der notwendigen Fachleute und Ausbilder. Fachbücher in ihrer Sprache sind ebenfalls kein Problem. Aber es ist langwieriger Lernprozess!«

Langsam fing sich die Prinzessin, die Schwierigkeiten allmählich begreifend. So ganz war sie noch nicht überzeugt.

»Ihre Shantipilotin, Mo Thar, hat alles in kürzester Zeit gelernt! So schwer kann das doch nicht sein!«

Mike schüttelte den Kopf.

»Sie kann ursalanische Schiffe nur navigieren und fliegen, das heißt, die Steuerungen bedienen! Dabei ist sie keinesfalls in der Lage auch nur das kleinste Teil herzustellen oder irgendwelche Reparaturen an ihrem Schiff ausführen! Wir können das genauso wenig! Unsere Raumschiffe wurden und werden von vollautomatischen, hunderttausende von Jahren alten, absolut selbstständig arbeitenden Raumschiffwerften hergestellt und gewartet! Wir selbst besitzen, rein technisch gesehen, nicht viel mehr Wissen als Sie, abgesehen von dem Thema Digitaltechnik. Aber per Zufall sind wir in der Lage, die ursalanischen Rechner einzusetzen. Sie gehorchen nur wenigen Personen, an die sie sehr hohe Anforderungen stellen. Unsere natürliche menschliche Intelligenz reicht nicht aus, den Rechnern Befehle zu erteilen. In speziellen Einrichtungen kann diese, bei geeigneten Personen, gleichsam ›aufgestockt‹ werden, anschließend verbunden mit heftigen Kopfschmerzen. Auch Sie könnten höchstwahrscheinlich diese ›Aufstockung‹ bestehen, werden danach sehr viel von der zugrundeliegenden Technik verstehen, aber es hilft ihrer Zivilisation nicht sofort weiter! Wir bieten Ihnen an, beliebig viele ihrer Wissenschaftler, Forscher sowie Entwickler zu Physikern sowie Ingenieuren nach ursalanischem Maßstab auszubilden, natürlich nur, wenn sie die erforderlichen Eingangstests bestehen. Aber dieses Wissen kann erst sinnvoll angewandt werden, wenn rundherum die notwendige Infrastruktur aufgebaut wurde.«

Mike bemerkte, dass George sich telepathisch mit Sirona unterhielt, aber er musste sich auf die Frage der Prinzessin konzentrieren.

»Sir, welche Regierungsform hat Ursalan? Ein Königreich?«

»Einst war es ein Kaiserreich! Doch es existiert nicht mehr. Die von den Rechnern als befehlsberechtigt anerkannten Personen, alle in hohen militärischen Rängen, so wie George hier, leiten in Absprache untereinander die Einsätze! Ein einfacher Raumkapitän wie ich ist über Details nicht informiert!«

»Gestattest Du, dass ich das für Dich übernehme?«

Mike nickte und George ergriff das Wort.

»Wir leitenden Offiziere haben ein gemeinsames Ziel, Prinzessin! Beispielsweise friedlichen Zivilisationen gegen räuberische Invasoren beistehen. So wie es mit der Xsoorarmada geschah, dir rücksichtslos das ›Reich der Zwölf Sonnen‹ angriff, mit der Absicht, alle dort lebenden Intelligenzen aufzufressen! Wir bieten jeder Regierung Schutz an, doch sie müssen dann auf eigenes Militär verzichten. Des Weiteren planen wir, Ursalan wieder aufzubauen und zu unserer neuen Heimat zu machen. Aber zu allererst suchen wir nach dem ›Feind‹, welcher Ursalan vernichtete. Wir kennen ihn nicht, niemand kennt ihn. Er ist unendlich viel gefährlicher als die Xsoor! Um nur einen einzigen

›Feind‹ zu eliminieren, bekämpft ihn jeweils eine dem Untergang geweihte ›Todesflotte‹. Sobald der Gegner vergeht, reißt er die angreifende Schiffe und deren Mannschaften mit sich in den Tod. Während wir hier gemütlich plaudern, sind unzählige Sonden auf der Suche nach den ›Feinden‹. Wir, von der Welt Terra stammend, haben das Erbe Ursalans angetreten und die damit verbundenen Verpflichtungen übernommen!«

Prinzessin Alina war geschockt. Eine Flotte, vielleicht gar mehrere, bestehend aus zehntausend Raumschiffen? Von solcher Stärke wie die vierhundert, welche die Xsoor vernichteten? Was für eine unvorstellbare Kampfkraft!

Danach kam ihr der unangenehme Gedanke, dass die Ursalaner sie verschaukeln wollten und mächtig übertrieben! Nur zum Zweck, dass sie ihre eigenen Kampfschiffe lediglich auf eine unbewiesene Aussage hin verschrotteten und anschließend völlig wehrlos dastanden. Nicht mit ihr!

Sie ahnte nicht, dass ihre Überlegungen mühelos mitgelesen wurden. Mike setzte sich daraufhin telepathisch mit der abseits wartenden Sirona in Verbindung.

Noch während die Prinzessin verzweifelt überlegte, ging eine Anfrage per Hyperfunk an Dave. Sekunden später erfolgte die zustimmende Antwort, woraufhin sie nähertrat und George scheinbar eine Botschaft überreichte.

Dieser verhielt sich, als ob er lesen würde. Anschließend, an die Prinzessin gerichtet.

»Soeben fliegt eines der schnellsten Kurierschiffe Kantar an. Wir wissen, wie schwer es für Sie ist, uns Glauben zu schenken, denn wir können hier nichts beweisen. Wenn Sie einverstanden sind, laden wir Sie sowie neun ihrer Mitarbeiter ein, sofort nach Milverduun, einer Raumschiffswerft zu fliegen. Danach werden Sie vieles anders beurteilen. Kapitän Mike Chester wird das Schiff kommandieren, eine der besten Pilotinnen Ursalans, Lady Hathor, steuert das Schiffchen. Leider ist es weniger komfortabel eingerichtet als deine ›Balmung‹,« er lächelte leicht, »indessen, Sie werden es überstehen!«

Natürlich musste Mike mit. Milverduun ließ niemanden ein, der nicht im Admiralsrang stand. Aber das wusste keiner hier. Zudem ihm der ›kleine Ausflug‹ mit der Prinzessin sehr gelegen kam.

Seit er sie erstmalig auf dem Bildschirm erblickte, war er heillos in sie verliebt.

»Wie lange werden wir unterwegs sein? Und warum insgesamt nur zehn Personen?«

»Die ›Ridil‹ ist ein überschnelles Kurierschiff, nicht zu vergleichen mit einem gemütlichen Passagierraumer. Nur ein paar einfache Kabinen. Die reine Flugzeit, hin und zurück, beträgt knapp zwei Tage. Wenn Sie natürlich standesgemäßer mit umfangreichem Tross reisen wollen, Prinzessin, fordere ich gerne eine geräumigere Einheit an. Dies bedeutet allerdings, dass sich die Zeit verdoppelt!«

George war die Ruhe selbst, im Gegensatz zu Alina. Sie konnte plötzlich nicht schnell genug losfliegen.

»Wann kommt das Kurierschiff? Kann es gleich wieder abfliegen?«

Sirona reichte ihm eine Notiz.

»Wenn Sie die Erlaubnis zu Landeung erteilen, wird es in rund vierzig Minuten hier sein!«

»Landeerlaubnis erteilt!« Sie erhob sich. »Jetzt muss ich dringend meine Begleiter zusammenstellen und mich umziehen! Bis nachher!«

Und weg war sie.

*

Von wegen ›einfache Kabinen‹!

Im Prinzip waren es Luxussuiten! Die Unterkünfte auf ihren eigenen Schiffen wirkten dagegen geradezu ärmlich.

Das Essen und die Getränke? Schlichtweg spitzenmäßig! Wie hatten die das nur geschafft, in der kurzen Zeit auf Kantar das alles zu besorgen und einzuladen? Sie erblickte während des Aufenthaltes der ›Gridil‹ kein Versorgungsfahrzeug, also fragte sie nach:

»Wenn wir auf fremden Welten landen, beschaffen wir stets umgehend einheimische Lebensmittel, um irgendwelche Unverträglichkeiten der Gäste mit unseren Speisen zu vermeiden. An Bord gebracht werden sämtliche Materialien per Transmitter.«

»Transmitter?! Sie besitzen Transmitter? Wir haben das einmal berechnet und festgestellt, dass dies unmöglich ist! Gegenstände auflösen, irgendwie zu übertragen und wieder zusammenzusetzen? Das geht niemals!«

Prinzessin Alina war entsetzt.

»Aber, aber, so funktioniert das auch keinesfalls! Was soll der Blödsinn mit dem ›Auflösen‹?«

Mike antwortete bedacht und gelassen.

»Lösen Sie ihre Raumschiffe auf, wenn sie durch den Hyperraum fliegen? Der Transmitter baut um das zu transportierende Gut im Grunde genommen die gleichen Schutz- und Hüllfelder wie um das Schiff herum auf! Nichts wird aufgelöst oder zusammengesetzt! Bord zu Bord Verbindungen erfolgen bei unseren größeren Einheiten stets per Volltransmitter. Kleine Schiffchen wie dieses hier, sind hingegen lediglich mit einem Empfangstransmitter ausgestattet. Wie entwickelten ihre Fachleute ursprünglich den Hyperantrieb? Da hätten sie auf das Transmitterprinzip stoßen müssen!«

Alina Galtan wandte sich, ehe sie ehrlich zugab:

»Wir wissen es selbst nicht genau, wer ihn erfunden hat! In alten Aufzeichnungen steht, dass einst fremde Besucher kamen und uns den überlichtschnellen Antrieb und die Mathematik hierzu einfach schenkten. Aber ...!« Sie zögerte. »Im Grunde genommen, bauten wir damit Raumschiffe entsprechend Anleitung auf, besuchten später benachbarte Welten und gaben die Unterlagen weiter. So entstand das ›Reich der zwölf Sonnen‹. Richtig verstanden haben wir diese Technik vermutlich in ihrer voller Tiefe nicht!«

Danach, lebhaft, neugierig fragend:

»Wie ist das bei Euch?«

»Wir haben, wie schon gesagt, das Erbe Ursalans einfach angetreten. Wir bauen keine Raumschiffe, diese entstehen ganz nach Wunsch in robotgesteuerten Werften. Wenn wir wollen, stehen uns selbstverständlich alle mathematischen, physikalischen und sonstigen wissenschaftliche Informationen zur Verfügung. Wir haben jedoch niemanden, der sich dafür interessiert. Zumindest derzeit nicht. Sie können das gesamte Wissen ebenfalls bekommen, mit Ausnahme der Waffentechnik! Wir ...!«

Eine für Alina und ihre Begleiter unerwartete Durchsage unterbrach ihn.

»Milverduun an ›Gridil‹! Seien sie willkommen! Sie werden von meinen Fernsteuersystemen übernommen und gelandet. An

Raumkapitän Mike Chester: Nach den von Ihnen erhaltenen Daten befinden sich königliche Staatsgäste an Bord! Ein entsprechender Empfang wird vorbereitet!«

Brave Sirona! Es ging einfach nichts über Telepathie, oder das ›Stille Sprechen‹, wie die Ursalaner es nannten. Sie hatte Milverduun, von den Gästen unbemerkt, kontaktiert und die alte Werft hatte wunschgemäß reagiert und sein Inkognito gewahrt.

Mike wandte sich an Alina:

»Prinzessin, wir werden in wenigen Minuten landen. Wenn Sie sich vorher noch etwas frisch machen wollen?«

*

Prinzessin Alina Galtan war an den Grenzen ihrer Aufnahmefähigkeiten angelangt.

Der Empfang durch Milverduun? Spitzenmäßig! Spalierstehende Androiden, wunderbare Musik, sanfte, die Nase umschmeichelnden Düfte.

An Mikes Seite stieg sie gemessenen Schrittes eine breite Treppe mit flachen Stufen zu einem reichverzierten Portal, soweit sie dies erkennen konnte, empor. Ihre Begleiter, die sowieso nichts zu sagen hatten, folgten wortlos.

In seiner Galauniform als Raumkapitän sah er schick aus, wie ihr mit einem Mal auffiel.

Männer? Bisher beachtetet sie keinen. Einer dümmer als der andere! Volldeppen halt!

Aber jetzt? Sie und Mike? Kein Vergleich zu den Typen, die in Kantar herumliefen.

Nach Durchschreiten des Tores befanden sie sich in einer für ihre Begriffe immensen Rechnerzentrale. Bildschirme und Steuerpulte, wohin sie sah! Alle Achtung, hier wurde ihr Einiges geboten.

Höflich leite man sie in eine seitliche Nische, in welcher ein halbrunder Tisch stand, dahinter ein Buffet voller Speisen und Getränken. Als sie sich setzten, bedingt durch die Tischform mit Blick auf die Steuereinheit, legten ihnen die Androiden umgehend vor. Einige Minuten aßen sie schweigend.

Langsam wurde es dunkel, der Steuerraum verschwand scheinbar, dafür erschien eine Bildwand oder was auch immer. Genau konnte es die Prinzessin nicht erkennen. Auf ihr leuchtete das Symbol, welches ihre Retter damals bei dem Kampf mit den Xsoor übermittelten.

»Willkommen in Milverduun, Prinzessin Alina Galtan! Sie erhalten jetzt einen allgemeinen Überblick für Besucher! Anschließend fligen sie in einem speziell für biologische Lebewesen kontrierten Gleiter mit geeigneter Atemluftversorgung durch das Vakuum Milverduuns. Falls Sie irgendwelche Abteilungen genauer betrachten wollen, werden wir, wenn möglich, diese mit künstlicher Atmosphäre versehen. Bitte sehen Sie ...!«

Fasziniert verfolgte sie mit ihren Begleitern die Vorführung. Ihr Gesicht wurde lang und länger! Welch eine Übertechnik!

Keine zehn Minuten endete die Präsentation, die Bilder verschwanden und vor ihnen lag erneut die Rechnerzentrale.

Mike erhob sich.

»Bitte kommen Sie mit, Prinzessin! Im Rundfluggleiter gibt es ebenfalls zu Essen und zu Trinken, selbstverständlich auch Toiletten!«

Wortlos folgte sie ihm samt Gefolge. Der Gleiter erwies sich als unerwartet geräumig, die obere Hälfte war vollständig durchsichtig. Kaum dass sie Platz nahmen, raste ihr Fahrzeug los.

Nach einer Stunde Rundflug, die ungeheure Menge der in Milverduun wartenden Kampfschiffe empfand sie als bedrückend, wandte sie sich an Mike:

»Kapitän! Mit diesen Einheiten könnten Sie das Universum erobern! Wozu, um Gottes Willen, benötigen sie eine solche unfassbare Anzahl an Raumschiffen?«

Panik schwang in ihren Worten mit.

Er überlegte einen Moment.

»Prinzessin, ich nehme an, Sie haben im Augenblick genügend gesehen, um sich ein Bild bezüglich unserer Möglichkeiten zu machen. Wir fliegen in die Zentrale zurück. Dort werden ihre Fragen beantwortet.«

Sie nickte zustimmend.

*

»Milverduun! Bitte einen Zeitrafferbericht mit bildlicher Darstellung der Ereignisse bezüglich des ersten Anfluges und

Angriffes eines ›Feindes‹ auf Ursalan. Anschließend die Zerstörung des Systems sowie die daraufhin eingeleiteten Abwehrmaßnahmen!«

Entsetzt verfolgte die Prinzessin den Untergang des Planeten, die Vernichtung allen Lebens.

Den zuerst vergeblichen Gegenschlag der Schlachtschiffe. Und dann das Ende des ›Feindes‹ und der Verlust von zehntausend Schiffen samt Besatzungen, die dem Verderben anheimfielen.

Erschüttert schlug sie für einen Moment die Hände vors Gesicht.

»Diese Kampfschiffe sind vollständig vernichtet worden?«

»So ist es! Zum Ausschalten eines ›Feindes‹ benötigen wir eine komplette ›Todesflotte‹! Sie opfert sich auf, um intelligente Lebewesen zu schützen, welche ansonsten wehrlos dem unbekannten Angreifer zum Opfer fallen! Milverduun hat ausreichend Raumschiffe erbaut, um den ›Feind‹ zu stoppen! Aber uns fehlen Besatzungen. Zudem wurde unsere Aufgabe erweitert: Jedes zu Unrecht angegriffene System, siehe den Vorfall mit den Xsoor, wird von uns verteidigt. Wir lassen keinerlei Kriege zu! Die Shanti, unter Militärdiktatur stehend, wollten zuerst uns attackieren und danach Leigron. Diese indessen gedachten, die Situation auszunutzen und ihrerseits die geschwächten Shantiwelten zu erobern. Wir haben ihnen auf ihre kriegslüsternen Finger geklopft! Jetzt haben sie keine Kriegsschiffe mehr! Sie benötigen sie nicht, denn wir schützen sie. Die zivilen Bevölkerungen und ihre Regierungen sind hochzufrieden, die verantwortlichen Putschisten sitzen im Gefängnis! Wer sich uns anschließt, steht unter der Obhut Ursalans! Aber er muss sein ›Kriegsspielzeug‹ verschrotten. Wir zwingen niemandem irgendetwas auf. Jede Zivilisation kann sich frei entscheiden! Doch wehe, sie ist auf dem Weg des Unfriedens!«

Mike sah bei den letzten Sätzen kalt und hart drein. Sie schluckte.

»Heißt das, die ›Reiche der Zwölf Sonnen‹ müssen ihre Kampfschiffe vernichten?«

»Nicht unbedingt. Solange diese selbstständig bleiben, können sie machen, was sie wollen. Alles außer Krieg! Allerdings erhalten sie von uns keinerlei Wissen oder sonstige Unterstützung! Wir sind in keiner Weise daran interessiert, irgendwelche Primitive militärisch aufzurüsten!«

Sie war geschockt. Mike hatte ihr unmissverständlich zu verstehen gegeben, für was er sie hielt: Steinzeitmenschen!

»Wie viele Todesflotten besitzen Sie?«

Die Antwort übernahm Milverduun:

»Als Standardwert wurden zweihundert Einheiten mit je fünfzehntausend Untereinheiten festgelegt. Komplett steuerbar durch vernetzte Spezialrechner genügt für eine Flotte eine Besatzung von zehn Mann! Leitung erfolgt jeweils durch einen Raumadmiral!«

Prinzessin Alina Galtan hatte genug.

»Bitte, Herr Kapitän! Bringen Sie uns zurück nach Kantar!«

*

Die Drinks schmeckten hervorragend.

Das geräumige Gartenlokal war kaum besetzt, was hieß, das sie sich ungestört unterhalten konnten.

Xar Nortan hatte versichert, dass hier keine Abhörgeräte installiert waren.

Die alten Bäume spendeten viel Schatten, sodass es sich hier trotz der sommerlichen Wärme angenehm kühl sitzen ließ.

Mike, George, Mo Thar, zwei Offiziere der Balmung sowie Xar saßen an einem runden Tisch und genossen ein ausgezeichnetes Mahl.

»Unsere Prinzessin lässt sich seit Tagen nicht mehr blicken! Was hast Du mit ihr in Milverduun angestellt?«

George stichelte freundschaftlich.

»Nun, leider bin ich kein so geschulter Diplomat wie Du! Der Untergang Ursalans, der ›Feind‹ und Milverduuns Größe waren wohl ein Schock für sie. Und überhaupt nicht gepasst hat ihr, dass wir ihr ihre trägen, nutzlosen Spielzeuge wegnehmen wollen. Immerhin war sie die Anführerin im Kampf der zwölf Reiche gegen die Xsoor, wenn auch recht erfolglos, und jetzt bringt ihr ausgerechnet ein einfacher Kapitän der hochwohlgeborenen, so unendlich weit über ihm stehenden Prinzessin quasi nebenher bei, wie wenig ernst er ihre Schrottraumer nimmt, um wie viel besser ursalanische Technik ist. Und er weigert sich, ihr den sehnlichsten Wunsch zu erfüllen, ihre Waffen zu verbessern!«

Mike lächelte und holte boshaft zum Gegenschlag aus.

»Aus uns wird vermutlich nie ein Paar, aber Du und Keri, ich höre von Ferne die Hochzeitsglocken läuten!«

Volltreffer! Darauf war George nicht vorbereitet, zumal Xar hinzufügte:

»Keri hat mich, als alte Bekannte sozusagen, darum gebeten, Dich um ein Treffen mit ihr zu ersuchen. Wann hast Du einen Termin frei?«

Einen Moment lang verschlug es ihm die Sprache. Danach, sehr ernst, antwortete er:

»Bitte, sprich Du mit ihr! Erkläre ihr, warum ...!«

*

Xar Nortan las in einem Dokument, während Keri still abwartend am Schreibtisch gegenübersaß.

Sekunden später blickte sie auf, sah sie fest an.

»In deiner aktuellen Beurteilung hier steht, dass Du immer wieder emotional, impulsiv und voreilig handelst. Genau wie bei der unüberlegten Einladung und dem unmöglichen, geradezu überfallartigen Sexangebot an George. Du warst überhaupt nicht die Sitten und Gebräuche der Terraner betreffend, informiert. Stelltest sie gedankenlos auf eine Stufe mit den Männern Leigrons. Als Mitglied des ›Rates der Sieben‹ dachtest Du, hoch über ihm zu stehen. Danach dein zweiter Fehler: Anstatt in Ruhe zu überlegen, Ratschläge einzuholen, verließt Du überhastet den die leigronsche Regierung und bewarbst Dich kurzentschlossen als Offiziersanwärterin bei unserer Flotte. Dir scheint bis jetzt nicht bewusst zu sein, das es für ursalanische Offiziere unmöglich ist, sich mit einer Untergebenen einzulassen.«

Nachdenklich betrachtete sie die mittlerweile völlig geknickt dasitzende Kadettin.

»Du besitzt nur zwei, allerdings relativ geringe Chancen: Erstens, schließe die Offiziersausbildung erfolgreich ab und sieh zu, dass Du es mindestens bis zum Oberleutnant bringst. Dauert indessen eine lange Zeit! Zweitens, dies ist mein Ratschlag, gehe zurück nach Leigron! Vielleicht ist es Dir möglich, erneut in den Rat einzutreten. Deine freigewordene Stelle wurde bisher nicht besetzt. Als ranghohes Mitglied einer planetaren Regierung kannst Du ihn später, beispielsweise bei einem Staatsbankett, offiziell treffen. Als

144

Ratsmitglied bist Du ihm gesellschaftlich durchaus gleichgestellt. Aber welchen Weg Du auch wählst, Du wirst keinesfalls etwas erzwingen können!«

*

»Und? Wie ist es gelaufen?«

»Eines ist sie nicht, nämlich dumm! Sie hat den restlichen sechs Damen des Rates schnellstens klargemacht, dass sie den Rang einer Ratsherrin keinesfalls aufgab, sondern derzeit nur eine temporäre Zusatzausbildung macht, um ihre Aufgaben im Dienste der Regierung zukünftig noch besser erfüllen zu können. Je gründlicher man beispielsweise die Terraner versteht, desto mehr ist für Leigron herauszuholen. Als Offizierin ist sie demnach die ideale Ansprechpartnerin, um die Interessen beider Seiten wahrzunehmen!«

Xar Nortan lachte, während George verdutzt dreinsah.

Allerdings kam ihm die Wendung der Dinge durchaus gelegen.

»Danke, Xar, dass Du Keri und mir damit eine weitere Chance eingeräumt hast. Ich kann sie nicht vergessen! Und als hochgeachtete Ratsherrin ...!«

Er wandte sich ab, in Gedanken bereits bei Prinzessin Alina. Die hatte ihn, Mike und Xar heute Mittag zu einem Gespräch gebeten.

*

Von wegen ›Gespräch‹!

Zum Glück hatte sich Xar rechtzeitig nach den genaueren Umständen erkundigt. Nicht umsonst bat sie Mike und George, ihre Galauniformen anzulegen.

Als ihr Gleiter Punkt Zwölf an der Freitreppe vor dem königlichen Palast anlangte, stand ein Spalier aus prächtig gekleideten Soldaten, welche ihre Gewehre präsentierten, bereit.

Seine Hoheit, König Valdor der I. von Kantar, empfing sie höchstpersönlich.

George Kendall, in diplomatischer Vertretung Ursalans, schritt an dessen Seite die Stufen hoch, während Xar und Mike in gebotenem Abstand folgten.

145

Mike konnte seine Neugier nicht länger bezähmen. Auch wenn es eine eiserne Regel war, Telepathie nur zum Informationsaustausch mit den Androiden zu nutzen, fragte er bei Xar direkt nach:

›Was zum Geier läuft hier für eine Show ab?‹

Kichernd kam die Antwort:

›Abwarten, Mike! George wird gleich überrascht sein, wenn er erfährt, in welchem kleinen Rahmen das Gespräch stattfindet!‹

Ein schweres Portal, zwei Diener rissen die Flügel auf, ein gut zwanzig Meter im Geviert messender Saal, darin ein riesiger runder Tisch.

Achtungsvoll umstanden von elf in prunkvolle Roben gekleidete Männern.

Ein Herold verkündete lauthals:

»Seine Exzellenz, Admiral George Kendall, oberster Botschafter Ursalans! Eure Exzellenz, darf ich sie mit den Regenten der Vereinigung des ›Reiches der Zwölf Sonnen‹ bekantmachen?«

Er durfte. Einer nach dem anderen begrüßte ihn mit Handschlag, während der Herold laut ihre Namen nannte.

Anschließend bat König Valdor, zu Tisch, blieb aber als einziger George gegenüber stehen, diesen ansprechend, indessen die Diener Getränke einschenkten:

»Eure Exzellenz, seit vielen Jahren ist der ›Große Rat‹, bestehend aus den Herrschern aller Reiche erstmals erneut zusammengetreten. Der Bericht meiner Tochter sowie die ihr zur Verfügung gestellten Aufzeichnungen und Unterlagen, zeigen deutlich, dass wir so gut wie jedem Angreifer, die Xsoor waren der beste Beweis dafür, hoffnungslos unterlegen sind!«

Er lächelte Mike zu.

»Unsere sogenannten Schlachtschiffe sind, wie Sie damals so richtig anmerkten, wahrhaftig nichts als träge, sinnlose Konstruktionen, die zudem andauernd enorme Kosten verursachen! Wir werden sie verschrotten, das Militär auflösen!«

Er sah George fest an:

»Der ›Große Rat‹ beschloss gestern einstimmig, sich dem Schutz Ursalans anzuvertrauen, Eure Exzellenz! Ihr Anerbieten, einen Bund mit Leigron und Shantinar als gleichberechtigte Partner, zu bilden, wird dankend angenommen!«

Sie erhoben sich von ihren Sitzen, als er seinen Kelch hochhielt:

»Auf den vereinigten Staatenbund! Und auf Ursalan!«

Alle wiederholten den Trinkspruch. George war erleichtert. Ein strategisch bedeutsames Ziel war erreicht!

»Es besteht nur noch ein kleines Problem!«, fuhr König Valdor fort. »Aber Sie, Eure Exzellenz, können das gewiss lösen!«

Die Regenten der elf anderen Reiche hörten gespannt zu, ohne ihrerseits das Wort zu ergreifen.

Für einen Moment schien George beunruhigt, doch gleich darauf lächelte er.

»Die oberste Flottenführung Kantars, im diesem besonderen Fall meine Tochter Alina, gibt ihr Schiff nur dann zur Verschrottung frei, wenn Sie sich bereiterklären, sie zur Ausbildung und den entsprechende Schulungen anzunehmen!«

»Weiß ihre Tochter Bescheid, dass ihr Rang als Prinzessin in der Flotte keine Bedeutung besitzt? Sie anfangs nur eine einfache Schülerin ist?«

König Valdor lächelte fein.

»Sie hat sich erkundigt, ob Personen aus Leigron oder Shantinar zufällig auf ihrem Schiff Dienst tun, und wurde fündig. Sie denkt, eine solide Ausbildung in ursalanischer Technik, zusätzlich zu Piloten- beziehungsweise Offizierslehrgängen und Ähnlichem, wäre für ihre Zukunft bestimmt nützlich. Außerdem scheint mir, als ob ich womöglich doch noch eines Tages einen Schwiegersohn bekäme, die Jungs aus Kantar sagen ihr nämlich überhaupt nicht zu!«

Die Anwesenden lachten.

Eine telepathische Nachricht Xars erreichte ihn:

›Sie sprach mit Keri!‹

›Wusste ich es doch! Die Sache kam mir gleich bekannt vor!‹

»Kein Problem Eure Hoheit! Wir lassen jeden Anwärter zu Eignungstests zu, ohne Ansehen der Person oder Herkunft!«

Der König nickte erfreut und meinte.

»Nachdem nun die schwierigsten Probleme gelöst sind, darf ich Sie zu einem bescheidenen Mahl einladen!«

Von allen Seiten kamen Diener herbei, köstliche, erlesene Speisen und Getränke anbietend.

Die Gäste lachten, scherzten und plauderten vergnügt, nebenbei eifrig schmausend.

Nur Mike sah ein wenig verstimmt drein. Wenn Prinzessin Alina erst einmal auf dem Mars zur Schulung war, konnte er sie vergessen. Die Konkurrenz dort war zu groß, zumal er nur selten in Taran 17 anwesend war.

Was sollte es?

Ein kräftiger Drink. Und noch einer. Damit spülte er seine Enttäuschung runter.

Jetzt war abseilen angesagt. Mit Mo Thar auf einem der kleineren Begleitschiffe?

Warum nicht?

Die vergessene Stadt

›Sir, Sie werden gebeten, mit der ‹Ridil‹ zum Mars zurückzukommen! Bitte auch Patrick mitbringen! Dave will sich mit Ihnen und Ralf besprechen. George bleibt für längere Zeit im ›Reich der Zwölf Sonnen‹. Dieser soll, zusammen mit Xar Nortan, die übrigen elf Zentralwelten aufsuchen. Vordringlich diejenigen, welche die Xsoor verwüsteten. Milverduun stellt auf Abruf Transporteinheiten, landwirtschaftliche Geräte sowie rasch wachsendes Saatgut zur Verfügung. Sofern die jeweiligen Regierungen zustimmen. Er bittet Sie, Keri Torn mitzubringen. Er möchte sie vorläufig von George fernhalten. Es bestehen genügend andere Einsatzmöglichkeiten für sie, mit denen sie ihre Ausbildung abschließen kann. Danach sehen wir weiter. Ach, ja‹, Mike spürte geradezu Sironas Schadenfreude, ›Prinzessin Alina Galtan bedrängte gestern unseren ›Chefdiplomaten‹ so lange, bis er versprach, sie unverzüglich zum Mars zu lassen. Da sie die ›Gridil‹ bereits kennt ...!‹

Mo Thar, im Pilotensitz, sah, wie er das Gesicht verzog, als ob er in eine elend saure Zitrone gebissen hätte.

»Sir? Fühlen Sie sich nicht wohl?«, fragte sie besorgt. Die telepathische Botschaft Sironas konnte sie nicht mithören.

»Schon gut, alles in Ordnung! Ich dachte nur gerade an etwas äußerst Unerfreuliches, vergessen wir es!«

Während er noch überlegte, drängelte Mo Thar.

»Sir! Wir sind startklar! Bitte um Starterlaubnis! Sir ...!«

Das Aufleuchten eines Bildschirmes unterbrach sie.

»Shuttle 3A5, Raumschiff ›Balmung, bittet andocken zu dürfen! Admiral Kendall sendet Ihnen zwei Passagiere zur Mitnahme!«

»Erlaubnis erteilt! Einflug in Schleuse C1. Wir holen ihre Fahrgäste umgehend ab!«

An die Pilotin gerichtet:

»Sofort starten, sobald das Shuttle auf Sicherheitsabstand ist! Wer weiß, was George sonst noch so einfällt!«

Mo Thar indessen interessierte nur eines: Wen nahmen sie soeben an Bord? Mike schaute stinkwütend drein!

*

»Bedaure!« Die Androidin verhielt sich unnachgiebig.

»Anwärtern ist der Zutritt sowohl zum Offiziers- als auch Kommandobereich nicht gestattet. Bitte gehen sie zurück!«

»Kann ich Ihnen behilflich sein, meine Dame?« Der Mann war gut einen Kopf größer als sie, in eine ursalanische Uniform ohne jegliche Rangabzeichen gekleidet.

»Gestatten Sie, dass ich mich vorstelle: Ich heiße Patrick Jefferson. Ich nehme sie in einen der Besprechungsräume mit, wenn Sie nichts dagegen haben?«

Er nahm sie am Arm und zog sie mit sich. Keine fünfzehn Schritte später glitt in der bisher fugenlosen Wand eine Tür zurück. Verblüfft wandte sie sich um. Wie bewerkstelligte der Mann das? Er schien ihre Gedanken zu erraten.

»Ein Codeschlüsselgerät für Offiziere. Aber bitte, nehmen Sie Platz. Erzählen Sie!«

Sie überlegte lange, bevor sie ausführlich berichtete. Ein Androide versorgte sie mit Getränken und Knapperzeugs.

Beginnend vom Angriff der Xsoor sowie die damalige tiefen Enttäuschung, als ihre Retter kommentarlos verschwanden. Von der Freude über den jetzt doch noch erfolgten Besuch und den Ausflug nach Milverduun. Von ihrer Sehnsucht, alles lernen zu dürfen und von der Frustration bezüglich ihrer jetzigen Lage.

»Sie sind also Prinzessin Alina Galtan! Wieso bewarben Sie sich als Anwärterin?«

Verwirrt sah sie drein.

»Was hätte ich sonst tun sollen? Ich sprach mit einer Kadettin, einer Ratsherrin von Leigron, die mir zu diesem Schritt riet!«

Ernst sah er sie an.

»Lassen Sie mich raten: Keri Torn. Falscher konnten Sie es nicht anfangen! Warum fragten sie nicht George Kendall oder Mike Chester? Von denen wären sie als Staatsgast zum Mars eingeladen worden! Allererster Klasse!«

Leicht vorwurfsvoll fügte er hinzu:

»Sie sind, genau wie Keri, von der Überlegenheit aller weiblichen Wesen über die einfachgestrickten Männer voll überzeugt! Ja keinen von denen fragen!«

Alina sah recht geknickt drein.

»Ich traute mich nicht! Seit Milverduun weiß ich, wie unwissend und rückständig wir aus dem ›Reich der Zwölf Sonnen‹ sind! Ich hoffte, wenn ich mich zur Ausbildung bewerbe, bekomme ich eines Tages bei dem Mann, den ...«!

Erschrocken brach sie ab.

Patrick dachte nach. Keri nervte in der Tat, aber Alina sollte die Sache nicht ausbaden müssen.

Er wandte sich an den Bedienandroiden:

»Bitte Mike hierher! Als Kommandant des Schiffes kann er mir einen kleinen Gefallen tun!«

*

Keine Minute später trat Mike ins Besprechungszimmer.

»Hallo, Patrick, was ...!«

Er brach ab, als er Galina erblickte, und setzte sich schweigend zu ihnen an den Tisch.

»Mike, ich bitte Dich, ihren Status zu ändern. Sie ist auf einen dummen Ratschlag von Keri hereingefallen!«

»Schau an!«, brummte er, »Xar sah die Sache genau vorher. Sie redet zu viel, dafür denkt sie zu wenig! Sobald ihre Grundausbildung zu Ende ist, senden wir sie schnellstens nach Leigron zurück! Nun, Eure Hoheit, was kann ich für Sie tun?«

»Hör auf zu spotten! Wir setzen ihren Anwärterantrag außer Kraft! Als offizielle Vertreterin Kantars informiert sie sich in Ruhe sowie unter gezielter Betreuung auf dem Mars. Sie soll anschließen frei entscheiden können!«

Mike betrachtete Alina, welche wie ein Häufchen Unglück dasaß.

»Einverstanden, Patrick! Gästesuite, Offizierskasino und so weiter. Ab sofort auch eine persönliche Androidin!« Er stand auf.

»Ach, ja, passe bitte auf, dass Keri der Prinzessin nicht erneut über den Weg läuft!«

*

»Bald wird der ›Händler‹ kommen!«

Ohne seinem Zwillingsbruder Sarl direkt zu antworten, nickte Sorl zustimmend.

Vor zwei Wochen erreichten sie das siebzehnte Lebensjahr und zählten seither zu den Erwachsenen. Hochgewachsen, breitschultrig, braune Haare, blaugraue Augen und kräftige Hände, denen man ansah, dass sie fest zupacken konnten. Kaum, dass sie redeten, sie verstanden sich untereinander meist wortlos. Überwiegend hörten sie zu, nicht oft selbst berichtend. Ihre Arbeit erledigten sie gewissenhaft, dabei stets ernst dreinblickend. Wo andere laut lachten, lächelten sie fein. Von früh an im Lesen und Schreiben geübt, interessierten sie sich für Bücher und lauschten aufmerksam, wenn die Alten ihre Geschichten, Sagen und Erzählungen vortrugen. Als sie gerade zwölf Jahre alt waren, fiel ein Name: ›Die vergessene Stadt‹. Seitdem ließ sie die Sehnsucht nach diesem Ort nicht mehr los. Vorsichtig erkundigten sie sich.

»Vergesst die Sache! Da ist nichts dran! Sobald der ›Händler‹ wieder vorbeikommt, fragt ihn. Der Mann weiß so gut wie alles!«

Was sie auch taten. Der sah sie prüfend an.

»Es gibt diese Stadt, aber sie ist tabu! Niemand, der sich nach ihr auf die Suche machte, kehrte je zurück! Angeblich ist dort ein Tor zu den Sternen. Ich kann euch Unterlagen und Pläne verkaufen! Wenn ihr achtzehn seid! Danach ...!«

Selbst jetzt, wie Sarls Bemerkung verriet, dachten sie an nichts anderes.

Schweigend beobachteten sie die niedergehende Sonne, welche noch eine Handbreit hoch über dem in weiter Ferne, im Dunst nur schwach zu erkennenden Gebirge stand.

Bequem zurückgelehnt, sich mit den Ellenbogen abstützend, am Feldrain auf weichem Gras sitzend, betrachteten sie zufrieden ihr Tagwerk.

Eine ausgedehnte Fläche frisch gepflügten Ackerlandes zeigte vom Fleiß der beiden Jungen. Nicht zu vergessen der Arbeitseinsatz zweier Ochsen, welche behaglich, mit langen Riemen an einen Baum gebunden, am Boden lagen und wiederkäuten.

Sarl erhob sich, suchte mehrere Steine zusammen, indessen Sorl ein paar Schritten in den kaum zwanzig Meter hinter ihnen wachsenden Wald ging und trockenes Holz holte. Genau wie das Entfachen des Feuers eine jahrelange Gewohnheit. Brot und getrockneter Käse, frisches Wasser aus einer naheliegenden

Quelle, ergaben ein nach dem stundenlangen Pflügen ein gutes Mahl.

Müde hüllten sie sich in ihre Decken.

»Hoffentlich bringt der ›Händler‹ alles mit!«

Er bekam keine Antwort. Sein Bruder schlief bereits, leise schnarchend.

*

»Nennt mich den ›Händler‹!«

Seit Ewigkeiten, den wilden Gerüchten und Legenden nach, die sich um ihn rankten, stellte er sich in jedem neuen Ort mit dieser Bezeichnung vor.

Hochgewachsen wie war überragte er die meisten Dörfler um Haupteslänge. Seine enorme Schulterbreite, die muskulösen Arme, die schmale Taille brachte ihm außer bewunderten Blicken seitens der Damenwelt noch so manch diskretes Angebot ein.

Auf einem kräftigen Pferd, an der Spitze des Wagenzuges reitend, einen dunklen Lederanzug tragend, in einen schwarzen Staubmantel gehüllt, erweckte er bereits von weitem den Eindruck von Kraft und Überlegenheit.

Je nach Jahreszeit, abhängig davon, was an haltbaren landwirtschaftlichen Produkten wie beispielsweise Mehl, geräuchertes oder gepökeltes Fleisch, Kartoffeln, Hirse geerntet wurde, bestand der Zug aus bis zu sieben Fahrzeugen mit jeweils zwei davor gespannten Zugochsen. Hinzu kamen vier bis fünf Wachen, ebenso wie der ›Händler‹ auf ausdauernden Pferden reitend.

Angeblich streckten einige Galgenvögel ihre habgierigen Finger nach den Wagen und der Ladung aus, doch es bekam ihnen nicht. Übrig blieb von diesen nur ein paar im Laufe der Zeit verwehende Grabhügel. Ohne Namen.

Seine Wagenlenker, kräftige, gewandte Männer, genau wie der ›Händler‹ selbst, mit Armbrüsten und Schwertern bewaffnet, verstanden keinen Spaß, wenn sich jemand unerlaubt an ihrer Ware zu schaffen machte.

Stets auf dieser Seite des Gebirges fahrend, kam er in regelmäßigen Abständen, so alle vier Monate, in jeden Weiler, Dorf oder Stadt in einem weiten Umkreis. Er kaufte auf, was am jeweiligen Ort produziert wurde und verkaufte, was anderswo hergestellt wurde. Werkzeuge wie Äxte, Sägen, Messer aber auch Stoffe, Garne, Nadeln und Faden. Genauso wie Spinnräder und Geschirr. Besonders wünschten sich zahlreiche Kunden Genussmittel wie Kaffee, Tabak, Gewürze und Tee. Seife, Waschmittel sowie Petroleum, Fässer voll Bier und Wein gehörten ganz selbstverständlich dazu.

Da sein Umsatz stetig zunahm, er den normalen Grundbedarf nicht mehr abzudecken vermochte, duldete er kleinere Kaufleuet mit wenigen Wagen. Einige übernahmen auch Fuhren im Auftrag des ›Händlers‹, sodass ein lebhafter Handelsverkehr, stets unter seiner Aufsicht stehend, stattfand, sehr zur Freude der Bevölkerung.

Aber wenn es um besondere Wünsche ging, gab es nur Einen: Den ›Händler‹!

*

Sie sahen es genau!

Ein kaum merkliches Seitwärtsdrehen des Kopfes, ein kurzes Zwinkern und der ›Händler‹ ritt weiter, als ob er sie nicht bemerkte.

Jetzt hieß es, sich mindestens einen Tag lang in Geduld zu üben. Zuerst kamen die Honoratioren des Dorfes an der Reihe, danach die umsatzstärksten Kunden und am Ende: sie beide.

Sarl und Sorl irrten.

Nach Einbruch der Dunkelheit schlenderte scheinbar absichtslos einer der Kutscher herbei und lud sie auf seinen Wagen ein. Zu einem kleinen Umtrunk. Voller Neugier folgten sie dem Mann. Mit einer Handbewegung, ohne ein Wort zu sprechen, deute er auf eine vierstufige Holzleiter am Wagenende. Als sie ihn fragend anblickten, nickte er auffordernd.

Eine nur schemenhaft zu erkennende Person hinter einem Tisch, auf dem eine winzige Kerze flackerte. Hochgewachsen, breitschultrig, schwach phosphoreszierende Pupillen. Kein Zweifel, der ›Händler‹ höchstpersönlich.

Wortlos schob eine wahrhaft riesig erscheinende Hand einen flachen Lederbeutel in ihre Richtung. Eine tiefe, volltönende Stimme befahl:

»Nehmt ihn an euch! Der Name der vergessenen Stadt lautet ›Thu-Khor‹! Im Morgengrauen brecht ihr ungesehen auf! Kein Abschied von irgendwem! Sobald die Sonne am höchsten steht, öffnet den Beutel und lest! Wenn man euch nach dem Woher oder Wohin fragt, so sagt, dass ihr, wie viele junge Männer eures Alters, auf der ›Wanderschaft‹ seid! Und erwähnt ›Thu-Khor‹ nicht, ehe ihr die auf der Karte eingezeichnete Grenze überschritten habt! Jetzt geht! Viel Erfolg!«

Bevor sie zu Wort kamen und sich bedanken konnten, erlosch die Kerze und der Kutscher zog sie aus seinem Wagen.

»Verschwindet!«

Das ließen sie sich nicht zweimal sagen. Außer Sicht der Fahrzeuge hielten sie an.

»Und jetzt?«

»Hinlegen und schlafen bis zum Morgengrauen!«, antwortete Sarl. »Unsere Bündel sind gepackt. Bis die Anderen etwas merken, in dem Trubel mit dem Händler achtet sowieso niemand auf uns, sind wir längst weg!«

Sorl nickte zustimmend.

*

»Es sind zwei gute Jungs! Zuverlässig, fleißig und intelligent. Sie werden in unserer Gemeinschaft fehlen!«

Lächelnd fuhr der Dorfvorsteher fort:

»Selbst wenn Sarl und Sorl auf die Anmache einige der Mädchen nicht reagierten, sie hatten nur ihr Ziel im Kopf, werden diese über deren Aufbruch enttäuscht sein.«

»Die Zweie haben vor langer Zeit ihren Weg gewählt! Hier gibt es auf Dauer nichts, was sie hält! Früher oder später, auch ohne meine Hilfe, wären sie auf gut Glück losgezogen, so aber wird ihr Traum in Erfüllung gehen! Jetzt ist ihre Ausdauer, verbunden mit der Fähigkeit, Karten lesen zu können, ausreichend, um zu den Sternen zu gelangen!«

Beide schwiegen eine Weile, in Nachdenken versunken.

Leise, fast zu sich selbst sprechend:

»Wie lange bin ich schon der ›Händler‹? Es kommt mir wie Jahrhunderte oder Jahrtausende vor! Aber ich glaube fest daran:

Eines Tages öffnet sich der Weg ins Universum für uns alle erneut!«

Er drehte sich um und verschwand im Dunkeln.

*

Sonnenhöchststand!

»Es ist so weit!«

Im Schatten eines Baumes liegend, öffneten sie vorsichtig den erhaltenen Beutel.

Als Erstes kamen ihnen ein Netz mit einer Handvoll Münzen entgegen. Jetzt wunderten sie sich nicht mehr über dessen Gewicht. Bei dem Geld lag ein kleiner Zettel:

›Ihr braucht es dringender als ich!‹

All ihr Erspartes, welches sie dem ›Händler‹ in den vergangenen Jahren für die Unterlagen und Landkarten zahlten, gab er zurück! Verwundert sahen sie sich an.

»Er ist überaus großzügig! Sehen wir uns an, was in dem Lederumschlag steckt.«

Eine Stunde verstrich, in der sie wortlos die Zeichnungen, Karten und Schriftstücke studierten.

»Der ›Händler‹ lieferte hervorragendes Material. Mit diesem und dem Geld schaffen wir es einfacher als befürchtet!« Sarl, wortkarg wie immer, nickte bloß zustimmend, erhob sich und nahm sein Bündel auf.

»Vor uns liegt ein elend langer Weg! Wenn wir unser Kräfte einteilen, erreichen wir in knapp zweieinhalb Monaten Thu-Khor!«

*

Nach zwei ereignislosen Wochen, in denen sie ein erhebliches Stück des Weges vorankamen, lag das erste unerwartete Hindernis vor ihnen.

Statt der auf der Karte eingezeichneten Fähre erblickten sie die Reste von in das Flussbett gerammten Pfählen. An einem hing noch ein Seil, welches sich in der schwachen Strömung gemächlich hin und her bewegte. Die Hütte des Fährmanns? Abgebrannt!

Wie es aussah, lag das Feuer monatelang zurück. Kein Geruch mehr von verbranntem Holz, nur Unkraut und Schlingpflanzen, welche die verkohlten Balken überwuchernden.

»Wir gehen ab sofort dicht am Flussufer entlang, bis wir auf eine Furt treffen! Zudem sollten wir versuchen, ein paar Fische zu fangen! Damit schonen wir unsere länger haltbaren Nahrungsmittel!«

Gesagt, getan. Zwei Tage später gelangten sie an eine relativ seichte Stelle, die es ermöglichte, gefahrlos den Fluss zu überqueren, wobei ihnen das Wasser knapp über die Knie reichte. Außerdem konnten sie, mit den inzwischen angefertigten, dünnen Speeren, in tieferen Rinnen zwischen Geröll und Kiesbänken, noch ein paar kiloschwere Fische aufspießen. Alles in allem durchaus erfreulich!

Zum Glück verloren sie kaum Zeit, höchstens einen halben Tag. Wenn sie nun geradeaus auf die Berge zuliefen, kamen sie von ganz allein wieder auf den vorgesehenen Weg.

Zufrieden schritten sie aus.

*

Erwartungsvoll an einem Konferenztisch sitzend, von hübschen Androidinen mit Getränken und kleinen Häppchen versorgt, blickten Mike, Ralf und Patrick ihren Freund und Vorgesetzten an.

Der sah einen Moment lang nachdenklich auf den Tisch.

Dave fand, im Gegensatz zu Patrick, keinen großen Gefallen an Telepathie. Wo es ging, vor allem im Umgang mit biologischen Lebewesen, benutzte er fast ausnahmslos die Sprache. Wenn er mit Ralf oder Isabelle alleine war, unterhielt er sich in Deutsch, ansonsten legten sie Englisch als die Standardsprache fest. Dies galt auch für Nichtirdische, welche eine Ausbildung auf dem Mars absolvierten. Als Allererstes erfolgte ein Sprachkurs. Unter Hypnose durchgeführt, dauerte die Prozedur kaum mehr als zwei Stunden.

Dave erinnerte sich ...

Damals, ihr erste Begegnung mit den Shantis ...

Die Besatzung des Forschungsraumers ›Largo-14‹ lernte von sich aus Englisch, lange bevor sie Kontakt zu Dave und Mike bekamen. Später, auf Leigron und Shantinar, wie auch im ›Reich der Zwölf Sonnen‹, ging es anfangs nur über die Sprachcomputer. Allerdings erlernten sie, die Terraner, per hypnotischer Schulung, rasch die Sprachen der jeweiligen Welten. George, der Chefdiplomat, erwies sich als Sprachgenie. In kürzester Zeit unterhielt er sich absolut akzentfrei. Mit einer Ausnahme: Für die Zischlaute der Shanti eigneten sich die menschlichen Stimmbänder nicht besonders! Was sollte es? Mo Thar beispielsweise beherrschte ihrerseits fehlerlos Englisch.

Eines wollte Dave keinesfalls, nämlich ein babylonisches Sprachwirrwarr innerhalb der Flotte.

Langsam hob er den Blick.

»Danke, dass Ihr gekommen seid! Wie bekannt, stellen sich uns zwei dringende Fragen. Erstens, wer ist der ›Feind‹? Milverduun schickt Sonde um Sonde aus, um die Galaxien durchzukämmen.«

Er unterbrach sich und nahm einen Schluck zu sich, ehe er fortfuhr:

»Zweitens, wo blieben die Ursalaner? Hier gibt es eine denkbare Erklärung. Sie entfernten sich immer mehr von ihrer Heimatwelt, kolonisierten Planeten und zogen weiter. Im Laufe der Jahrhundertausende wurden sie müde und vergaßen. Taran geht davon aus, dass auf vielen Welten längst vergessene, dennoch voll funktionsfähige Rechner existieren. Mangels geeignetem Nachwuchs, welcher die Voraussetzungen zur Kommandoberechtigung besitzt, schalteten sich die Stationen nach einiger Zeit ab, nur der eine oder andere Empfänger blieb weiterhin aktiviert. Wir kennen das ja aus eigener Anschauung von Taran 17. Auch dieses Außenfort, genau wie der Hauptrechner, waren deaktiviert. Aber ein Vergleich der Reaktivierungscodes ergab, dass Milverduun denselben wie die Marsstation akzeptiert.«

Mike nickte verstehend.

»Du gabst den Code an die Sonden und hattest Erfolg, nicht wahr?«

Dave bejahte.

»Stimmt! Neben drei Welten, zivilisatorisch in etwa auf dem Niveau der alten Ägypter, gibt es eine vierte, die den uns bisher bekannten Kulturen weit voraus ist, auch in ethischer Hinsicht, dabei nicht ahnen, dass sie die Nachfahren von Ursalanern sind. Sie wissen nichts von der ursalanischen Einrichtung auf ihrem Planeten. Wenn George mit dem ›Reich der Zwölf Sonnen‹

klargekommen ist, wird er den Kontakt zu dieser Rasse, aufnehmen. Sie nennen sich ›Sheraner‹, der Name ihrer Welt ist ›Shera‹. Aber das ist nicht alles!«

Kurz hielt er inne, indessen ihn alle voll gespannter Erwartung ansahen.

»Mehrere Sonden, in einem von Milverduun vorgegebenen Suchquadranten, erfassten, kaum noch aufnehmbar, die Echos von zwei Transmittersendungen! Ursalanische Transmitter, wohlgemerkt! Die durch die schwachen Signale naturgemäß ungenauen Peildaten weisen auf einen Empfangstransmitter in einer uns bisher unbekannten Galaxie hin! Mit anderen Worten: Mit hoher Wahrscheinlichkeit existieren noch wissende Ursalaner! Taran 17 vermutet, dass die Sendetransmitter eventuell nur von Androiden bedient werden. Dort ist, im Gegensatz zum Empfänger, kein ursalanischer Befehlshaber vorgeschrieben. «

Sprachlos sahen sie Dave an.

Patrick fasste sich zuerst.

»Ich nehme an, dass sofort die Sonden schwerpunktmäßig dieses Sternsystem anfliegen?«

»Nicht nur das! Sämtliche derzeit gefertigten Einheiten werden von androidengesteuerten Raumschiffen umgehend ins Zielgebiet gebracht. Deren Hypersender sind empfangsmäßig empfindlicher und leistungsmäßig stärker als die Funkgeräte der Sonden. Im andauernden Kontakt mit Milverduun wird eine koordinierte Suche eingeleitet. Allerdings kann es eine sehr lange Zeit dauern, bis wir weitere Peildaten erhalten. Nur solange ein Transmitter sendet, bekommen wir die Chance, die Strecke anzumessen. Aber wenn wir unsere Schiffe bestmöglich positionieren, sollte das zu schaffen sein!«

Zufrieden lehnte sich Dave zurück, während die anderen lebhaft diskutierten. Ein Ursalaner, womöglich ein ›Schläfer‹ aus der fernen Vergangenheit, nicht auszudenken, welche Möglichkeiten sich dadurch eröffneten!

Ein Androide trat heran und reichte ihm einen Zettel. Für einen Moment schien er zu erschrecken.

»Taran 17! Führe eine Zusammenfassung unserer bisherigen Ergebnisse vor!« Dave sprach frei in den Raum. »Fang mit den Filmen über die Sheraner an und erläutere die bisher eingeleiteten Maßnahmen.«

Und an die Runde gerichtet: »Denkt nach, ob euch etwas dazu einfällt. Jetzt entschuldigt bitte. Aus privaten Gründen begebe ich mich mit Isabelle und Baldur ins Andental!«

Er stand auf und wollte sich entfernen, als er sich noch einmal herumdrehte und Mike ansah:

»Ach ja, Herr ›Raumkapitän‹!« Der Spott in seiner Stimme und die Betonung des Titels waren nicht zu überhören. »Wie wäre es, wenn du Alina endlich sagtest, wer Du wirklich bist? Seit eurem Ausflug nach Milverduun bewundert und liebt sie Dich! Aber sie ist sich unsicher! Mit der weiblichen Intuition fühlt sie, dass Du etwas verbirgst! Sie fragt sich, warum der Großrechner auf deine Anweisungen so beflissen reagierte. Beende das Versteckspiel, nimm sie in den Arm und küsse sie!«

Ohne Mike die Gelegenheit zu einer Antwort zu geben, schritt er eilig davon.

»Recht hat er!«, bemerkte Ralf, indessen Patrick nur zustimmend nickte.

Eher Mike reagieren konnte, leuchtete vor ihnen ein Bildschirm auf und Taran 17 meldete sich:

»Die Berichte werden eingespielt! Bitte sehen Sie!«

*

Eine Biene ...

Nur eine kleine Biene!

Erschrocken schlug die Fahrerin mit der Rechten nach dem summenden Insekt, mit der Linken verriss sie das Steuer, geriet auf die Gegenfahrbahn. Der Fahrer des LKWs konnte nicht mehr reagieren. Frontal erfasste er den Kleinwagen und zermalmte ihn.

Die drei Insassen starben augenblicklich.

Zwei Tage danach ...

Eine wunderschöne Frau, mit ebenmäßigem Gesicht, stolz und edel aussehend, betrat am späten Nachmittag mit dem stadtbekannten Anwalt das Büro des Internatsleiters.

Höflich wies der Direktor auf die Besuchersessel.

»Hallo Karl, darf ich dir Lady Hathor von Taran vorstellen? Wie sind hier wegen Silvia Thorstensen!« Der Leiter des Internats und der Jurist kannten sich.

»Arme Waise!«, meinte der Angesprochene. »Zuerst der tödliche Unfall ihres Vaters, jetzt auch noch der Tod der Mutter und der Großeltern! Welch ein tragisches Schicksal!«

Der Anwalt lächelte fein.

»Du irrst dich, Karl! Diese verlogene Version wurde verbreitet, nachdem Silvias Großvater durchsetzte, aus reinem Hass auf den um so vieles ranghöheren Schwiegersohn, dass Dave Thorstensen absolutes Kontaktverbot bekam! In seinem Namen achtete ich all die Jahre darauf, dass es Silvia gut geht! Ich informierte ihren Vater gleich, als ich von dem Unfall erfuhr. Vor Gericht beantragte ich für ihn das volle Sorgerecht, was im Interesse des Kindes umgehend bewilligt wurde. Es gibt keine weiteren Verwandte. Lady Hathor ist bevollmächtigt, Silvia zu ihrem Vater zu bringen. Vorher schauen wir noch bei ihr zu Hause vorbei und packen ein, was sie mitnehmen möchte. Hier, die Dokumente!«

Bedächtig las der Direktor die Unterlagen durch.

»Geht in Ordnung! Ich lasse Silvia herkommen.« Ein Fingerdruck auf die Rufanlage zum Sekretariat.

»Frau Schulze, bitte bringen Sie Fräulein Thorstensen in mein Büro. Wir haben Besuch für sie!«

Während der Wartezeit berichtete der Anwalt über ihren Vater.

»Er ist Offizier in einem südamerikanischen Staat und will nicht, dass dies allgemein bekannt wird. Lady Hathor ist offiziell als Betreuerin eingesetzt. Ich denke, sie und Silvia kommen ...!«

An der Hand einer älteren Dame betrat ein verweint aussehendes, misstrauisch dreinblickendes Kind das Zimmer.

Hathor erhob sich und ging dem Mädchen entgegen:

»Guten Tag Silvia! Sage bitte Hathor zu mir. Wir nehmen Dich aus dem Internat! Du fühlst Dich hier sicherlich schrecklich allein, nicht wahr?«

Die Kleine nickte.

»Komm, setz Dich! Ich will Dich etwas fragen, darf ich?«

Forschend sah das Kind sie an.

»Wer bist Du?«

Die Androidin lächelte: »Ich möchte deine Freundin sein, aber es gibt noch jemanden, der auf Dich wartet und sehr lieb hat. Erzählst Du mir bitte, was Du von deinem Vater weißt?«

Für einen Moment sah das Mädchen erschrocken drein. Danach begann es zu weinen.

Nach einiger Zeit, Hathor hielt sie behutsam im Arm, beruhigte sie sich.

Leise, scheu, stockend, immer wieder innehaltend, fing sie an zu sprechen:

»Großvater hat gesagt, er ist tot! Aber ich glaube es nicht ... Mama hat mit ihm gestritten, er solle endlich die Wahrheit sagen ... da ist er sehr wütend geworden und hat herumgeschrien ... ich habe Bilder von meinem Papa! Mama hat mir vor zwei Wochen Zeitungsausschnitte von früher gezeigt und erzählte, dass Papa wegen Großvater nicht mehr kommen durfte und seitdem verschollen ist! Ich besitze ein paar alte Bilder von ihm ... Großvater durfte es nicht wissen!«

Trotzig fügte sie hinzu:

»Wenn ich erwachsen bin, will ich ihn suchen!«

»Ich werde Dir dabei helfen, Silvia! Einen Moment!«

Hathor griff nach ihrem Mobiltelefon:

»Wir gehen jetzt erst einmal essen! Bitte holt ihre Sachen aus dem Internat ab. Unser Rechtsanwalt ist in der Direktion und klärt die Vorgehensweise. Meldet euch zuerst bei ihm! Danke! Nachher treffen wir uns bei ihr Zuhause. Ein Umzugstransporter ist bestellt!«

Sie ergriff die Hand der Kleinen, welche ihr vertrauensvoll folgte.

Vor dem Gebäude wartete bereits ein Fahrzeug. Minuten später gelangten sie an einen Gasthof mit einem gemütlichen Biergarten. Eine einzelne Person saß seitlich an einem der Tische und sah ihnen gespannt entgegen. Langsam erhob er sich.»Guten Tag Silvia!«

Fassungslos staunend blieb diese stehen. Der Mann auf ihren Fotos!

Aufschreiend rannte sie los und umarmte ihn schluchzend:

»Papa ...!«

*

Taran City, ausgelegt für eine Million Flüchtlinge, war nicht mehr wieder zu erkennen.

Da es keine Schutz suchende Menschen gab, nie gegeben hatte, reduzierte Dave die Zahl der Unterkünfte drastisch. Auf gerade mal zehntausend.

Landschaftsarchitekten und Gartenplaner entwarfen die Stadt völlig neu. Kleine Wohneinheiten entstanden inmitten einer grünen Parklandschaft. Das bisherige triste Grau wich blühenden Bäumen und bunten Blumen. Lichte Haine wechselten sich ab mit Teichen und Seen.

Restaurants, Cafés oder Tanzbars? Was immer jemand wünschte, es wurde sofort umgesetzt.

Café de Mars!

Am Rand des Felsenkessels gelegen, mit einer Aussichtsterrasse, welche einen freien Blick auf die untermarsianische Stadt bot. Mike wusste von Dave, dass es ein gleichnamiges Café mitten in Paris gab. Nur, was hatte dieses mit dem Mars zu tun?

Sorgenvoll vor sich hinsehend, kaum etwas von seiner Umwelt bemerkend, grübelte er über ein derzeit sich fatal auswirkendes Problem nach.

Die Aussicht auf Taran City? Er ignorierte sie.

»Guten Tag Herr Kapitän!«

Im ersten Moment reagierte er nicht. Es dauerte einige Zeit, bis er erkannte, dass ihn jemand ansprach. Wie aus einem Traum erwachend, noch ganz benommen, sah er auf.

Um anschließend von Schluckbeschwerden heimgesucht zu werden.

Prinzessin Alina in einem maßgeschneiderten Kleid, welches ihre Figur mehr als betonte, zugleich tiefe Einblicke gewährte. Natürlich bemerkte sie, dass Mike sich mühsam zusammenreißen musste, um in die reale Welt zurückzufinden und ihr einen Platz anzubieten. Zufrieden registrierte sie, dass ihre Garderobe die beabsichtigte Wirkung erzielte. Mike war schwer aus dem Konzept gebracht!

Zum Glück erlöste ihn ein Serviceandroide, welcher herantrat und Galina nach ihren Wünschen fragte. Dies verschaffte ihm ausreichend Zeit, um sich zu fangen.

In leichtem Plauderton:

»So wie Sie dreinsehen, plagen Sie schwerwiegende Sorgen, Herr Kapitän. Vielleicht erzählen Sie mir davon? Manchmal hilft es, wenn jemand zuhört!«

Irgendwie traute Mike dem Braten nicht. Andererseits tat es vermutlich gut, sich einmal auszusprechen. Und Galina urteilte doch neutral, oder etwa nicht? Was hatte die vor. Und überhaupt, wie fand sie ihn? Gab da einer ihr einen diskreten Hinweis?

Egal!

»Nun, Prinzessin, Sie wissen ja, dass ...«

Mit einer ungeduldigen Handbewegung unterbrach sie ihn.

»Nicht doch! Hier bin ich keine Prinzessin, nur auf Kantar! Sagen Sie einfach Galina und Du!«

Uff! Die ging aber ran. Trotzdem, weiter im Text.

»Ich bin Mike!«, und ironisch hinzufügend: »Kein Kapitän! Nur auf meinem Raumschiff!«

Sie lachte. »Gut Mike. Ich fiel Dir soeben ins Wort. Entschuldige! Fahre bitte fort!«

»Erinnere Dich unseres Ausfluges nach Milverduun. Ist Dir etwas aufgefallen?«

Galina überlegte.

»Nichts von schwerwiegender Bedeutung. Ich frage mich seither allerdings, nachdem ich inzwischen einiges über ursalanische Rechner erfahren habe, wer Du bist! Wieso konntest Du diese ungeheure Anlage kommandieren. Nur Admirale können das, normalerweise!«

»Richtig beobachtet! Ich bin Raumadmiral Mike Chester! Und exakt da liegt das Problem! Wir besitzen unzählige Raumschiffe, aber es fehlen die Besatzungen! Bisher gibt es kaum mehr als eine Handvoll weisungsberechtigter Offiziere. Es ist bereits schwierig, es bis zum Kommandanten eines Ursalanerschiffes zu bringen. Die Anforderungen sind hoch. Die Androiden gehorchen nicht jedem! Eine Shanti, sie besitzt einen ungeheuren Ehrgeiz, ist intelligent und setzt sich außergewöhnlich ein, schaffte es! Keri von Leigron wohl eher nicht. Ihr geht es nicht um Ursalan, ihr einziges Ziel ist George. Doch ich schweife ab. Um einem Rechner Befehle zu erteilen, wird eine bestimmte Mindestintelligenz vorausgesetzt, die bisher niemand ohne zusätzliche Maßnahmen erreicht. Leider bringen nur wenige Lebewesen die Voraussetzung mit, um eine ›Aufstockung‹ zu bestehen, genauer gesagt: schadlos zu bewältigen. Wir wissen aus alten Unterlagen, dass manch einer nicht mehr aus der Nacht des Wahnsinns herausfand! Selbst wenn die Tests ein positives Ergebnis vorhersagen, es bleibt immer ein Risiko!«

Außerdem,«, fügte er grimmig hinzu, »bekommt man hinterher, zum Glück nur für einen relativ kurzen Zeitraum, fürchterliche Kopfschmerzen!«

Alina nickte verstehend.

»Wenn ich es richtig weiß, gibt es auf Shantinar, Leigron und demnächst im ›Reich der Zwölf Sonnen‹ jede Menge Exmilitärs! Warum bietet ihr denen nicht an, in eurer Flotte mitzumachen?«.

Mike verzog das Gesicht.

»Falls Du an ranghöhere Offiziere denkst, vergiss sie! Die meisten gelangten nur durch Protektion oder über viele abgesessene Dienstjahre hinweg in ihre heutige Position. Die wenigsten schafften es dank eigener Leistung. Im Gegenteil, die intelligentesten, ideenreichsten, genau diejenigen, welche wir bräuchten, werden überwiegend als Störenfriede im behaglich eingerichteten Kreis der Offizierscliquen betrachtet und verprellt. Offiziere, spätestens ab Major, agieren in Zirkeln und Netzwerken, um eine Beförderung zu erreichen. Schleimerei und Arschkriecherei, wohin man sieht!«

Betroffen sah die Prinzessin drein. Stimmte! Auch ihre Offiziere schleimten sich bisher bei jeder Gelegenheit ein.

»Kann ich von hier aus, jetzt gleich, meinen Vater sprechen?«

»Aber ja, Galina!«

Laut, ohne jemanden direkt anzusprechen, sagte er: »Eine Bildsprechverbindung zum König nach Kantar! Ausführen!«

Sofort schwebte ein Bildschirm herbei. Einige Sekunden lang war darauf lediglich ein Rauschen zu erkennen. Leise Pipstöne. Anscheinend loggte sich die Gegenstation, vermutlich befand sich diese in der ursalanischen Botschaft, ins kantarische Netz ein. Nicht besonders hochqualitativ, aber es genügte. Mike sah kommentarlos zu.

Ein völlig überraschter Mann zeigte sich. Erschrocken meinte er:

»Prinzessin Galina? Was kann ich für Sie tun?«

»Verbinde mich sogleich mit meinem Vater!«

»Sehr wohl, Eure Hoheit!«

Es vergingen mehrere Minuten, ehe sie den König erreichte.

Umgehend legte sie los:

»Vater! Bitte schnellstens eine Proklamation an unsere Streitkräfte mit sinngemäß folgendem Inhalt: Allen Offizieren und Soldaten, welche, nach der Auflösung der bisherigen Militärstruktur, weiterhin bereit sind, zum Wohle Kantars und anderer Sternenvölker sich freiwillig zu engagieren, bieten wir an, in den Dienst Ursalans zu treten! Wer die Eignungstests besteht, erhält danach sogleich doppelten Sold! Wir erwarten zahlreiche Meldungen!«

Galina sah äußerst zufrieden drein.

»Am besten überlässt Du alles meinem Berater, Admiral Lord Skarn. Der kann ruhig auch mal was arbeiten! Mach es gut!«

Gelassen unterbrach sie die Verbindung.

Mike wirkte überaus nachdenklich.

»Schau mal einer an! Ein königlicher Erlass! Manchmal ist eine Monarchie nicht das schlechteste! Keine langen Diskussionen, endlose Debatten und Einsprüche der Opposition. Muss das mal mit Dave diskutieren!«

»Was für eine Regierungsform habt ihr Ursalaner? Wer ist Dave?«

»Er und ich waren am Anfang lediglich zwei auf dem Mars gestrandete terranische Kampfpiloten, denen durch Zufall das Erbe Ursalans in den Schoß gefallen ist. Seitdem bemühen wir uns redlich, geeignete Freiwillige zu finden, um die Aufgabe, den ›Feind‹ zu vernichten, fortzuführen! Inzwischen sind wir zwar einige Hundert, aber nur wenige sind berechtigt, den Rechnern Anweisungen zu geben. Erschwerend kommt hinzu, dass die Maschinen nur Humanoiden voll aufstocken können. Damit sind die Shantis beispielsweise außen vor. Da wir somit kein ›Volk‹ im eigentlichen Sinne darstellen, benötigen wir auch keinerlei Regierung. Wir sprechen uns untereinander ab, das war es dann. Dave? Er ist die Person, die es geschafft hat, in Taran 17 Einlass zu bekommen!«

»Vor Jahren, die ›Xsoor‹, sie stellten gegenüber dem ›Feind‹ für euch keinerlei Gefahr dar, nicht wahr? In euren Augen gelten unsere Schlachtschiffe weniger als ein Kinderspielzeug!«

»Ja, Alina! Wir feuerten darüber hinaus absichtlich mit geringster Leistung. Zum damaligen Zeitpunkt wollten wir unsere tatsächliche Stärke nicht preisgeben. Hätten wir die volle Feuerkraft eingesetzt, wärst Du bereits tot, zerrissen von den

Kräften, die im Bereich der Rückschlagabsorber auftreten und die eure Schutzschirme nicht absorbieren! Aber wir durften nicht mehr länger warten, oder die einschlagenden Überreste der ›Xsoorflotte‹ hätten Kantar mit ins Verderben gerissen!«

Sie nickte verstehend.

»Ich war besonders dumm! Obwohl wir selbst keinerlei Abschusserfolge erzielten, die Grenzen unseres Könnens nicht wahrnehmen wollten, lachten wir euch aus. In meiner Überheblichkeit erteilte ich unseren Schiffen viel zu spät den Befehl, das Kampfgebiet zu verlassen!«

Sie sah Mike fest in die Augen:

»Kann ich mit dem Mann namens Dave sprechen?«

*

Aufgeregt rannte Silvia, in der Wohnung ihrer Großeltern, von einem Zimmer zum anderen, zwei Männer von der ›Umzugsspedition‹ im Schlepptau.

Was sollte sie mitnehmen, was zurücklassen. Sie konnte sich nicht entscheiden.

Lächelnd griff Hathor ein.

»Weißt du was, die Männer packen einfach alles ein! Später kannst Du immer noch wegwerfen, was Du nicht mehr brauchst. Wir zwei fahren jetzt zum Flugplatz, wo dein Vater wartet, und fliegen mit ihm nach Südamerika! In die Anden! Dort wohnt er. An Bord gibt es erst mal Essen und Trinken und Du schläfst Dich anschließend aus. Der Flug dauert eine längere Zeit. Nach all der Aufregung des heutigen Tages bist Du sicherlich müde!«

Ungläubig sah Silvia auf:

»Darf ich wirklich alles mitnehmen?«

»Aber ja!« Hathor nahm die Kleine an der Hand. »Komm, dein Vater wartet!«

Nach rund einer dreiviertel Stunde erreichten sie einen unbedeutenden Flugplatz. Ohne kontrolliert zu werden, fuhren Sie an die herabgelassene Gangway eines Privatjets heran.

Eine freundliche Frau erwartete sie.

»Guten Tag Silvia! Ich heiße Isabelle und bin mit deinem Vater befreundet. Steige bitte ein, wir möchten in wenigen Minuten abfliegen!«

Erwartungsvoll, bisher flog sie noch nie, folgte sie Isabelle. Als sie ihren Vater erblickte, rannte sie freudig auf ihn zu.

»Hallo, mein Kind! Komm, wir heben gleich ab! Danach gibt es Abendessen!«

Er führte Silvia zu einem Sitz und schnallte sie an. Hathor und Isabelle nahmen eine Sitzreihe hinter ihnen Platz.

Auf Reisehöhe angelangt, erhob er sich.

»Kommt!«

Die Kabine nebenan entpuppte sich als ein gemütlicher Raum mit einem runden Tischchen. Kaum dass sie saßen, legte Hathor ihnen vor.

Das Mädchen aß nur wenig, kuschelte sich an seinen Vater und schlief gleich darauf übermüdet ein. Dave blickte lächelnd auf Silvia. Vorsichtig nahm er sie hoch und trug sie in ein Bett.

Am nächsten Tag, Silvia wusste nicht so richtig, wo sie sich befand, befragte Dave seine Tochter:

»Deine Mutter zeigte Dir alte Zeitungsausschnitte. Weißt Du noch, was darin stand?«

»Ich verstand es nicht ganz. Hast Du ein Ufo abgeschossen?«

»So ähnlich! Glaubst Du an Ufos?«

»Ja, natürlich! Man sieht doch dauernd welche im Fernsehen. Und Raumschiffe gibt es auch!«, meinte sie wichtig.

Dave verschluckte sich fast vor Heiterkeit. Isabelle lachte laut, nur Hathor blieb ernst.

»Möchtest Du mit einem Raumschiff fliegen?«

»Ja! Gerne! Geht das? Darf ich das dann später Lisa erzählen? Die sagt immer, es existieren keine Aliens und so! Aber ich glaube es ihr nicht!«

Hathor nahm Silvia an der Hand und schritt mit ihr zur Tür, welche sich automatisch öffnete.

Verblüfft blieb das Kind angesichts der vielen Bildschirme und Instrumente stehen.

»Du befindest Dich bereits in einem Raumschiff! Dort, unser Kapitän, ist ein sogenanntes Alien! Eine nette junge Frau von Shantinar!«

Kritisch, keineswegs ängstlich, betrachtete sie die Shanti und fragte:

»Wie heißt Du?«

»Ich werde Mo Thar genannt, Silvia! Willkommen an Bord! Wir fliegen geradewegs zum Mars!«

Silvia freute sich. Was für ein spannendes Abenteuer. Und das Beste: Weit und breit keine Schule! Nur schade, dass sie es Lisa nicht haarklein berichten konnte.

*

»Ja, Mike, was gibt es?«

»Hast Du einen Moment Zeit?«

»Aber ja, schieß los!«

»Prinzessin Alina von Kantar ist hier. Sie möchte die höchste Schulung erhalten. In ihrem Fall bin ich befangen und bitte Dich um eine Entscheidung!«

Dave nickte verstehend.

»Ist ihr klar, welche Risiken sie eingeht? Kantar könnte seine Kronprinzessin verlieren!« Überlegend schwieg er einige Sekunden. Alina beobachtete genau, nicht ahnend, dass er soeben mit Mike telephatisch Kontakt aufnahm. Danach sprach er sie direkt an:

»Prinzessin, Mike wird Sie zu den Teststationen bringen. Wenn alle Überprüfungen positiv ausfallen, werden wir uns, das heißt zwei Personen und ich, mit Ihnen zusammensetzen und anschließend entscheiden! Kann ich sonst noch was für Dich tun, Mike?«

»Nein, danke Dave!«

Nachdem die Verbindung erlosch, wandte sie sich an Mike:

»Vielen Dank! Ich möchte Dir noch eine für mich wichtige Frage stellen. Darf ich?«

Mike nickte.

»Wo liegt das Problem mit Keri?«

»Auf Leigron!«, antwortete er trocken.

Verständnislos sah Galina ihn an. Was ihn zu einer ausführlichen Erklärung bewog.

»Leigron, vor allem die gleichnamige Hauptstadt, ist eine absolut frauendominierte Welt. Männer, wenn sie nicht gerade besonders niedrige Arbeiten verrichten, sieht man so gut wie nie in der Öffentlichkeit. Im Grunde genommen braucht man sie nur zur Zeugung, ansonsten taugen sie zu nichts. George saß in einem

Park, als in der Nähe der ›Rat der Sieben‹, Keri gehört dazu, ihn bei ihrem Spaziergang sahen. Sie wollten ihn zusammenstauchen und davonjagen. Als sie ihn erkannten, ging das natürlich nicht mehr. Er drehte den Spieß um und lud sie heimtückisch in ein öffentliches Lokal ein. Notgedrungen mussten Sie mit. Anschließend, in der Presse, gab es einen Riesenwirbel! George setzte noch einen drauf: Auf dem Gebiet der Botschaft errichtete er einen Fußballplatz entsprechend terranischer Norm, freien Zutritt zu den Tribünen, allerdings ausschließlich mit Männern als Fußballspieler!«

Mike freute sich in der Erinnerung daran diebisch.

»Ein paar Tage danach lud Keri ihn ein. In ein verschwiegenes Lokal. Gemäß dem Motto: Ja von keinem gesehen werden! Ihr Anerbieten lautete: einige Stunden und dann nie wieder. George stand auf und flog noch in derselben Nacht von Leigron ab. Keri, stinkwütend, schließlich war es ja ein unübertreffliches Angebot ihrerseits, wollte ihn am nächsten Morgen zur Rede stellen. Niemand verband sie mit ihm. Also kam sie auf den ihr genial erscheinenden Einfall, sich zur ursalanischen Raummarine zu melden. Als Kadettin und Ratsherrin war sie ihm rangmäßig beinahe gleichgestellt, dachte sie. Dumm nur, dass wir das anders sehen. Kein Offizier lässt sich mit einer Untergebenen ein! Zumal eine Anwärterin elend weit unter einem Admiral steht!«

Sehr ernst weitersprechend:

»Wir geben ihr keine Gelegenheit, Ärger zu verursachen. Auf diese Art und Weise wird sie niemals Offizierin! Sie will es im Grunde auch nicht werden, es ist für sie einzig ein Mittel zu dem Zweck, George zur Rede zu stellen. Anschließend an die Grundausbildung, schicken wir sie daher zurück nach Leigron. Auf ihrer Welt kann sie machen, was sie möchte!«

Er schwieg einen Moment.

»Vergessen wir es! Dort unten«, er deutete auf einen Lichtfleck, welcher in der einsetzenden Nacht aufglomm, »wird soeben ein mit natürlicher Holzkohle beheizter Grill angefacht! Das Fleisch, die Beilagen, die Saucen und die Getränke, alles erste Sahne! Darf ich Dich zu einem Grillabend einladen?«

Mike durfte.

*

Der Weiler lag über vier Stunden hinter ihnen, damit auch, wie sie annahmen, der zeitlich längste, einfachste und voraussichtlich langweiligste Teil ihrer Reise. Ab sofort begannen vermutlich die Schwierigkeiten.

Wie lautete doch gleich die letzte Anweisung?

›Ihr stellt Wanderburschen dar! Bleibt ein paar Tage in Tekleçe und bittet um Arbeit. Sagt, ihr wollt euch ein paar Münzen für die nächste Etappe eurer Wanderschaft verdienen! Anschließend mindestens vier Stunden am Fluss entlang weiter gehen. Jemand wird euch einige Zeit nachschleichen, um sicherzugehen, dass ihr nicht in das verbotene Tal abbiegt. Danach links abbiegen und den Weg direkt auf den bewaldeten Vorhügel nehmen! Achtung! Immer in Deckung bleiben. Auf halber Höhe zurück in das Seitental, aus dem der kleine Bach hervorkommt! Nicht höher und nicht tiefer steigen, bis ihr den Bach erreicht. Das Wasser kommt von dem Hochplateau, auf dem nach alten Überlieferungen Thu-Khor liegt. Viel Erfolg!‹

Sarl sah sich um.

»Dort, das Wäldchen! Es gibt uns genügend Deckung!«

Sorl war nicht begeistert.

»Ziemlich viel Unterholz und Gestrüpp!«

Andererseits, was blieb ihnen schon übrig? Also liefen sie los. Das Laufen war kein Problem, in den letzten Monaten gewöhnten sie sich daran.

Aber jetzt plagte sie die Neugier: Warum versuchten die Leute aus Tekleçe ein Betreten des Tales zu verhindern? Wieso galt es als ›verboten‹?

Es konnte diesen eigentlich gleichgültig sein, wer sich aufmachte, Thu-Khor zu suchen. Zumal sowieso niemand zurückkehrte.

Gegen Abend gelangten sie am Fuß des Hügels an. In der einbrechenden Dämmerung kletterten sie mühsam den steilen Abhang hoch, so lange, bis die Nacht dem ein Ende setzte. Ein ihnen bisher unbekannter Baum, mit weit auf den Boden herunter reichenden Asten und breiten Blättern, bot ausreichend Schutz vor nächtlicher Kühle. Um nicht bemerkt zu werden, verzichteten sie auf ein Feuer, hüllten sich in ihre Lederdecken und schliefen schnell ein

*

»Das waren endlich mal zwei echt nette Jungs. Fleißig, bescheiden und außerordentlich zurückhaltend. Mit keinem Wort verrieten sie, dass sie sich auf dem Weg nach Thu-Khor befinden!«

Am Stammtisch des einzigen Gasthofes in Tekleçe sprachen sie in aller Ruhe über Sarl und Sorl.

»Sie sind zudem nicht dumm und hüteten sich, ein Feuer zu machen, welches sie verraten könnte.«

»Trotzdem kennen wir ihr wahres Ziel. Sie wussten nicht, dass der Weg den Fluss entlang nicht weiterführt! Am Talende, nach dem letzten Gehöft, gibt es keinen Weg über das Gebirge. Wer sie wohl geschickt hat?«

»Ich tippe auf den ›Händler‹, der informiert die Kandidaten gründlich. Nachdem er sie vorher sorgfältig geprüft hat!«

Der Dorfvorsteher hob seinen Krug:

»Auf Sarl und Sorl! Wir wünschen ihnen gutes Gelingen!«

*

Seit drei Tagen kämpften sie mit den Schwierigkeiten und Tücken des Baches.

Eine überaus schmale Klamm zu umgehen, kostete sie fast einen Tag. Immer wieder stürzte Wasser über Felsbänder herunter, was ein zeitraubendes seitliches Ausweichen erforderte. Und wie weit kamen sie? Ihrem Gefühl nach kaum einhundert Längen in die Höhe. Zumal ihr Schuhwerk fürs Klettern absolut nicht geeignet war. Mit anderen Worten, es begann sich, vor allem auf teilweise scharfkantigem Felsgestein, aufzulösen.

Passend zurechtgeschnittene Stücke aus ihren Lederdecken als Schuhsohlen halfen, wenn auch in Grenzen. Wenigstens herrschte, bisher zumindest, trockenes Wetter. Die Nachttemperaturen empfanden sie als erträglich, sodass es nicht viel ausmachte, einen Teil ihrer Decken zu opfern.

Weiter oben allerdings ...

Nun, sie mussten es nehmen, wie es kam.

Sie konnten nicht erwarten, dass das ›Tor zu den Sternen‹ für jedermann mühelos zugänglich war. Wie bemerkte der ›Händler‹ einmal nebenbei: Der Weg ist die Prüfung!

Sarl und Sorl würden sich den Aufgaben stellen!

*

Prinzessin Alina staunte.

Glühende Kohlen mit schwarz angebrannten Gitterrosten darüber. Jede Menge Tische mit bergeweise Fleisch und Wurstwaren, Salaten, Beilagen sowie unzähligen Brotvarianten. Selbstverständlich durfte auch Geflügel keinesfalls fehlen.

Überall standen kleine Schälchen mit Saucen und Gewürzen, auch in Gläsern oder Tuben, herum. Nicht zu vergessen die Getränke! Alle Achtung!

Aufgebaut im Freien und mit zahllosen bunten Lichtern erhellt.

»Wir bieten außer Fleischwaren von Terra zudem welche von Kantar, Shantinar und Leigron an. Sage einfach den Androiden was und wie Du es gerne hast. Sie bereiten es zu und bringen es dir an dein Tischchen. Nimm einen Teller und hole dir, was Du dazu essen möchtest.«

Ratlos stand sie vor den Fleischbergen. Wo anfangen, was nehmen? Eine freundliche Androidin nahm sich ihrer an.

»Darf ich Ihnen helfen, Prinzessin?«

Galina entschied sich mit ihrer Hilfe zu vier zarten Stücken, jedes von einer anderen Welt stammend.

»Die dazu passenden Saucen bringe ich Ihnen an den Tisch, als Beilagen empfehle ich ...!«

Also ehrlich, vom genussvollen Essen verstanden die Terraner einiges. Auf Kantar wurde auf Anfrage Fleisch ebenfalls gegrillt serviert, dabei im Hintergrund vollautomatisch zubereitet. Nur zur Sättigung gedacht.

Das bezaubernde Flair und der aromatische Duft des brutzelnden Grillgutes, welche sie hier umgaben, fehlten dort vollständig.

Sie sah sich um. Mike saß an einem mehr seitlichen, ruhigen Platz auf einer Bank. Mit dem Teller in der Hand setzte sie sich neben ihn.

»Danke für deine Einladung Mike! Es ist wunderbar hier! Ich ...!«

Die Androidinnen stellten das heiße Fleisch auf eine Warmhalteinrichtung und wünschten ihnen einen guten Appetit. Eine erkundigte sich:

»Was darf ich zu Trinken bringen?«

Galina sah hoch.

»Was würden Sie mir dazu empfehlen?«

»Wenn Sie Alkohol vertragen, rate ich zu einem leichten, nicht zu trockenem Rosé!«

Keine Ahnung, was die Androidin damit ausdrücken wollte, aber sie stimmte zu.

Mike lächelte still in sich hinein. Da, soweit er wusste, alkoholische Getränke auf Kantar verpönt waren, stand der Prinzessin eine neue Erfahrung bevor.

»Für mich einen vollmundigen Rotwein, Spätlese bitte!«

Nachdem das Gewünschte serviert war, hob er sein Glas:

»Auf dein Wohl, Galina! Lass es dir schmecken!«

Vorsichtig nippte sie an dem Rosé. Hervorragend! Danach folgte ein kräftiger Schluck, anschließend leerte sie das Glas in einem Zug. Auffordernd hielt sie es dem Androiden hin. Mike erschrak.

»Nein, Galina! Nicht gleich erneut austrinken! Du musst zuerst etwas Essen!«

Wenn auch nicht begeistert, griff sie zu und aß genussvoll. Dazwischen ab zu einen kräftigen Schluck nehmend.

Plötzlich strahlte sie Mike an.

»Was für ein herrliches Getränk! Ich fühle mich wunderbar leicht! Ich liebe Dich!«

Sie beugte sich vor ihn zu küssen, verdrehte die Augen und schlief an ihn gelehnt ein.

Au weia! So war das nicht geplant! Wie es aussah, trank sie bisher keinen Alkohol!

›Bringt die Prinzessin unauffällig in ihr Bett! Ein Arzt soll sich um sie kümmern. Ich möchte nicht, dass sie verkatert und mit Kopfschmerzen aufwacht!‹

Die telepathisch herbeigerufenen Androiden betteten die leise schnarchende Prinzessin auf eine Schwebetrage und entfernten sich.

Schade! Aber vielleicht war es gut so, wie es kam. So geschah nichts, was er hinterher bereuen musste.

Dornengestrüpp, Schlingpflanzen, unter ihren Füßen nachgebendes Geröll, glitschige Moose, ihre Kräfte schwanden. Mit all den natürlichen Hindernissen beim Aufstieg hatten sie niemals gerechnet.

Als Kinder eines breiten, kultivierten Flusstales waren sie auf derartige Strapazen nicht gefasst. Aber sie gaben nicht auf!

Der Traum, ihr Traum, das ›Tor zu den Sternen‹ lag in Reichweite. Über ihnen, keine zehn Mannlängen entfernt, zeichnete sich eine künstliche Kante ab. Der Rand des Hoch-plateaus.

Noch einmal fassten sie all ihre Kraft zusammen. Blutende Füße, aufgeschürfte Arme und Beine, nichts zählte mehr!

Wenige Minuten vor Einbruch der Dämmerung erreichten sie die Hochebene. Ausgelaugt, ausgepumpt ließen sie sich auf den relativ ebenen Boden nieder. Im letzten Licht erkannten sie die Umrisse einer unvorstellbar gewaltigen Stadt, überwiegend überwuchert vom Grün des Dschungels.

Unter einem Schutz versprechenden Baum legten sich hin und schliefen, gehüllt in ihre Decken, sofort ein.

Mit den ersten Sonnenstrahlen erwachten sie. Ihre Essensvorräte? Längst aufgebraucht. Das störte sie nicht. Sicherlich wuchsen hier oben genügend Sträucher mit Beeren oder Bäume mit essbaren Früchten. Wasser stellte kein Problem dar. Kurz bevor der kleine Bach versiegte, in dessen Tal sie hochstiegen, füllten sie noch rechtzeitig ihre Wasserschläuche.

»Dorthin! Zur Stadtmitte!« Nach dem stundenlangen Schlaf fühlten sie sich einigermaßen gekräftigt.

Die riesigen Bäume rundherum? Die gigantischen Quader? Kaum, dass sie diese mit einem flüchtigen Blick streiften. Nur ein Gedanke beherrschte sie, trieb sie voran: Wo ist das Sternentor?

Nach kurzer Zeit gelangten sie an eine Stelle, von der aus ein relativ freier Weg zwischen den Ruinen zum Mittelpunkt Thu-Khors zu führen schien.

Über unzählige Wurzeln hinweg sowie durch viele Büsche und Dornenhecken hindurch erreichten sie einen verhältnismäßig freien, kreisrunden Platz. Vor ihnen, in einer Entfernung von etwa zweihundert Längen, stand ein im Verhältnis zu den umgebenden

Überresten geradezu winzig aussehendes Bauwerk. Im Näherkommen erkannten sie ihren Irrtum.

Gut zehn Mannlängen hoch und mit einem sechseckigen Grundriss. Das Dach war vermutlich flach, von unten aus nicht zu erkennen. Langsam umrundeten Sie das Gebäude. Keine Tür, kein Einlass!

Bestürzt sahen sie sich an. Soeben platzte ihr Traum vom Sternentor!

Vorbei, alles vorbei!

Zutiefst enttäuscht wandte Sarl sich ab. All die Mühen für Nichts und wieder Nichts, nur für ein paar verfallene Ruinen!

»Sarl! Schnell! Schau mal!«

Rasch drehte er sich um.

Dort, wo soeben nur eine glatte, fugenlose Wand existierte, erschien ein türgroßes, blau flimmerndes Licht.

Ohne lange zu überlegen, nahm er Sorl an der Hand und schritt mit ihm durch blaue Leuchten.

Nach zwei Schritten ging dieses in einen goldgelben Farbton über. Sie standen in einem hellen Gang. Hoffnungsvoll folgten sie ihm weiter ins Innere.

*

Zwei Personen, gezielt herankommend, einmal die Station umkreisend und vor dem Zugang wartend. Rudimentäre telephatische Eigenschaften aufweisend, Eintritt fordernd.

Der Pfortenrechner öffnete das Tor.

Die Beiden durchschritten ohne zu zögern die Keimschleuse.

Weitere Analysen erfolgten. Die Wesen bedurften dringend der Versorgung. Der Chefandroide wurde aktiviert, die Energiemeiler hochgefahren. Thu-Khor erwachte.

*

Vor ihnen stand ein rund dreißig Jahre zählender Mann, er trug eine dunkelbaue, unbekannte Uniform, welcher sie freundlich begrüßte.

»Willkommen in der Basisstation! Bitte folgen Sie mir!«

Nach kaum zehn Schritten öffnete sich eine Tür zur Linken. Ein mittelgroßer Raum mit einem Tisch und zwei Stühlen und, das Wasser lief ihnen im Mund zusammen, darauf befand sich mehr als genug zum Essen und zum Trinken.

»Nehmt Platz. Ihr müsst euch erst einmal stärken. Anschließen versorgen wir eure Verletzungen medizinisch. In ein paar Minuten ist alles geheilt!«

Freudig setzten sie sich, hungrig und durstig zulangend.

»Wer sind Sie?«

»Ich bin der Wächter Thu-Khors! Ich bin ein Androide, ein Maschinenwesen! Sie werden das später, nach den Schulungen, verstehen!«

»Befindet sich hier das ›Tor zu den Sternen‹? Dürfen wir es durchschreiten?«

Der Androide, was auch immer das heißen sollte, lächelte.

»Ja! Vorher werdet ihr gewaschen und erhaltet eine hygienische Kleidung. Danach geht es zum Sternentor. Ein längerer Aufenthalt in Thu-Khor ist nicht vorgesehen. Auf Ursalan II, so heißt die Welt, zu der das Tor führt, leben Menschen wie ihr, die euch alles zeigen und erklären!«

Sarl und Sorl interessierte das nicht die Bohne, sie wollten nur eines: Das ›Tor zu den Sternen‹ durchqueren!

Für einen Moment wurde es peinlich. Zwei ausnehmend hübsche, höchstens fünfundzwanzig Lenze zählenden Frauen, drängten sie, sich völlig nackt auszuziehen. Nur die Drohung, sie umgehend zurückzuschicken, veranlasste sie, zähneknirschend nachzugeben und sich anschließend auf den gepolsterten Liegen auszustrecken. Die Damen tröpfelten auf ihre blutenden Füße, Kratzer oder sonstigen Verletzungen eine ölige, kühle Flüssigkeit und wischten diese sofort wieder ab. Sarl und Sorl staunten. In Sekundenschnelle verschwanden alle Wunden und mit ihnen die Schmerzen.

Die nachfolgende Reinigungsprozedur ließen sie geduldig über sich ergehen. Anschließend erhielten sie eine Kleidung aus unbekannten Materialien, aber durchaus bequem zu tragen. Dass sie ihre Messer und sonstige Habe, auch den Beutel des ›Händlers‹ mitsamt dem Inhalt nicht mehr zurückerhielten, passte ihnen überhaupt nicht. Die Frauen verschwanden und der Mann, der sie begrüßte, holte sie ab. Ihre Beschwerde beschied er mit den Worten:

»Auf der anderen Seite des Sternentors sind diese Dinge völlig unnütz! Und jetzt, steigt ein!«

Einsteigen? In was?

»Dreht euch um!«

Im ersten Moment erschraken sie. Was immer das auch war, es schwebte lautlos hinter ihnen.

»Die beiden rückwärtigen Sitze!«

Zögernd nahmen sie Platz. Ihr Begleiter setze sich auf den vorderen, in der Mitte angebrachten Sitz und drückte auf irgendwelche fremdartigen Symbole.

Beklommen hielten sie sich aneinander fest, als das Ding unvermutet losraste. Minutenlang huschten sie durch Gänge oder schwebten in Schächten nach oben.

Höchstens drei Minuten später erreichten sie ihr Ziel: ›Das Tor zu den Sternen‹!

Zwei mit seltsamen Ornamenten übersäte, silberne Metallsäulen, zwischen denen ein weißes Licht flimmerte.

»Dies ist das Tor, welches ihr suchtet! Tretet hindurch und ihr befindet euch auf einer Welt weit hinter den Gestirnen! Alles Gute!«

Sarl und Sorl sahen sich an und nickten.

Nebeneinander schritten sie auf das helle Leuchten zu und verschwanden darin.

Im nächsten Moment befanden sie sich in einem für ihre Begriffe riesenhaften Raum.

Mehre Männer, ähnlich dem auf Thu-Khor, traten näher.

»Willkommen auf Ursalan II!«

Pläne

Köstlich, einfach nur köstlich ...

Zuerst ein Glas mit frisch gepresstem Orangensaft.

Anschließend bediente er sich aus einer umfangreichen Auswahl an Rühreiern, Spiegeleiern, gegrilltem Speck, verschiedenen Pilzen, mit oder ohne Panade, Würstchen, Steaks, einfach mit so gut wie allem, was das Herz begehrte. Selbstredend fehlten weder Baked Beans noch Cornflakes und Toastbrot.

Dazu gab es Fisch, beispielsweise Häppchen von Räucherheringen sowie Kabeljau.

Obwohl Ire, ging bei ihm nichts über ein ›English Breakfast‹ zum Tagesbeginn.

Kulinarisch gesehen war das Kasino auf dem Mars Spitzenklasse! Fünf Sterne. Mindestens!

Genüsslich biss Mike in einen Toast mit gesalzener Butter, zusätzlich dick mit Orangenmarmelade bestrichen. Obgleich dies normalerweise am Ende des Frühstücks erfolgte. Was ihn, als Iren, keinesfalls interessierte. Hautsache, es schmeckte.

Eine Frau kam auf ihn zu. Sie an, Galina! Einladend winkte er ihr zu, sich zu ihm zu setzen. Zögernd nahm sie Platz.

»Was darf ich Ihnen bringen?«

Erschrocken sah sie auf. Freundlich lächelnd stand ein Service-Androide neben ihr. Ratlos sah sie diesen an.

Mike grinste von einem Ohr zum anderen.

»Geben sie ihr ein ›Katerfrühstück‹! Würziges Rührei, verdünnten Fruchtsaft oder Tee, dazu ein paar Scheiben Toastbrot!«

»Was bedeutet ›Katerfrühstück‹?«

Ihre Stimme klang etwas dünn.

»Du trankst gestern, für Dich ungewohnt, zu viel und zu hastig Alkohol. Daher fühlst Du dich nun laut einer irdischen Redewendung ›verkatert‹ und unwohl. ›Einen Kater haben‹ ist allem Anschein nach von einen ›Katzenjammer haben‹ abgeleitet. Es gibt hierzu mehrere Erklärungen.«

Der Androide stellte ein appetitlich duftendes Tellerchen vor sie hin.

»Iss und trink! Dein Körper braucht jetzt Salz und viel Flüssigkeit!«

Vorsichtig nahm sie die ersten Schlucke Saft und ein Gäbelchen mit Rührei. Gleich darauf langte sie hastig zu.

»Halt, halt! Langsam essen mit kleinen Pausen! Du willst doch, dass die Speise drin bleibt, oder?«

Sie folgte seinem Rat. Minuten später fühlte sie sich weitaus besser.

»Danke, Mike!«

Nach einem Moment fragte sie unsicher.

»Ich redete gestern noch viel Unsinn, oder?«

Vorsicht! Ganz vorsichtig!

Mit betont unschuldigem Blick: »Aber nein, Galina! Du bist einfach eingeschlafen!«

Zweifelnd sah sie ihn an.

»Ich glaube, Du schwindelst! Soweit ich mich erinnere ... «

»Prinzessin Alina Galtan?«

Ein Androide in einem Gleiter.

»Bitte steigen Sie ein. Sie werden in der Teststation erwartet!«

Sie erhob sich und warf Mike noch einen skeptischen Blick zu, ehe sie einstieg.

Uff! Vom Gong gerettet.

Immerhin war er in den nächsten Tagen sicher vor ihr. Sie würde die Tests locker bestehen und direkt im Anschluss daran, zur Aufstockung und den Schulungen gehen.

Erfahrungsgemäß alles in allem rund fünf Tage dauernd.

Heute war ihm kein beschauliches Frühstück gegönnt.

›Mike! Komme bitte in die Taran 17 Zentrale!‹

Sche... Telepathie! Im Gegensatz zu einem abschaltbaren Handy war er dadurch andauernd erreichbar!

*

»Danke, dass Ihr alle gekommen seid! Taran 17 und Milverduun sind zu unserer Runde zugeschaltet!«

Nacheinander sah er sie an.

Mike Chester, Ralf Gubba, George Kendall, Patrick Jefferson und Xar Nortan.

»Wie bekannt, kamen Mike und ich damals mit Taran 17 in Kontakt. Kurz danach, durch den Angriff der Xsoor auf das ›Reich der Zwölf Sonnen‹, erhielten wir die Unterstützung Milverduuns.

Mit einer im Voraus genau berechneten Angriffstaktik gelang die hundertprozentige Vernichtung der Xsoor. Taran wird nun eine verkürzte Fassung mit den wesentlichen Punkten vorführen. Bitte, Taran!«

Alle drehten sich einer aufleuchtenden Bildfläche zu.

Die Vorführung dauerte ungefähr zwanzig Minuten . Dave ergriff erneut das Wort.

»Jetzt schauen wir uns im Gegenzug an, wie die Ursalaner gegen den ›Feind‹ vorgingen.«

Nach gut zwei Minuten, dem Ende mehrere ›Todesflotten‹, war der Film zu Ende.

»Immer das Gleiche! Sozusagen ein Kampf Mann gegen Mann! Nichts als rohe Kraft und am Ende unterliegen beide. Was machten die Ursalaner aus dieser Erkenntnis? Sie erbauten im Prinzip gegen den ›Feind‹ nutzlose Abwehrfestungen und Produktionswerften wie Milverduun. Einige werden irgendwo noch existieren und weiterhin sinnlos Todesflotten produzieren, auf die Rückkehr ihrer Erbauer, auf den Abruf der Einheiten zum Einsatz wartend. Unsere Sonden fanden eine davon auf der Suche nach dem ›Feind‹! Sie nennt sich ›Bregona‹. Milverduun wies diese an, die Produktion sofort einzustellen. Bregona hat das vorläufig akzeptiert, besteht aber auf einer persönlichen Anweisung durch einen kommandoberechtigten Admiral. Mike und Ralf sind bereits darüber informiert, Sie werden in demnächst hinfliegen!«

Für einen Moment kam eine lebhafte Diskussion auf.

Als sie sich beruhigten, erwartungsvoll schwiegen, sprach Dave weiter.

»Nachdem wir mehrere ehemalige ursalanische Welten fanden, Transmitter orteten und nun eine zweite Raumschiffswerft, geht Milverduun davon aus, dass wir in relativ naher Zeit auch auf einen ›Feind‹ stoßen!«

Nebenher servierten die Androiden köstliche Häppchen und Getränke. Doch kaum jemand achtete darauf.

»Milverduun! Frühere irdische Kriegsschiffe besaßen kleine Kaliber mit langen Geschützrohren für Angriffe aus großer Entfernung, große Kaliber für hohe Durchschlagskraft im Nahkampf. Gab es so was Ähnliches bei den Ursalanern?«

»Nein Sir! Der ›Feind‹ wurde stets mit Fernkampfwaffen angegriffen!«

»Gut, nächste Frage: Meines Wissens nach setzen wir reine Energiegeschütze als Waffen ein. Ist das so richtig? Stehen uns zudem das, was wir ›Bomben‹ nennen, beispielsweise Wasserstoff- oder Kobaltbomben zur Verfügung?«

»Nein, Sir! Das ist absolut sinnlos, sie würden an jedem Energieschirm wirkungslos verpuffen!«

Mike nickte begreifend. Er ahnte, was Dave vorhatte.

»Könntest Du Bomben mit mindestens der gleichen Sprengkraft von Atombomben konstruieren und bauen? Wenn ja, wie lange bräuchtest Du, um fünfzig Stück herzustellen?«

Dieses Mal verstrichen, ehe die Antwort kam, mehrere Minuten.

»In meinen Archiven sind Pläne für Waffen dieser Art. Sie wurden allerdings nie gebaut und erprobt. Dies kann nur unter Aufsicht eines Offiziers ab Rangstufe Oberst erfolgen! Dauer, mit fünfundneunzig Prozent Wahrscheinlichkeit: sechs Wochen!«

Fragend sah Dave daraufhin Patrick an.

»Würdest Du das übernehmen?«

Der nickte wortlos zustimmend.

»Milverduun! Admiral Patrick Kendall fliegt nachher los. Beginne gleich mit der Konstruktion. Vom Erfolg hängt danach unsere zukünftige Angriffstaktik ab! Danke!«

Und an Xar und George:

»Ihr achtet weiterhin darauf, dass es in unserem Mini-Imperium keinen Ärger gibt. Xar, übernimm Du zusätzlich von Ralf das Projekt ›Rebirth‹, mit folgender Einschränkung: Die Erde wird, was die Entnahmen von Wasser und Erdreich anbetrifft, hierfür nicht mehr angeflogen! Die radioaktive Kontamination ist zu hoch und nimmt laufend zu! Nordkorea testet Atombomben und niemand weiß, wohin die den Atommüll entsorgen. Zusätzlich produzieren die weltweit laufenden Kernkraftwerke unentwegt radioaktiven Abfall. Entsorgung ungelöst. Die Lage in Fukushima bleibt weiterhin kritisch. Keiner kann vorhersagen, wann die Antriebe der vor sich hingammelnden, ausgemusterten russischen Atom-U-Boote endgültig leck werden. Zudem liegen diverse U-Boote, bestückt mit Atombomben, vergessen auf dem Meeresgrund. Auch hier maßen wir in den letzten Tagen im umgebenden Meerwasser steigende Radioaktivität.«

An alle gerichtet: »Noch Fragen?«

*

»Du bist ein Telepath! Du, Mike, Ralf und all die anderen!«

Isabelles Stimme klang sachlich.

Dave war alarmiert.

»Wie kommst Du darauf?«

»Ihr schaut manchmal, wenn auch nur für Sekundenbruchteile, ins Leere und Hathor, zum Beispiel, reagiert. Ihr seht auf Wände und an Stellen, wo scheinbar nichts ist, öffnen sich Türen. Ich fand in alten Unterlagen, rein zufällig, den Begriff ›Stilles Sprechen‹. Damit steuerten die kommandierenden Ursalaner ihre Anlagen, verhinderten gleichzeitig, dass Unbefugte in geheime Sektoren Zutritt bekamen! Also?«

»Falls dem so wäre, auf was willst Du hinaus?«

»Als Triebwerksingenieurin bin ich sicherlich nicht gerade dumm! Aber eine Intelligenzaufstockung könnte mir helfen, die Technik Ursalans von den mathematischen und physikalischen Grundtheorien her zu verstehen. Wir verwenden täglich Geräte, deren Prinzipien uns, wenn man genauer hinsieht, vollständig unbekannt sind. Es ist wie mit dem Autofahren. Jeder kann es lernen, ohne unbedingt zu wissen, wie ein Auto funktioniert, geschweige denn, wie es gebaut wird.«

Isabelle holte tief Luft.

»Ich will ebenfalls aufgestockt werden!«

So, jetzt war es heraus und sie fühlte sich gleich wohler.

»Taran 17! Gibt es aus deiner Sicht Bedenken bezüglich einer Aufstockung?«

Aha, der neugierige Rechner hörte mal wieder mit.

»Nein, Sir! Weiß sie, dass sie hinterher, wenn auch vorübergehend, grässliche Kopfschmerzen bekommt?«

»Wahrscheinlich nicht, aber sie wird es schnell merken!«, meinte Dave grimmig.

Und an Isabelle:

»Ich gehe davon aus, dass Du keine Ruhe gibst, bis ich ›Ja‹ sage, nicht wahr?«

Ein dezentes Klopfen an der Tür und eine Androidin trat ein.

»Bitte nimm Isabelle gleich zu den Aufstockungsräumen mit! Prinzessin Alina Galtan wird nachher ebenfalls geschult. Nehmt beide gleichzeitig dran, da können die Damen anschließend sich gegenseitig ihr Leid klagen und sich trösten!«

*

Sie standen am Ziel ihrer Wünsche!

Zwei dickgepolsterte, ungefähr achtzig Zentimeter hohe Liegen.

Tief unter der Marsoberfläche, ein Raum mit angenehmer Temperatur und gedämpftem Licht.

Ein paar Androidinen empfingen sie. Eine wandte sich in eindringlichem Ton an die Prinzessin:

»Alina Galtan von Kantar? Ich habe Sie auftragsgemäß noch einmal zu fragen: Sind Sie sich des Risikos bewusst und wünschen Sie trotzdem eine Aufstockung?«

»Selbstverständlich! Sonst wäre ich doch nicht hier!«

»Ihre Antwort wurde aufgezeichnet und gespeichert! Ziehen sie beide sich völlig aus und legen sie sich auf die Polster!«

Isabelle wunderte sich.

»Warum werde ich nicht gefragt?«

»Das ist unnötig, bei Terranern besteht kein Risiko! Deren Gehirnwellenmuster unterscheidet sich nicht von einem ursalanischen. Bei Bewohnern anderer Welten stellten wir leichte Abweichungen fest, die aber in dem Fall einer Frau von Leigron zu keinerlei Beeinträchtigung führten. Bei der Prinzessin gibt es ebenfalls geringfügige Unterschiede, die wir jedoch als unerheblich ansehen. Dennoch verbleibt ein geringes Restrisiko!«

Brav legten sie sich auf die angenehm vorgewärmten Polster.

Ehe sie noch nachdenken Konten, lagen sie bereits im Tiefschlaf.

*

»Sie haben es überstanden, auch die üblichen Kopfschmerzen! Das Thema Telepathie ist für die Prinzessin derzeit schockierend, während Isabelle es erwartete. Die beiden werden sich bald daran gewöhnen!«, schloss die Androidin sachlich. Gleich darauf fügte sie hinzu:

»Der zuständige Trainer bringt ihnen derzeit bei, wie man sich abblockt und wie man Kontakt aufnimmt. Das dürfte die Damen einige Zeit beschäftigen!«

»Isabelle wird eine eher wissenschaftliche Laufbahn einschlagen, indes was machen wir mit Alina?«

»Aber Mike! Nichts leichter als das! Wir verpassen ihr eine gediegene Hypnoseschulung, danach erfolgt eine mehrwöchige praktische Ausbildung. Nach Abschluss erhält sie den Rang eines Kommodore: Lady Kommodore Galtan! Wir übertragen ihr das Kommando über die Schutzflotte im ›Reich der Zwölf Sonnen‹! Mit der Prinzessin an der Spitze erhöhen wir die Akzeptanz bezüglich der Anwesenheit ursalanischer Schiffe. Zudem kann sie die Freiwilligen Kantars übernehmen und anleiten sowie sich um den Wiederaufbau der von den Xsoor heimgesuchten Welten kümmern. Dadurch entlastet sie uns. Isabelle ist vom Militär weniger angetan, deshalb bekommt sie den Auftrag, eine Universität mit Schwerpunktthema Physik aufzubauen. Wird höchste Zeit, das unsere Fachleute diese Technologie auf breiter Ebene verstehen lernen!«

Ralf meldete sich zu Wort.

»Der Aufruf von König Valdor I. scheint ein voller Erfolg zu sein. Alina hat uns einen großen Gefallen getan!« Er sah auf die Uhr, »Mike und ich fliegen in zwei Stunden zur neuen Werft ›Bregona‹ los. Hast Du dazu noch besondere Wünsche?«

»Ja! Ihr kennt Milverduun. Stellt fest, ob beide Anlagen gleich aufgebaut sind oder deutliche Abweichungen vorliegen. Wenn ja, versucht herauszufinden warum. Ansonsten habt ihr freie Hand. Aber bitte: keine weiteren ›Todesflotten‹!«

*

»Wo ist Mike Chester!?«

»Bedauere, aber wir dürfen grundsätzlich keine Auskünfte über Aufenthaltsorte ranghoher Offiziere geben!«

Die Antwort der Androidin kam recht kühl. Doch so leicht ließ sich Galina nicht abweisen.

»Wer kann es mir sagen?«

»Nur Admiral Thorstensen, Mylady!«

Langsam wurde sie auf die sture Androidin wütend. Warum verband diese sie nicht einfach mit Dave?

»Verbinden Sie mich mit dem Admiral!«

»Die Anrede ›Sie‹ steht mir nicht zu. Ich bin ›Arkete‹! Bitte sehen Sie!«

Vor Galina erschien ein dreidimensionales Abbild einer in einem Vorzimmer sitzenden Frau.

»Sie wünschen?«

»Können Sie mir bitte sagen, wo ich Mike Chester treffen kann?«

»Mister Chester ist dienstlich unterwegs und in nächster Zeit nicht erreichbar. Kann ich sonst noch etwas für sie tun?«

»Nein, danke!«

Die Verbindung erlosch.

*

»Hallo Sylvia! Darf ich Dich auf ein Eis, Kuchen oder Grillwürstchen einladen?«

»Au ja, Papa, wann?«

»Jetzt gleich! Ein Gleiter holt Dich ab! Bis nachher!«

Dave unterbrach die Verbindung, nicht ahnend, dass Sylvia noch fragen wollte, ob Tante Isabelle mitkommen durfte. Und die andere Tante auch.

»Papa! Papa!« Jubelnd rannte seine Tochter auf ihn zu, umarmte ihn stürmisch!

»Halt, Du erdrückst mich ja!« Er nahm die Kleine an der Hand und ging mit ihr, ohne auf die Umgebung zu achten, zu einem seitlichen Tisch.

›Sir! Achtung! Ihre Tochter hat Isabelle und Prinzessin Alina mitgebracht!‹

›Oh! Danke für die Warnung!‹

Der blitzschnelle Gedankenaustausch konnte von niemandem abgehört werden. Er tat, als ob nichts geschehen wäre, und setzte sich mit Sylvia, die in der Freude ihren Papa zu treffen, ihre ›Tanten‹ voll vergaß.

»Hallo, Dave!« Er sah hoch und stand auf. »Oh, hallo Isabelle! Was führt Dich hierher! Keine Schulung?«

Gleich darauf erblickte er Alina.

»Guten Tag, Prinzessin! Wie geht es Ihnen? Aber bitte meine Damen, setzt Euch!«

Er winkte und ein Androidenkellner trat heran.

Danach sah er Isabelle fragend an. Alina kaute an ihrer Unterlippe. Wenn sie den Mann nicht mit eigenen Augen sähe, hätte sie geglaubt, dass er keinesfalls anwesend war. Telepathisch absolut nicht zu erfassen! Weder das geringste Rauschen noch der winzigste Eindruck von Leben! Wie tot!

Plötzlich erschrak sie! Das war kein Mensch, sondern ein perfekt nachgebildeter Androide! Nicht einmal Sylvia bemerkte, dass sie einen ›künstlichen Vater‹ vor sich hatte. Sie erinnerte sich, dass der echte Dave Thorstensen seit langem als verschollen galt. Die Rechner Ursalans setzten einfach einen der ihren als Chef ein und Mike, George und so weiter fielen voll darauf herein!

Und auch sie beging einen furchtbaren Fehler! Sie lieferte das ›Reich der Zwölf Sonnen‹ gefühllosen, eiskalten Maschinen aus! Sie zitterte. Ihr war übel, ihre Gedanken verwirrten sich.

Hathor, welche Alinas Erkenntnis mitlas, anfangs durchaus amüsiert, reagierte schnell.

Ein Gleiter mit einem Arzt und zwei medizinisch ausgebildeten Androiden raste heran. Keine zehn Sekunden später lag Alina friedlich schlafend da. Gleich darauf flogen kommentarlos ab.

»Sir, sie versuchte, ihre Gedanken zu lesen! Sie weiß nicht, wie gut Sie und alle hohen Offiziere abgeschirmt sind. Für die Prinzessin sind Sie nicht vorhanden. Bei der Vorstellung, dass wir von einem getarnten Androiden beherrscht werden, drehte sie durch. Ich empfehle Folgendes: Sobald sie aufwacht ...!«

Dave nickte zustimmend.

»In Ordnung, danke Hathor! Also Isabelle, Sylvia, was möchtet ihr Essen und trinken?«

*

Wo befand sie sich?

In einem Bett in einem hellen Zimmer und ...

»Guten Morgen Alina! Ausgeschlafen?«

... neben ihr saß Isabelle!

Langsam erinnerte sie sich. Plötzlich fiel ihr alles wieder ein.

Überrascht stutzte sie. Ein schwacher Gedanke, kaum wahrnehmbar.

›Prinzessin Alina Galtan!‹

Sie drehte sich zur anderen Seite. Hathor! Diese sah sie zwingend an. Diesmal konnte sie die Botschaft aufnehmen.

›Keine Sorge, Prinzessin! Es ist alles in Ordnung!‹

Danach sprach die Androidin zu einer Person hinter ihr.

»Wieso durfte sie so früh die telephatische Schulung unterbrechen? Sie reagiert erst ab siebzig Prozent meiner Sendeleistung, versteht leidlich ab neunzig Prozent. Ihre Empfindlichkeit ist absolut unzureichend! Anordnung vom Chef: Prinzessin Alina Galtan wird von einer unserer besten Telepathinnen in einem speziellen Trainingszentrum geschult! Keine weiteren Aktivitäten, bevor sie nicht auf mindestens fünfzig, besser sechzig Prozent Leistung ist! Ist die Prinzessin damit nicht einverstanden, wird sie umgehend zurück nach Kantar gebracht!« Hathor nickte ihr freundlich zu und verließ den Raum.

Eine jünger Frau, Mitte zwanzig, wie sie schätzte, mit den Abzeichen des medizinischen Dienstes, trat hinter ihrem Bett hervor.

»Sie müssen sich innerhalb einer Stunde entscheiden, ob sie ihre Ausbildung fortsetzen wollen oder nicht. Wenn sie zustimmen, findet das Training in einem Ferienort auf der Erde in der Südsee statt! Falls nein, die Alternative kenne Sie ja!«

Isabelle erhob sich.

»Ach ja, ich wurde ebenfalls zusammengestaucht und zur weiterführenden Qualifizierung verdonnert! Meine Leistungen sind kaum besser als deine! Wenigsten herrscht im Pazifik derzeit schönes Wetter und das Essen soll ausgezeichnet sein. Die Bungalows auch!«

*

»Die Werft entspricht bis auf wenige abweichende, unwichtige Details Milverduun‹! ›Bregona‹ gab uns eine wichtige Information: Es gibt keine weiteren Raumschiffwerften! Die Ursalaner erbauten sie nur, falls Milverduun, aus welchen Gründen auch immer, ausfällt! Für jede der Anlagen waren ungefähr einhundert ›Todesflotten‹ zur Fertigung angedacht. Mehr nicht! Danach sollten beide in eine Art ›Ruhemodus‹ versetzt, bei Bedarf einfach wieder reaktiviert werden. Das Abschalten unterblieb leider. Die Ursalaner stellten recht früh fest, dass es nur wenige Feinde gab und sie ihrerseits Probleme bekamen, die ›Todesflotten‹ zu bemannen. Dass wir nun auf Zehntausenden von Flotten sitzen, war so niemals geplant!«

›Schau einer an‹, dachte Dave während Mikes Bericht, ›Den Ursalanern unterliefen mit der Zeit einige Fehler!‹

»Danke Mike, danke Ralf! Wenigstens müssen wir keine weitere Werften suchen. Ein Teil der Schiffe lässt sich garantiert umbauen, mit den alltäglichen Problemen: Woher die Besatzungen nehmen und nicht stehlen? Frage an Taran: Ist bekannt, ob früher Passagier-, Forschungs- und Handelsschiffe üblich waren?«

»Sir! Ich bin ausschließlich den militärischen Bereich betreffend informiert! Daten über zivile Einheiten sind in meinen Speichern nicht enthalten!«

Dave grübelte. Da war doch noch was, oder? Dann, das Stichwort: ›Abschalten!‹

Er sah Ralph und Mike an. »Bleibt bitte noch einen Moment, mir ist gerade was aufgefallen!«

Und an Taran:

»Wo treiben sich Rijn Tubal und Bill Skinner gerade herum? Ich habe sie seit Ewigkeiten nicht mehr gesehen. Bitte beide sofort hierherbringen!«

Mike sah ihn scharf an. Mist, aber Daves Gedanken waren einfach nicht zu lesen. Na schön, dann halt was anderes. Ganz harmlos und unschuldig fragend, während Ralf, der bisher nicht ein Wort sprach, zuhörte.

»Was macht Alina? Schulung erfolgreich?«

»Oh, der geht es gut! Sie macht zum ersten Mal in ihrem Leben Urlaub! Zusammen mit Isabelle in der Feriensiedlung in der Südsee!«

Irgendwie traute er dem Braten nicht.

»Einfach so? Baden und erholen?«

»Natürlich! Sogar mit einem eigenem Animateur! Nur für die zwei Damen!«

»Animateur? Für was denn?«

»Die beiden sind die miesesten Telepathen, die es nach der Aufstockung bisher gab!« Dave grinste von einem Ohr zum anderen. »Wir wollen schließlich nicht, dass Alina Dich auch für einen Androiden hält!«

Er winkte Hathor heran: »Bitte, berichte Mike von dem Vorfall!«

Während diese genüsslich erzählte, wurde sein Gesicht immer länger.

»Prinzessin Alina wird«, beendete sie den Vortrag, »nach aktuellem Stand, noch zwei Wochen Ferien machen müssen!«

Taran 17 meldete:

»Sir! Die gewünschten Personen sind gleich da!«

»Gut, bitte sofort hierher bringen!« Er legte eine nachdenkliche Pause ein.

»Weißt Du, Mike, soweit mir berichtet wird, strengt sie sich an, um alle Prüfungen zu bestehen. Sie will es schaffen!«

Rijn und Bill traten ein. Dave winkte sie auf zwei Stühle im gegenüber.

»Guten Tag! Ihr forscht doch in der Vergangenheit Ursalans, oder? Meine dringende Frage lautet: Fandet ihr Unterlagen, welche das alltägliche zivile Leben vor der Zerstörung des Planeten beschreiben?«

Verblüfft sahen sich die beiden an, ehe Rijn zögernd antwortete:

»Nicht das Geringste! Wir wissen auch nicht annähernd, wie sich das normale Leben des ›einfachen Volkes‹, falls ich das Mal so sagen darf, gestaltete. Es gibt auch keinerlei Hinweise zum Thema Religion. Genauso wenig ist über das Verhältnis der Geschlechter zueinander bekannt. Wie wenn es keine Frauen gegeben hätte!«

»Aha! Und was schließt ihr daraus?«

Bill wand sich schlimmer als ein getretener Regenwurm.

»Darüber haben wir nie nachgedacht!«

Dave nickte nachdenklich.

»Mike, Ralf, ist euch nie aufgefallen, dass wir es bisher stets nur mit militärischen Einrichtungen zu tun hatten? Denken wir zurück an den ›Feind‹, welcher vor einer für uns unvorstellbar langen Zeit das Leben auf Ursalan auslöschte! Aber nur das Leben! Keine mechanischen Zerstörungen! Unterhalb der Planetenoberfläche, die wir mühsam versuchen zu regenerieren, befinden sich mit höchster Wahrscheinlichkeit voll funktionierende zivile Rechner mit all den Daten, die wir suchen! Genauso wie Bregona wurden diese garantiert nie abgeschaltet! Auf der scheinbar vernichteten Welt ruht ein ungeheurer Schatz an Wissen! Wir brauchen nur zuzugreifen! Mike, Ralf, Ihr werdet in zwei Wochen mit Rijn und Bill sowie Isabelle und Alina nach Ursalan fliegen. Sucht euch so viele Mitarbeiter hier auf dem Mars aus, wie es geht! Nehmt auch genügend Raumschiffe! Was immer ihr benötigt, wir versuchen, es zu beschaffen! Taran! Kläre mit Milverduun, ob Spezialschiffe für Ausgrabungen vorhanden sind, notfalls bauen wir sie. Das Projekt ›Rebirth‹ erhält in der erweiterten Form allerhöchste Priorität! Wir wollen ...!«

»Sir«, Taran war, soweit es ein logisch handelnder Rechner sein konnte, in höchster Aufregung. »Milverduun stellt umgehend mehrere Bergungseinheiten bereit! Die Codeschlüssel zur Übernahme der zivilen Rechner werden ihnen eingespielt. Alle intakten Anlagen müssen sich daraufhin melden und wir können, wenn nötig, diese ausgraben oder die Zugänge freilegen!«

Ralf und Mike waren wie vor den Kopf geschlagen.

»Dave, wie bei allen Göttern und Dämonen des Universums bist Du darauf gekommen?«

Der zuckte mit den Achseln.

»Einfach so! Neulich, bei einem Drink im ›Café de Mars‹, liefen einige modisch gekleidete Damen in meiner Nähe vorbei. Ich fragte mich, wie wohl die Mode einst auf Ursalan war. Also fragte ich Taran. Ergebnis: Ich erhielt eine sehr unbefriedigende Auskunft! Anschließend kam mir der Gedanke, dass ich die falschen Rechner befragte. Nächste Überlegung: Wo standen einst die höchsten zivilen Verwaltungsrechner? Antwort: natürlich auf Ursalan. Das war es!«, schloss Dave zufrieden.

*

Unglaublich! Einfach unglaublich!

Vor ein paar Sekunden noch ...

Sie umkreisten in angemessener Entfernung Ursalan, um den Schiffen, welche nach wie vor von Lebewesen wimmelndes Wasser und Erde über dem Planeten entluden, keinesfalls in die Quere zu kommen.

Ihre Ortungseinrichtungen fingen von der toten Welt nicht das geringste Energieecho auf.

Hatte Dave sich geirrt? Irgendwo müsste trotz all den verstrichenen Äonen wenigstens ein Energiemeiler noch funktionieren.

»Versuchen wir es?« Mike sah Ralph fragend an.

»Weißt Du Mike, ich denke, wir unterschätzen die ursalanische Technik! Ohne Zugriffscode hätten sich beispielsweise die Rechner auf den neu entdeckten Welten niemals gemeldet! Wie gut sind die Abschirmungen der Reaktoren? Tourendal: Die von Milverduun erhaltenen Codes abstrahlen!«

Und jetzt? Wirklich unglaublich!

So schnell konnten sie es nicht erfassen, wie sich die bisher leeren Bildschirme füllten.

Zusätzlich entstand ein gut fünf Meter messendes Hologramm, eine Kugel, auf deren Oberfläche ein dichtes Netz miteinander verknüpfter Recheneinheiten erschien. Es sah so aus, als ob die Blechkameraden nur auf sie gewartet hätten, was wohl auch der Fall war.

Der unter ihnen liegende Punkt, die Tourendal stand in hundert Kilometer Höhe genau über der ehemaligen Hauptstadt, blinkte hektisch.

»Sir!«, meldete sich ihr Bordrechner, »Der zivile Leitrechner Ursalans bittet um Kontaktaufnahme sowie Entsendung eines Koordinators!«

Mike sah Ralph auffordernd an.

»Admiral Ralf Gubba an Leitrechner! Frage: Ist eine andauernde Anwesenheit eines Koordinators in deiner Zentrale notwendig?«

»Nach der Erfassung nicht mehr erforderlich, sofern er oder einer seiner Stellvertreter auf Ursalan anwesend und kurzfristig erreichbar ist!«

»An Leitrechner: Wir ernennen ein paar Personen, die sich regelmäßig abwechseln. Solange Ursalan nicht vernünftig bewohnbar ist, können wir niemandem einen dauerhaften Aufenthalt zumuten! Wir melden uns nachher! Ach ja, wir bezeichnen Dich ab sofort Ursal-1.«

»Akzeptiert und gespeichert!« Fein, braver Rechner!

Bevor er weitersprechen konnte, meldete die Tourendal:

»An die Besatzung! Nach dem Auffinden der zivilen Rechenanlagen bin ich angehalten, eine vorbereitete Botschaft seiner Exzellenz, Admiral Dave Thorstensen vorzuführen! Bitte setzen Sie sich und sehen Sie!«

Mike und Ralf blickten einander entgeistert an. Was kam jetzt?

Überall im Schiff leuchteten Bildschirme auf, das ursalanische Erkennungszeichen darstellend. Hilfsbereite Androiden stellten Stühle auf.

Langsam erlosch das Symbol. An dessen Stelle trat ein abgedunkelter Raum. Darin stand ein kunstloser Schreibtisch. Hinter diesem saß der Großadmiral in einer schmucklosen, nachtblauen Uniform. Nur das seinem Rang entsprechende Abzeichen tragend.

Ernst sah er sie an.

»Meine Damen und Herren, ich grüße Sie! Gestatten Sie, dass ich kurz aushole, einen Blick in die Vergangenheit werfe. Wir alle sind heimatlos! Niemand kann je auf die Erde zurück! Die Geheimdienste nähmen uns auseinander! Der Mars steht uns zwar zur Verfügung, für biologische Lebewesen ist eine unterirdische Welt auf Dauer jedoch nicht geeignet! Auf Shantinar, Leigron, Kantar sowie den anderen Planeten wären wir nur geduldete Gäste, misstrauisch beobachtet, stets vom Wohlwollen der Bevölkerung und den Regierungen abhängig! Jetzt haltet ihr den Schlüssel zu unserer Zukunft in den Händen! Ab sofort kaufen wir auf der Erde auf, was es an Pflanzen und Samen gibt. Überall wo überschüssiges Saatgut, egal, ob es sich um Kartoffeln, Reis, Mais, Getreide und so weiter handelt, wir nehmen es! Weltweit verstreut, es darf niemandem auffallen, besorgen wir komplette Gewächse, beispielsweise aus Baumschulen und Gärtnereien! In den Wäldern sammeln wir alles, vom Tannenzapfen an, über Eicheln, Bucheckern, Kokosnüssen, Datteln, dazu internationale Früchte. Ursalan besitzt garantiert ein Heer von Landschafts- und Gartenrobotern. Wir werben auf der ganzen Erde Gärtner, Bauern und Farmer an, welche die Maschinen anleiten sollen. Sobald Tiere auf Ursalan frei existieren können, setzen wir sie aus. Lasst Euch was einfallen, aber denkt stets daran: Dies wird eines Tages unsere Welt sein, eine, die uns niemand streitig machen kann!«

Nach einer kurzen Pause fügte er hinzu:

»Rund vierzig Jahre, bevor der ›Feind‹ alles Leben auslöschte, wanderten weitsichtige Personen auf einen bislang unbesiedelten Planeten aus. Sie nannten ihn ›Ursalan II‹. Sie planten, alle Bewohner rechtzeitig in Sicherheit zu bringen. Die meisten Ursalaner verkannten indessen in ihrer Ignoranz die tödliche Gefahr, hielten den ›Feind‹ für ein ungefährliches

Maschinenwesen. Wir kennen die Koordinaten des Fluchtplaneten nicht, werden sie schwerlich je erfahren. Dies ist momentan jedoch ohne Belang! Ich wünsche viel Erfolg!«

Die Bildschirme erloschen.

»Na schön!«, knurrte Mike, »Machen wir uns an die Arbeit, bevor die nächste Zumutung kommt! Sobald ich denke, dass Dave nichts tut und auf der faulen Haut liegt, stelle ich gleich darauf fest, dass er uns wiederum meilenweit voraus ist! Schauen wir zuerst mal nach, inwieweit das Projekt ›Rebirth‹ Früchte trug!«

*

Der Leitrechner Ursalans arbeitete Tag und Nacht auf höchster Leistung.

Die Planetenoberfläche entstand mit einer unwahrscheinlich genauen Auflösung, stetig aktualisiert, virtuell im Rechner. Tausende von Kamerasonden schafften Bilder um Bilder herbei, setzten diese, wie bei ›Google Earth‹, zu einer hervorragenden, bei Bedarf dreidimensionalen Karte zusammen.

Anschließend erfolgte die Auswertung: Wo zeigte sich erstes Leben?

Ab sofort verliefen die Anlieferungen von Erdreich und Wasser nicht mehr zufällig, sondern auf höchste Effektivität in Hinsicht auf die geplanten Anpflanzungen ausgerichtet! Dazu erhielten die Rechner das Wissen um die irdische Fauna und Flora direkt aus den besten Universitätsbibliotheken der Erde. Daten aus Forst-, Tierhaltung und Landwirtschaft wurden ebenso eingespielt wie diejenigen über Ozeanografie. Die alten Datensätze Ursalans fielen gnadenlos der Löschung anheim. Nebenher entstanden von Neuem diverse Klima- und Wettermodelle.

Die bisher vor Ort existierenden Gartenroboter kamen mit der Masse des angelieferten Materials sowie dessen Vielfalt nicht mehr zurecht. Was zu einer Produktionsumstellung bei der bislang unterbeschäftigten Werft Bregona führte. Der personelle Engpass entschärfte sich ebenfalls. Dave warb gezielt arbeitslose Jugendliche aus Ländern mit einem hohen Anteil an Agrarwirtschaft an. Hervorragend auf dem Mars geschult, perfekt Englisch sprechend, stürzten sich diese voller Feuereifer auf die

Arbeit. Zumal Dave ihnen versprach, dass ihre Familien in absehbarer Zeit nachkommen durften.

Mike, Ralf, Alina und Isabell saßen nach einem gemütlichen Essen auf ein Gläschen beieinander.

»Ich glaube es kaum, wie geschwind die Pflanzen anwachsen. Schädlinge werden frühzeitig entfernt, erste Vögel, Schmetterlinge und zwei Bienenstöcke sind eingetroffen. Mistviecher wie Schlangen, Alligatoren, Skorpione sowie Stechmücken und dergleichen kommen gar nicht hierher. Raubtiere? Fehlanzeige! Unsere aktuellen Rechenmodelle zeigen bereits, wo zukünftig Regenwald entstehen kann, wo gemäßigte Zonen sich ausbreiten oder sich Wüsten erstrecken. Trotzdem wird es noch Jahrhunderte dauern, bis Fauna und Flora stabil sind und wir nicht mehr nachjustieren müssen! Eine Heidenarbeit! Aber ich glaube, es lohnt sich!«

Mike nickte zustimmend, während die Damen wortlos zuhörten. Nach einer längeren Pause spann Ralf den Faden weiter.

»Du und Dave, auf der Erde ward ihr Kampfpiloten, gewöhnt Befehle auszuführen und nicht zu denken! Aussicht auf eine höher führende Karriere? Eher nein! Das Gleiche gilt sinngemäß für mich! Heute jedoch? Auf eine kurze Anweisung unsererseits hin starten nahezu unbesiegbare Schlachtschiffe, bereit, jeden Wunsch zu erfüllen. Wir betätigen uns in schöpferischer Art und Weise, bringen tote Welten erneut zum Erblühen! Sind wir auf lange Sicht fähig, diese Macht verantwortungsvoll zu tragen? Oder zeigt der ›Feind‹ uns die Grenzen, dessen was wir können, auf? Geht der alte Wahnsinn weiter? Das Ende einer Todesflotte mitsamt der Besatzungen um den Preis der Vernichtung eines einzigen ›Feindes‹? Eines Tages wird Dave eine Entscheidung treffen müssen! Ich möchte nicht in seiner Haut stecken!«

Ralf lehnte sich zurück, einen tiefen Schluck nehmend.

»Vermutlich siehst Du das zu Schwarz, ich erwarte ...!«

Mike kam nicht dazu, seinen Satz zu vollenden.

Die in der Nähe stehenden Androidin meldete:

»Anruf von Taran 17! Admiral Thorstensen wünscht Sie zu sprechen! Ich stelle durch!«

Das übliche Hologramm mit dem Großadmiral hinter seinem Schreibtisch erschien. Ohne Einleitung ging es gleich zur Sache:

»Mike! Ralf! Die ›Gridil‹ holt euch ab!«

Dave lächelte zufrieden, ehe er fortfuhr: »Das Projekt ›Rebirth‹ seht anschließend unter der Leitung von Frau Oberst Alina Galtan und Frau Oberst Isabelle Lamar! Das Schiff überbringt die Ernennungsurkunden, die Uniformen und Rangabzeichen! Nach der Kommandoübergabe startet ihr bitte sofort!«

Kurz nickte er ihnen zu, ehe das Bild erlosch.

Fassungslos sahen die beiden Damen sich an. Sie hatten es geschafft und gehörten zu den hochrangigen Offizieren Ursalans! Was hieß, dass Dave ihre bisher geleistete Arbeit ausdrücklich anerkannte.

Anschließend fielen sie sich gegenseitig glückstrahlend um den Hals, indessen Ralf und Mike gratulierten.

Ursal-I meldete:

»Taran bestätigte die Befehlsberechtigung von Frau Oberst Galtan und Frau Oberst Lamar. Einstufung als Koordinatorinnen erfolgt. Alle Untereinheiten sind informiert! Zusatzbemerkung: Die Wiederinbetriebnahme des Verwaltungsgebäudes ist abgeschlossen, ich empfehle, dass Sie dorthin umziehen!«

›Fein!‹, dachte Mike. ›Die Damen sind wir los! Jetzt aber nichts wie ab zum Mars!‹

Mal ganz ehrlich, die Sache mit dem Wiederaufbau langweilte ihn. Soweit er wusste, ging es Ralf nicht besser. Nunmehr war ›Action‹ angesagt!

*

Patrick, George, Xar, Ralf und Mike saßen zusammen mit Dave in der Taranzentrale um einem runden Tisch. Bestens von Androiden mit Speisen und Getränken versorgt.

»So wie ich es sehe«, Dave ergriff das Wort, »läuft alles nach Plan. Shantinar, Leigron und das ›Reich der Zwölf Sonnen‹ treiben friedlich Handel miteinander. Kantar stellt das Gelände für ein intergalaktisches Zentrum zur Verfügung. Die weltbesten Architekten entwerfen ein repräsentatives Gebäude für einen ›Sternenrat‹, in den jede Welt einen Vertreter entsendet. Das Projekt ›Rebirth‹ macht außergewöhnlich gute Fortschritte. Mit den Sheranern werden wir in ein paar Wochen Kontakt aufnehmen, wie wir mit den anderen neu entdeckten Systemen verfahren, steht noch nicht fest. Ich bin für die unauffällige Einschleusung von

›Lehrern‹, welche mit kleinen ›Erfindungen‹ diese technisch voranbringen, vielleicht können uns auch die Philosophen von Shera in nicht allzu ferner Zeit hierbei unterstützen. Alles in allem keine Probleme, außer dem in meinen Augen Wichtigsten: Wie reagieren wir, wenn auf einen ›Feind‹ treffen?«

Dave sah sie nacheinender an.

Mike lächelte schief:

»Ich werde mir keinerlei Gedanken darüber machen, das hast Du dir doch schon längst überlegt, Dave! Also, schieß los! Erzähle!«

Der nickte nur.

Taran verringerte die Raumhelligkeit. Vor ihnen leuchtete eine dreidimensionale Projektion auf.

Eine goldene Linie mit einer silbergrauen Kugel. Taran erläuterte:

»Nach unserem bisherigen Wissensstand hält der ›Feind‹ einen absolut geradlinigen Kurs bei konstanter Geschwindigkeit ein. In alten Aufzeichnungen ließ er sich auch bei einem Angriff nicht davon abbringen. Wir beabsichtigen den ›Feind‹ in Polyederformation, bestehend aus 60 Einheiten, mit einem Abstand von einer Lichtsekunde einzukreisen.«

Über dem ›Feind‹ erschien ein dunkelrot markiertes Netz.

»Aber das sieht ja aus wie ein Fußball!«, rief Mike aus.

»Sie sehen richtig, Sir! Wir nahmen auf Anregung des Großadmirals diesen Ball als Vorlage. Darüber legen wir ein zweites gleichartiges Gebilde in der dreifachen Entfernung, hier hellrot gekennzeichnet. Alle Schiffe weisen eine Besonderheit auf: Die relativ intelligenten Schiffsrechner wurden entfernt und durch reine Fernsteuerempfänger ersetzt. Der blaue Punkt, weit außerhalb, stellt die Position der Mjölnir dar, von der aus wir die Manöver steuern. Das innere Netz wird langsam verkleinert, während die Schiffe unentwegt feuern. Irgendwann erfolgt der Gegenschlag und sie werden vernichtet. Danach kennen wir die Feuerreichweite des ›Feindes‹ und, was noch wichtiger ist, speziell präparierten Kamerasonden liefern uns Informationen bezüglich der Verteilung der feindlichen Abwehreinrichtungen. Anschließend ziehen wir das äußere Netz zusammen, bleiben dabei auf doppelter Feuerdistanz, dabei wie ein Planet um sich selbst rotierend und zugleich über die Nord-Süd-Achse langsam kippend. Damit überstreichen wir mit dem Feuer aus vielen Energiegeschützen nach und nach die Feindoberfläche vollständig. Dies wird unser Gegner beschäftigen und abgelenkten!«

Als der Rechner schwieg, sprach Dave weiter:

»Patrick, jetzt bist Du an der Reihe!«

Das bisherige Bild verschwand und ein unbelebter, aus nacktem Gestein bestehender Planet erschien. Sekunden später brachen an fünf Stellen gleichzeitig gewaltige Feuersäulen aus dessen Oberfläche, riesige Felsbrocken ins All schleudernd.

Die nächste Aufnahme zeigte Patrick in einem Hangar vor einem kaum zwanzig Meter durchmessenden Kugelraumschiff.

»Milverduun hat dieses ›Bombenschiff‹ entsprechend unseren Wünschen entwickelt. Es besteht nur aus einem überlichtschnellen Triebwerk und einer, bei den Ursalanern bisher nicht vorhandenen, rein atomaren Bombe. Die dafür erforderlichen Grundlagen und Daten kopierten wir in einem geheimen irdischen Rüstungslabor. Vorbild ist die russische AN602, auch Zar-Bombe genannt, eine Wasserstoffbombe mit im vorliegenden Fall zweihundert Megatonnen Sprengkraft!«

Nach einigen Sekunden Pause fuhr er fort: »Da das Kugelraumschiff in unbekannter fester Materie materialisiert, entwickelte Milverduun zusätzlich einen Schutzschirm, der lange genug hält, um die Bombe zu zünden. Das Ergebnis sahen Sie eben!«

»Danke Patrick! Wir machen es wie damals mit den ›Xsoor‹, unterlaufen seine Abwehrschirme durch einen Flug im Hyperraum! Gibt es Leben an Bord des ›Feindes‹, wird er auf die Löcher, die wir ihm in den Pelz brennen, reagieren und hoffentlich mit uns Kontakt aufnehmen. Daraus ergibt sich das weitere Vorgehen. Wenn nicht«, Dave zuckte die Achseln, »lösen zehn Bombenschiffe in seinem Mittelpunkt das Problem. Außer den ersten sechzig Schiffen, die wir bewusst opfern, wird es zukünftig keine Verluste mehr geben! Zwei Handvoll kleiner Spezialschiffe anstatt einer ›Todesflotte‹ mit Besatzung!«

Danach sah er alle an.

»Ihr wisst jetzt, was ich vorhabe. Fragen und Vorschläge willkommen!«

George meldete sich: »Hathor, Sirone und viele andere hochwertige Androiden können Gedanken lesen. Auch damals, beim ersten Kontakt mit Taran 17 hat ein mechanischer Empfänger auf dein telphatisches Einlassbegehren reagiert! Wenn man daher ...!«

Sofort begann ein begeisterter, lebhafter Gedankenaustausch. Milverduun konnte die benötigten Geräte umgehend liefern oder bauen!

Anschließen platzte die Bombe. Faunisch lächelnd bemerkte Dave:

»In vier Tagen brechen wir auf! Sicherheitshalber nehmen wir noch ein paar bemannte Schlachtschiffe mit. Nur der Schau wegen. Der ›Feind‹ fliegt weit von Planetensystemen entfernt im freien All durch unsere Galaxie. Dort können wir uns austoben!«

*

Das würden sie Dave nicht so schnell verzeihen!

Seit Monaten beobachteten in einer Dreiecksformation fliegende Sonden den ›Feind‹ in einem Abstand von einer Lichtminute..

»Warum sagst Du uns das jetzt erst? Dachtest Du, wir fliegen Hals über Kopf los?!«

Selbst wenn Mikes Tonfall reichlich aggressiv klang, behielt Dave die Ruhe bei.

»Ja! Das befürchtete ich! Keinesfalls mit Raumschiffen, aber in Gedanken wärt ihr dauernd dort gewesen! So konntet ihr andere, dringlichere Aufgaben in Angriff nehmen und erfolgreich durchführen, ohne jeglichen Zeitdruck! Der ›Feind‹ bleibt uns erhalten, den Wiederaufbau Ursalans stufte ich als höherrangig ein! Auch die Schulungen der zwei weiblichen Sorgenkinder. Genauso unbeeinflusst entwickelte Patrick die Bombenschiffe. Niemand außer uns darf erfahren, was wir vorhaben! Dies gilt ebenfalls für die Besatzungen der Begleitschiffe! Wir brechen offiziell zu einer militärischen Übung auf. Das war es dann! Einverstanden?«

Zustimmendes Nicken rundherum.

Sorgen machten sie sich keine. Die sollte sich eher der ›Feind‹ machen!

Der ›Feind‹

Intelligent? Nicht im Geringsten!

Alles, was außerhalb der einprogrammierten Vorgabe ihrer Erbauer lag, wurde keinesfalls ausgewertet.

Nur eine primitive Sonde ohne eigenen Ermessensspielraum.

Ihr Auftrag: Objekt beobachten, auf Einhaltung von Kurs und Geschwindigkeit überprüfen. Regelmäßige Statusmeldung absetzen, Alarm geben, falls gravierende Änderungen eintraten.

Drei weitere Sonden kamen hinzu, kreisten das Objekt ein. Sie rührte sich nicht. Eine Meldung an den übergeordneten Zentralrechner unterblieb.

*

Über zweihundert ursalanische Kampfeinheiten!

Der Vorfall überschritt den meldepflichtigen Grenzwert eindeutig. Der Rechner auf Ursalan II löste beim Erhalt des Hyperfunksignals Alarm aus.

»Seine Exzellenz, der Großseneschall Duc de l'Achcon, ist sofort zu wecken!«

Zwei Stunden später saß dieser verblüfft in der Zentrale des höchsten plantarischen Steuerrechners, zweifelnd die Nachricht vernehmend.

Ursalanische Schlachtschiffe? Nach solch unendlich langen Zeit? Wo kamen die nur her?

»Sind das tatsächlich unsere Schiffe?«

»Die Ortungsergebnisse sprechen eindeutig dafür, Eure Exzellenz!«

Mehrere Minuten überlegte der alte Mann, ehe er sich zu einer Entscheidung durchrang.

»Versucht einen Kontakt zum leitenden Kommandeur herzustellen!«

*

Hervorragend!

Innerhalb kürzester Zeit nach ihrer Ankunft nahmen beide Netze, präzise wie nicht anders zu erwarten, ihre Position ein.

Kamerasonden schwärmten aus und lieferten gleich darauf ausgezeichnete Bilder der feindlichen Oberfläche. Erste Analysen zeigten, dass diese aus Metalllegierungen bestand und einen zerklüfteten Eindruck erweckte. Einer der Gräben, oder was das immer auch war, wies eine Tiefe von bis zu zwei Kilometer auf. Ansonsten erging es ihnen wie den Ursalanern damals: nichts Besonderes zu erkennen!

Erregte Diskussionen flammten auf, keinesfalls diszipliniert, doch Dave ließ sie gewähren.

›Hathor! Kannst Du irgendetwas aufnehmen?‹

›Nein, Sir! Es ist, wie Sie sich ausdrücken würden, im Prinzip totenstill!‹

»An Ortungszentrale: Was können Sie messen?«

»Elektrische Impulse sind keine vorhanden, Sir, die Außentemperatur liegt bei 15 Kelvin.«

Die Sache erschien ihm von Minute zu Minute rätselhafter. War der ›Feind‹ möglicherweise schon tot?

»Das innere Netz schrittweise, wie abgesprochen, auf einen Durchmesser von fünfzig Prozent zusammenziehen! Volle Breitseite im Zehnsekundentakt! Ausführen!«

Ehrlich, dieses Feuerwerk übertraf alles bisher gesehene.

»Feuerleitzentrale: Ortung ergibt, dass ein Schutzschirm in sechzig Kilometer Höhe über der Oberfläche, unser Feuer teilweise absorbiert, den Rest reflektiert!«

Na, ja, bald würde sich zeigen, wie nahe sie der ›Feind‹ heranließ.

Nicht sehr weit! Ein höllischer Feuersturm brach aus dem ›Feind‹ hervor und fegte, wie erwartet, das innere Netz hinweg. Fein, fein! Ganz langsam zogen sie die äußeren Schiffe zusammen, dabei außerhalb dessen Reichweite bleibend, ihn in unregelmäßigen Abständen attackierend. Dave ging davon aus, dass dieser annahm, dass sie keine höhere Feuerkraft aufbringen konnten.

Zufrieden rieb er sich die Hände! Der würde gleich sein blaues Wunder erleben und danach ...!

Mühsam registrierte er, dass Mike auf ihn einsprach.

»Dave! Hör doch zu ...!«

Im ersten Moment hatte er einige Mühe, zu verstehen, als sie ihm die Botschaft vorführten. Ein alter Mann hinter einem wuchtigen Arbeitstisch.

»Ich bin der Duc de l'Achcon, Großseneschall seiner Majestät der Kaiserin! Sie werden angewiesen, umgehend alle Aktivitäten bezüglich des ›Feindes‹ einzustellen! Mit ihren wenigen Einheiten besitzen Sie nicht die geringste Chance! Ich ...!«

Dave brach in lautes Lachen aus. Gleich darauf beruhigte es sich wieder.

»Funkzentrale: Kann ich den Mann sprechen?«

»Jawohl, Sir! Bitte sprechen Sie!«

Er sah den Großseneschall kalt an.

»Unterlassen Sie weitere Anrufe! Sie stören nur! ›Mjölnir‹: Verbindung abbrechen!«

Er sah sich kurz um. Alle Frauen und Männer der Besatzung saßen auf ihrem Posten.

»Patrick! Es ist so weit! Zehn Bombenschiffe! Los!«

Fünf Lichtminuten entfernt, der ›Feind‹ hatte sie garantiert nicht bemerkt, rasten sie los. Auf dem Hauptbildschirm war ihr Kurs jeweils in Form einer sich verlängerten roten Linie dargestellt, welche unvermittelt, als sie in den Überlichtmodus gingen, in weiß weiterführte, in dem Feind endend. Sofort brach Feuer aus dessen Oberfläche.

Volltreffer! Sie hatten es geschafft, die bisher nahezu unüberwindbaren Schutzschirme zu umgehen!

Sekundenlang glaubte er, einen furchtbaren mentalen Schrei voller Angst und Schmerz zu verspüren. Der ›Feind‹?

Hathor sprach laut und deutlich:

»Sir! Unser Gegner meldet sich auf telephatischer Ebene! Seine Gedanken werden von mir ins Englische übersetzt und auf die Rundrufanlage gelegt, sodass jedermann zuhören kann! Ihre Antworten gebe ich über meinen Telepathiesender zurück, eine hypnotische Beeinflussung ist dadurch unmöglich!«

Dave nickte. Eine ruhige, emotionslose Stimme, weder einer Frau noch einem Mann zuordenbar.

»Kleine Wesen! Warum greift ihr uns an? Wir fügten euch kein Leid zu!«

Lag da nicht ein Hauch von Angst in diesen Worten?

»Hathor! Bitte den Film von der Vernichtung Ursalans ansehen und übertragen! Danke!«

Während die Besatzung schweigend zusah, sie kannten die Aufnahmen längst, kam auch vom Feind keinerlei Zeichen. Nach der Übermittlung fügte die Androidin absprachegemäß hinzu:

»Wir sind die Nachfahren jener Wesen, die ihr getötet habt, sie und alles Leben auf unserer Welt! Wer seid ihr?«

Schweigen.

»Patrick! Zehn weitere Bomben lossenden!«

Anscheinend hörte der ›Feind‹ über Hathor mit.

»Nein!« Ein gellender Schrei. Danach, deutlich ruhiger und gefasster: »Wir stellen eine ›Entität‹, eine geistige Einheit von Lebewesen dar, wir existieren und sind, was wir sind! Wir töten nicht zum Vergnügen, sondern um selbst zu überleben! Ihr tötet doch auch Tiere, um sie zu essen, um weiterleben zu können!«

So richtig vorwurfsvoll. Der hatte es gerade nötig! Dave antwortete wütend:

»Wir rotten keine Arten aus, töten nur, was wir brauchen und sorgen durch Aufzucht dafür, dass das biologische Gleichgewicht erhalten bleibt! Aber ihr Ungeheuer hinterlasst für Jahrmillionen vernichtete Systeme! Ihr kümmert euch nicht um die angerichteten Schäden, sondern fliegt das nächstliegende System an, um es hinterher bar jeden Lebens zu hinterlassen! Wieso maßt ihr euch an, über Leben und Tod von Sternensystemen zu entscheiden? Woher nehmt ihr dieses Recht? In meinen Augen seid ihr nichts als gemeine, milliardenfache Mörder!«

»Kleines Wesen! Du richtest und verurteilst, ohne die Wahrheit zu kennen!«

»Gut! Kläre mich auf!« Knapp und kurz.

»Einst waren wir Lebewesen wie ihr, bewohnten viele Systeme. Aber unsere Rasse wurde alt und müde. Ein Wissenschaftler fand einen Weg zum nahezu ewigen Leben. Dafür mussten wir den materiellen Körper aufgeben. Gigantische Werften erbauten künstliche Kleinplaneten, mit denen wir durchs All ziehen konnten, um Wissen und Weisheit zu erwerben, unsere Kenntnisse mit anderen Intelligenzen teilen. So sah das ursprüngliche Ziel aus! Jeweils einhundert Lebewesen bildeten eine ›Entität‹, gingen an Bord und flogen los. Danach zeigte sich rasch, welche Irrtümer uns unterliefen. Wir haben keine Ahnung warum, jedoch verschwanden nach einem Überlichtflug viele von uns auf ewig im Hyperraum. Seitdem fliegen wir stets unterhalb der Lichtgrenze. Dies störte uns anfangs nicht, stand uns doch voraussichtlich alle Zeit der Welt zur Verfügung. Aber der schlimmste Fehler war, dass wir zu spät erkannten, dass wir auch im körperlosen Zustand weiterhin Nahrung brauchten! Als wir den ›Energiekontraktor‹ erfanden, lösten wir damit das Problem! Kleine Wesen, was macht ihr ...!«

Der Kontakt brach ab.

Bei Dave klingelten die Alarmglocken. Da war doch noch was! Da Hathor mit dem Rücken zu ihm saß, einzig ihren derzeit leeren Bildschirm ansehend, bekam der Gegner nicht mit, wie er Anweisungen in sein Terminal tippte.

›An ›Mjölnir‹! Du und alle manntragenden Einheiten sofort auf Notstart mit maximaler Schirmleistung vorbereiten! Auf zehnfache Distanz zum ›Feind‹ gehen! Zuvor das zweite Netz zusammenziehen und mit voller Feuerleistung angreifen. Starten, sobald das Abwehrfeuer auf unsere attackierenden Schiffe eröffnet wird und der Gegner vorübergehend abgelenkt ist! Ausführen!‹

Sekunden später war die Hölle los! Eine gewaltige Feuerwand vor sich herschiebend, griffen sechzig Raumer an. Und vergingen im Gegenschlag des ›Feindes‹!

Mit dieser, keinesfalls vorher abgesprochenen Angriffstaktik, überraschte Dave alle.

Noch viel mehr mit dem von den Besatzungen unerwarteten Notstart!

Eines begriffen sie schnell: Sie hatten sich, warum auch immer, vom Feind gelöst!

*

Seine Exzellenz saß geschockt und stinksauer vor seinem Arbeitstisch.

Was bildeten sich die hirnlosen Militärs dort draußen ein? Ohne eine ›Todesflotte‹ griffen sie an!

Sogleich wurde seine Meinung bestätigt: Sechzig Schiffe vergingen!

Es folgte eine längere Pause. Auch wenn der Leitrechner andauernd versuchte, eine Verbindung zu den Kampfeinheiten herzustellen, er bekam keinen Kontakt.

Ingrimmig nahm er den Verlust weiterer Einheiten zur Kenntnis. Von Militärs hielt er noch nie viel und diese Staatsdeppen bekräftigten seine Ansicht über die eingebildeten Vollidioten.

Schau an! Anscheinend hatten sie die Hosen gestrichen voll, so wie sie zum ›Feind‹ auf Abstand gingen.

Eine einzige ›Todesflotte‹ und Ursalan II mit allen Bewohnern wäre gerettet gewesen! Wiederum eine verpatzte Chance und das näherrückende Ende seiner Welt!

*

»Mike! Ralf! Patrick! Ihr könnt notfalls ganz allein ursalanische Großrechner kommandieren! Verlasst umgehend die ›Mjölnir‹ und übernimmt jeweils das Kommando über ein Begleitschiff!! Ab mit euch! Schnell! Milverduun! Sofort drei Todesflotten hierher fliegen! Wenn das Schwein die ›Mjölnir‹ zu früh erwischt, ist Ursalan führungslos!«

Ohne ein Wort eilten sie zu den Transmittern, zu deutlich erkannten sie die Sorge in Daves Stimme.

Danach war Dave sprachlos.

Auf dem Terminal erschien eine Botschaft: ›Milverduun schickte einige Zeit nach unserem Start fünf ›Todesflotten‹ los! Sie werden in zwölf Stunden da sein. Uralte Vorschrift, sobald Admirale sich dem ›Feind‹ stellen! Das war bisher nicht bekannt, wurde von einem Nebenrechner eingespielt!‹

Mistrechner!

»Sir, der ›Feind‹ fragt, was dieses Manöver soll! Es hätte uns nur sinnlos Material gekostet!«

»Bitte antworte: Es ist mehr als unwahrscheinlich, dass auf allen euren Schiffen gleichzeitig der ›Energiekontraktor‹ erfunden wurde! Also steht ihr miteinander in Verbindung! Ihr wolltet uns hinhalten und mit gebündelter mentaler Kraft erledigen! Deswegen haben wir den Sicherheitsabstand erhöht! Trotzdem frage ich mich, wie meine Vorfahren, wenn auch mit großem Aufwand, bei eigenem Totalverlust einzelne von euch vernichten konnten. Und da wir schon dabei sind: Um welche Energie handelt es sich?«

Minutenlang kam keine Antwort und Dave dachte bereits, dass der Kontakt abgerissen sei.

»Ihr seid sehr schlau, kleine Wesen! Niemand kam bisher auf den Gedanken, dass wir stets miteinander in Verbindung stehen! Leider befinden wir uns zu weit voneinander entfernt, sodass es einiger Zeit bedarf, um ausreichend zusätzliche Lebenskraft zu erhalten. Nur zehn Minuten eurer Zeitrechnung fehlten uns noch, und wir hätten gesiegt! Ihr ward nahe genug!«

Uff, Glück gehabt und rechtzeitig den Braten gerochen! Trotzdem, sicher war sicher!

Und damit es alle mitbekamen: »An ›Mjölnir‹! Aktuellen Abstand der Schiffe mit biologischer Besatzung zum Objekt sofort nochmals verzehnfachen! Ausführung! Frage: Befinden sich Philosophen, Theologen oder Psychologen unter uns? Wenn ja, Freiwillige bitte in die Zentrale! Sie sollen später über Hathor mit der Entität Kontakt aufnehmen und weitere Aspekte diskutieren! Die bisherige volle Alarmbereitschaft wird aufgehoben. Reduzierte Wachbesatzung mit jeweils zweistündiger Ablösung für die nächsten zehn Stunden! Danke!«

*

Der Feind lachte!

Nach der Ruhepause schnitt Dave nochmals das Thema Todesflotte an.

»Wir dürfen es nun sagen, denn ihr stellt keine Gefahr mehr dar! Selbst wenn ihr ewig neben uns herfliegt! Wir werden weitere Systeme absaugen und ihr müsst hilflos zusehen. Ihr geratet zwar in den kugelförmig abgestrahlten Saugstrahl, aber dummerweise entwickelten eure Vorfahren zufälligerweise Schutzschirme, die wir mit dem Energiekontraktor nicht durchdringen können! Sonst hätten wir euch jetzt sowie auch die Angreifer früher einfach ›abgesaugt‹!«

Dave verstand die Welt nicht mehr.

»Wieso stellen wir keine Bedrohung da?«

»Intelligenzen wir ihr greifen stets mit allen verfügbaren Mitteln an! Eure Flotten betrugen damals über als zehntausend Einheiten. Damit habt ihr unsere Abwehrschirme fast durchdrungen! Vernichtet hat uns aber die zusätzliche emotionale Willenskraft wie Wut und Hass! Diese überwanden die geschwächten Schirme! Wie bei Antimaterie und Materie löschten sich beide gegeneinander gerichteten gedanklichen Energien unter Freisetzung gewaltiger Kräfte aus, welche alles in weitem Umkreis zerstörten. Als ihr merktet, dass wir durch diese Angriffsart verwundbar sind, kamt ihr erst gar nicht auf den Gedanken, mehr Schiffe einzusetzen! Eine doppelte Anzahl angreifender Einheiten hätte uns sofort erledigt! Aber das ist Vergangenheit! Ihr setztet ein, was ihr vorweisen konntet! Die paar automatischen Bombenschiffe richteten nur geringe Schäden an. Wir kennen Spezies wie ihr es seid genau! Dennoch machten wir uns im allerersten Augenblick Sorgen! Besäßet ihr weitere in größerer Menge, hättet ihr sie bedenkenlos eingesetzt und wir wären in diesem Moment bereits vernichtet. Ihr habt euer Pulver verschossen! Mit ihren restlichen zehn Bombenschiffen werden wir inzwischen fertig! Diese schrecken uns nicht mehr! Unsere Schutzschirme wurden soeben umgestellt und verstärkt!«

Schau mal einer an! Hatten die in ihrem Überlegenheitsgefühl nicht bemerkt, dass sie deren Schirme nicht durchdrangen, sondern überlichtschnell im Hyperraum unterflogen? Eiskalt übertrug Hathor Daves daraufhin folgende Worte:

»An Entität! Haltet euer monströses Gebilde sofort an und ergebt euch! Schutzschirme abschalten! Mehrere unserer Androiden werden danach an Bord kommen und sich gründlich umsehen!«

Die Antwort kam als homerisches Gelächter. Nun, die Heiterkeit würde ihnen bald vergehen.

»Patrick! Fünfzig Bombenschiffe, schön gleichmäßig verteilt! Eindringtiefe dreißig Kilometer!«

Abrupt brach das laute Lachen ab.

Eine halbe Minute verstrich. Danach öffneten sich fünfzig feuerspeiende Krater in der Oberfläche des ›Feindes‹.

Angst, Verzweiflung und abgrundtiefe Furcht. Damit rechneten sie nie und nimmer! Es kam noch schlimmer.

Die ›Todesflotten‹ Milverduuns materialisierten und wurden, wie nicht anders zu erwarten, sofort geortet.

»Sir«, Hathor meldete sich, »es ist mir ganz und gar unmöglich, etwas Sinnvolles aufnehmen. Beim ›Feind‹ herrscht gedanklich ein absolutes Chaos!«

Schön, sehr schön! Exakt in diese Situation wollte er den bringen! Ausgezeichnet!

»Ja!?«

Was war jetzt wieder los? Ließ man ihn nie in Ruhe nachdenken?!

»Sir«, die ›Mjölnir‹, genauer der Schiffsrechner, sprach in beschwichtigendem Tonfall, »Sie sollten die anrufende Station annehmen. Sie bittet um Kontakt mit Dringlichkeitscode!«

»Unser Freund von vorhin?«

»Ja, Sir!«

»Gut! Durchstellen!«

Er setzte sich einigermaßen manierlich im Kommandositz zurecht. Und wartete ab, bis das Bild des alten Mannes vor ihm erschien und meldete:

»Admiral Dave Thorstensen, ursalanisches Raumschlachtschiff ›Mjölnir‹, an unbekannte Station: Was kann ich für Sie tun?«

Er sah, wie sein Gegenüber schluckte.

»Duc de l'Achcon, Großseneschall ihrer Majestät der Kaiserin! Bitte entschuldigen Sie meine Worte von vorhin! Mir war ihre tatsächliche Kampfkraft nicht bekannt und bis vor kurzem nahm ich an, dass unaufhaltsam das Verhängnis naht und unsere Zivilisation in rund dreiundvierzig Jahren endgültig aus dem Universum getilgt wird! Dann kamen Sie, allerdings mit sehr wenigen Schiffen, aber sie hätten uns gerettet! Zu meinem Entsetzen setzten Sie diese Einheiten aufs Spiel und die Raumer vergingen! Jetzt weiß ich, auch wenn ich es derzeit nicht verstehe, dass die Schiffe in voller Absicht geopfert wurden! Bitte, darf ich kurz erklären?«

Nur zu gut spürte Dave die Angst und zugleich Erleichterung in den Worten des alten Mannes.

»Selbstverständlich! Sprechen Sie!«

»Vierzig Jahre vor Ankunft des ›Feindes‹ in unserm System wies mich ihre Majestät an, einen weit entfernten Planeten zu besiedeln und mit einer Kopie des ursalanischen Zentralrechners auszustatten. Diese Welt nannten wir Ursalan II. Sie und der ›Feind‹ steuern im Moment exakt darauf zu! Weiterhin erhielt ich den Auftrag, auf befreundeten Welten geeignete Personen zum Kampf gegen den ›Feind‹ anzuwerben und auszubilden. Zweitausend Personen, alle noch im Tiefschlaf, stehen Ihnen bei

Bedarf zur Verfügung! Nur verhindern Sie, dass der ›Feind‹ uns angreift! Wir sind absolut wehrlos!«

Dave nickte begreifend.

»Anweisung an Milverduun: Unsere Position ist Dir bekannt, ebenso der Kurs. Schätzungsweise dreiundvierzig Lichtjahre vor uns befindet sich ein Sonnensystem mit der Welt Ursalan II. Entsende dorthin drei Todesflotten! Admiral George Kendall übernimmt das Kommando. George, nimm Dir zehn Freiwillige mit, begib Dich mit deinem jetzigen Schiff zum Großseneschall und kläre, inwieweit dessen Leute geeignet sind, die neuerdings deutlich moderneren Einheiten zu bedienen! Einverstanden, George?«

Dieser, via Bildübertragung zugeschaltet, nickte bejahend.

»Geht in Ordnung. Dave!«

*

»Sir, anscheinend beruhigt sich die Lage. Ich empfange erneut klare Gedanken. Der ›Feind‹ möchte Sie sprechen. Machen wir weiter?«

Brave Hathor! Es ging nichts über eine aufmerksame, nimmermüde Androidin.

»Gut, so wie bisher. Du sprichst die erhaltenen Informationen laut aus. Danke!«

Sofort war die Verbindung wieder da:

»Kleine Wesen! Wir wissen nun, dass Ihr uns von Anfang an mühelos hättet vernichten können! Bei ihrem zweiten Angriff mussten wir feststellen, dass ihr unsere bislang undurchdringlichen Schutzschirme im Überlichtmodus überwindet und dabei genauestens den Einschlagort bestimmt. Eine oder zwei Bomben im Mittelpunkt unseres Schiffes zur Detonation gebracht genügen, um es völlig zu zerstören. Außerdem täuschtet ihr uns über eure wahre Stärke, indem ihr nur mit wenigen Einheiten angeflogen kamt. Wir gingen dummerweise davon aus, dass ihr nicht mehr aufwenden könnt, und verrieten euch zudem, welcher Aufwand benötigt wird, um uns im offenen Kampf zu schlagen. Vermutlich besitzt ihr automatische Werften, die inzwischen ununterbrochen Kampfschiffe produzierten. Was wir aufgrund der früheren

Ereignisse nicht verstehen, ist, dass ihr uns nicht umgehend getötet habt! Warum?«

Diese Frage hatte Dave längst gewartet.

»Ganz einfach! Wir sahen in dem jetzigen Vorgehen den einzigen Weg, um euch zu einem Kontakt zu zwingen und um damit auch eure volle Natur zu erkennen. Alten Berichten entnahmen wir, dass ihr niemals auf Anrufe reagiertet. Das bisherige Verfahren, eine gewaltige Kampfflotte mitsamt Besatzungen zu opfern, halte ich indessen nicht für besonders geistreich! Jetzt sehen wir eine Chance, eine für beide Seiten akzeptable Lösung zu finden. Aber nochmals: Verringern Sie sofort ihre Geschwindigkeit! Sollten Sie stattdessen beschleunigen, um mit dem Risiko für ihre Existenz im Überlichtflug entkommen zu können, dann haben Sie ihr Ende sich selbst zuzuschreiben. Vielleicht wird irgendwann der Nächste ihrer Art kooperativer sein!«

Das saß! Minutenlanges Schweigen.

»Sir, der ›Feind‹ wird langsamer! Wir passen unsere Fluggeschwindigkeit laufend an!«

Na also, es ging doch! Endlich benahmen sich die Kerlchen vernünftig!

»An Entität! Euer Energiekontrakter sammelt eine uns bisher nicht genannte Energie. Um welche Energieform handelt es sich?«

»Reines Leben! Es ist die uns maximal bekannte höchstdimensionale Form von Kraft, was nicht heißt, dass darüber hinaus noch höhere Energien existieren. Eine denkbare Möglichkeit wäre das, was ihr den ›Schöpfer des Universums‹ nennt!«

Oha, Vorsicht! Derzeit ja keine ausufernde theologische Diskussion. Später vielleicht.

»Gut, Entität! Ich melde mich wieder, sobald ich mit meinen Offizieren und Wissenschaftler gesprochen habe. Reduziert eure Fahrt auf vorläufig zehn Prozent Lichtgeschwindigkeit.«

*

Fassungslos las Dave den Text auf seinem Terminal.

Das durfte doch nicht wahr sein! Was nun?

»An ›Mjölnir‹! Ich begebe mich mit Patrick in einen Konferenzraum! Abhörsichere Verbindung zu Mike, Ralf, George, Xar Nortan sowie Taran und Milverduun herstellen!«

Müde, wie von einer schweren Last gebeugt, schlurfte er, anders konnte man es nicht bezeichnen, aus der Zentrale, verfolgt von verwunderten Blicken.

Verdammt noch mal! Er war doch nur ein einfacher Kampfpilot, mit ein paar Zusatzschulungen, aber so langsam wurde es ihm zu viel!

Ermattet sank er einen der Konferenzsessel, stütze den Kopf in die Hände und schloss die Augen. Müde, so unendlich müde!

Patrick kam herein, sah Dave und erschrak. Ein kurzer Gedankenbefehl und Sekunden später stand eine Tasse Mokka vor Dave. Mit ein paar geschmacksneutralen Zusätzen.

»Hier, Dave! Trink erst mal!«

Mechanisch griff Dave zu, leerte das kleine Tässchen in einem Zug. Sofort servierte eine besorgt dreinsehende Androidin die nächste Portion, welche er ebenfalls umgehend austrank. Langsam fing er sich wieder. Er hob den Kopf und blickte seine Gegenüber auf den Bildschirmen fest an.

»Hallo Xar! Was Dir bisher nicht bekannt ist, wir haben einen der ›Feinde‹ gestellt! Du erhältst nachher eine Zusammenfassung den Ereignissen der letzten Zeit! Doch zur Sache! Die von Milverduun ausgesandten Sonden waren mehr als erfolgreich! Sie haben weitere ›Feinde‹, allerdings in riesigen Entfernungen, entdeckt! Mike, Ralf und Xar, ihr begebt euch sofort nach Milverduun und erhaltet dort jeweils das Kommando über drei Todesflotten. Ihr werdet sie von einem übergeordneten Schlachtschiff steuern! George kümmert sich um Ursalan II und Patrick bleibt hier, falls wir an den Bombenschiffen etwas verbessern müssen. Dreiecksformation um den ›Feind‹ und egal was passiert, ja keinen Kontakt herstellen! Nur beobachten! Wenn es stimmt, was unsere Entität aussagte, erfährt sie umgehend, dass wir weitere Entitäten gestellt haben und diese problemlos auslöschen können. Dies stärkt unsere momentane Verhandlungsposition! Macht's gut!«

Dave unterbrach die Verbindung, mit Ausnahme der Leitung zu Milverduun.

»Wie schnell kann die letzte Flotte beim am weitesten entfernten ›Feind‹ eintreffen?«

»Die größte Entfernung liegt bei einhundertzehntausend Lichtjahren. In sieben Tagen, einschließlich des Fluges zu mir, können die Flotten vor Ort sein! Seltsamerweise befinden sich alle ›Feinde‹ am Rande unserer Galaxie, als ob sie nicht in eine andere überwechseln könnten. Grund unbekannt!«

»Ich kenne den Grund«, sagte Dave leise. »Bleib hier, Patrick, lass uns noch einmal über die Technik der Bombenschiffe nachdenken! Sieben Tage sind eine lange Zeit, wer weiß, was dem Gegner inzwischen einfällt! Mir ist soeben etwas in den Sinn gekommen! Milverduun: Wie ist groß ist die kleinste überlichtschnelle Antriebseinheit welche folgende Geräte, sofern diese vorhanden sind, transportieren kann! Ich will erreichen, dass sie ...!«

*

Scheißspiel!

Ein Fingerschnippen und zehn Bombenschiffe hätten den ›Feind‹ in Sekundenbruchteilen erledigt. Keine Kontaktaufnahme, sondern drauf los und Schluss. Die weiteren ›Feinde‹? Ebenfalls sofort zur Hölle geschickt! Mittel hierzu besaß er mehr als genug.

Aber nein, er wollte unbedingt wissen, wer der ›Feind‹ war. Diesen einfach so kaltblütig auszuradieren ging jetzt nicht mehr.

»Hathor, bitte Kontakt herstellen!«

Keine Sekunde danach kam die Antwort: »Sir, Sie können sprechen!«

»An Entität! Soweit wir zwischenzeitlich feststellen konnten, sind auch bei Aufgabe des biologischen Körpers zwei schwere Fehler unterlaufen. Ersten erkanntet ihr zu spät, dass ein überlichtschneller Flug vielen die Existenz kostet. Da ihr aber scheinbar alle Zeit der Welt hattet, nahmt ihr die relativ langsame Geschwindigkeit notgedrungen in Kauf. Als ihr als zweitens merket, dass ihr unerwartet weiterhin Lebensenergie braucht, schnappte die Falle zu. Beim Unterlichtflug dauert es im ungünstigsten Fall Jahrhunderte, bis ein neues System mit Leben erreicht wird, um euch sozusagen zu ›ernähren‹. Wen ihr innerhalb einer bestimmten Zeitspanne nichts findet, ›verhungert‹ ihr! Der

›Energiekontraktor‹ ist unserer Meinung nach so ausgelegt, dass er, sobald sich eine ›Nahrungsquelle‹ auftut, sie zu einhundert Prozent abschöpft und die Lebensenergie speichert. Davon ›ernährt‹ ihr euch während des Fluges von einem System zum anderen! Ihr seid Gefangene der Gier nach ewigem Leben! Was für eine bodenlose Dummheit! Nicht einmal das Universum existiert ewig, noch weniger diese Galaxie, welche ihr aufgrund der Entfernungen zu Nachbargalaxien, nehmen wir nur die nächstliegende, den ›Großen Andromedanebel‹ mit über zwei Millionen Lichtjahren, niemals verlassen könnt! Durch die erzwungene Nahrungssuche zerstoben eure großen Pläne wie Spreu im Wind! Wenn euer angebliches Wissen so gewaltig ist, fragen wir uns, warum erzeugt ihr keine künstliche Nahrung?«

Schweigen! Volltreffer, wie es aussah.

Er verspürte keinerlei Lust, lange auf eine Antwort zu warten. Sollten ihn doch mal alle! Dave erhob sich aus dem Kommandositz. Ein kräftiger Drink in der Bar der Offiziersmesse? Gute Idee!

»Sir! Ein Kurierschiff Ursalans bittet um Erlaubnis, andocken zu dürfen!«

»Ja, ja, schon gut!« Er hörte gar nicht richtig hin. War ihm so was von egal! Mussten die ›Mjölnir‹ ihn wegen jeder Kleinigkeit in seinen Gedanken stören? Dabei überlegte er soeben die hochwichtige Frage: was trinken?

Ein Cocktail? Klar, aber welcher? Mai Tai? Zombie? Long Island Ice Tea? Bahama Mama? Er kam zu dem grandiosen Einfall: Alle! Am besten genau in dieser Reihenfolge!

Soeben trank er friedlich das dritte Glas aus, als ihn eine weibliche Stimme vorwurfsvoll ansprach:

»Fällt Dir nichts Besseres ein, als Dich zu betrinken?!«

Herrlich! Die Drinks wirkten ausgezeichnet, er hatte jetzt schon Halluzinationen. Isabelle! Freudig griff er nach Nummer vier. Bevor er es aufnehmen konnte, schnappte jemand blitzschnell danach und nahm es ihm weg. Irgendetwas war faul im Staate Dänemark! Seit wann fassten Illusionen zu? Er riss sich mühsam zusammen und drehte sich um.

Isabelle, wie sie leibte und lebte! Was hatte die hier zu suchen und wie kam sie hierher? Die begleitende Androidin schien seine Gedanken zu erraten.

»Sir, Oberst Lamar! Sie ist soeben mit einem Kurierschiff angekommen!«

Ja, richtig, da war doch noch was. Die Durchsage der ›Mjölnir‹ von vorhin. Aber was zum Geier wollte sie hier?

Ruhig und bestimmt sprach Isabelle ihn an:

»Du bist völlig übermüdet, Dave! Da Du weder auf Patrick noch auf die Androiden hörst, bat er mich um Hilfe. Alkohol ist keine Lösung! Du gehst jetzt brav mit mir! Ausschlafen ist angesagt! Mindestens zehn Stunden! Ich werde die nächste Zeit bei Dir bleiben und auf Dich aufpassen! Der ›Feind‹ läuft Dir nicht weg!«

Sie nahm ihn bei der Hand. Schlafen? Gute Idee! Willig, wenn auch ein wenig schwankend, folgte er ihr.

*

Ausgeruht, dennoch leicht grummelnd, saß Dave, zusammen mit Isabelle und Patrick in einer abgeschirmten Nische in der Zentrale. Mit sanftem Zwang brachte sie ihn dazu, vorher ein ausführliches Frühstück einzunehmen. Nachdem sie, gleich nach dem Aufwachen, für einen ausgeglichenen Hormonhaushalt sorgte. Jetzt berichtete sie erfreut:

»Als George dem Seneschall erzählte, dass wir Ursalan erneut mit Leben versehen, war der nicht mehr zu halten. Sein Hauptrechner und unserer wurden zusammengeschaltet. So wie die Militärs den Zivilisten nicht alles mitteilten, verschwiegen diese ihrerseits einige Geheimprojekte. Er führte uns zu bisher unbekannten Forschungsanlagen des zivilen Geheimdienstes sowie zu verborgenen Archiven ungeheuren Ausmaßes! Wir werden viel Zeit benötigen, um auch nur einen groben Überblick zu erhalten. Androiden von Ursalan II helfen uns dabei! Die sind voller Begeisterung bei der Sache. Dein Einfall mit der ›Wiedergeburt‹ hat den Duc de l'Achcon fassungslos gemacht. Seitdem ärgert er sich darüber, dass sie selbst nicht auf den Gedanken mit dem ›Import‹ vom Leben kamen! Anscheinen saß der Schock nach dem vernichtenten Angriff des ›Feindes‹ zu tief, sodass sie nicht mehr klar denken konnten. Sie kannten nur ein Ziel: Hass und Rache!«

Dave haderte im Stillen mit seinem Schicksal. Warum fiel den Anderen nichts ein, außer sich auf ihn zu verlassen? Wie schön waren früher die Zeiten, als er mit Erich im Tornado über die blaue See donnerte. Und heute? Nur Ärger und Stress!

»Sir, kommen Sie in die Zentrale, der ›Feind‹ bittet um ein Gespräch!«

Klar, mit ihm konnte es man ja machen. Niemals gönnten sie ihm ein paar Minuten der Entspannung!

Apropos Ruhe, da war doch noch was.

»Mjölnir! Versuche bitte eine Verbindung zu George herzustellen!«

Missmutig begab er sich in die Schiffszentrale.

*

»Kleines Wesen! Wir haben aufgrund deiner Frage die Daten bezüglich künstlicher Nahrung erneut überprüft. Es ist unmöglich für uns, Leben zu erzeugen! Vor vielen Jahrhunderttausenden gab es bereits Zivilisationen, die eine gewaltige Macht sowie Fähigkeiten besaßen, welche sich die heutigen, uns bekannten Bewohner des Universums, nicht mal in ihren kühnsten Träumen vorstellen können! Dennoch konnten sie das letzte Geheimnis nicht lösen!«

Nachdenklich hielt er einen Atemzug lang inne, um danach ruhig fortzufahren:

»Der Schritt von Leben zu toter Materie ist winzig klein, falls man es vernichtet, doch unendlich groß, sobald man es erzeugen will! Selbst wenn es sich nur um eine einfache Zelle handelt. Dieses Mysterium hat sich der Schöpfer des Universums auf ewig vorbehalten. Wobei wir davon ausgehen, dass die göttlichen Gesetze in jeder Galaxie absolut gleich gelten. Was unsere und anderer Rassen Biologen entwerfen oder herstellen, wie auch immer sie das Licht der Intelligenz heller und heller strahlen ließen, am Anfang stand stets eine bereits lebende Zelle, erschaffen von dem, dessen heiliger Odem das Leben spendet! Für einen Laubbaum beispielsweise ist es ein Kinderspiel, Jahr für Jahr Milliarden lebender Zellen zu erzeugen. Nur ein einziger Baum! Die Natur, gleichgültig ob Fauna oder Flora, erschafft aus einer Zelle unermesslich viel, dabei spielt es keine Rolle, ob es sich um winzigste Kleinlebewesen oder riesige Saurier handelt!«

Nun, im Prinzip erfuhr er nichts Neues. Zuerst musste er Zeit gewinnen, um die anderen ›Feinde‹ einzukreisen. Und um ihn endgültig auszuspionieren! Der würde sich noch wundern!

»Entität! Ein Tenderschiff wir in wenigen Tagen eine definierte Menge an Biomasse aus einem Meer, bestehend aus Einzellern, Plankton und dergleichen, bringen! Wir schalten dessen Schutzschirme ab und euer Energiekontraktor saugt das Leben ab. Du sagst uns anschließend, wie lange ihr davon existieren könnt. Ohne eine vernünftige Datenbasis kommen wir kaum weiter! Danach wird nachgedacht und gerechnet. Themawechsel: Einige unserer Technikspezialisten möchten wissen, wie ihr es geschafft habt von euren Körpern zu lösen. Auch die Theologen und Philosophen, welche zugleich Psychologen sind, würde gerne mehr darüber erfahren, was dies euch eingebracht hat, oder wie man sich als Gefangener in einer stählernen Kugel fühlt und dergleichen. Wärst Du damit einverstanden?«

»Ja!«

»Gut! Hathor, bitte begib dich mit den Herren in einen Konferenzraum, dort seid ihr ungestört und wir hier auch. Keine öffentliche Übertragung! Wir werten die Gespräche später aus!«

*

»Guten Tag Dave! Was gibt es?«

»Oh, hallo George, danke für deinen Rückruf. Wie ich erfuhr, kommst Du bestens mit dem Seneschall aus. Wir wüssten gerne, wie Ursalan II aussieht! Ich will wissen, ob es machbar ist, unsere Ferienanlagen auf der Erde spurlos verschwinden zu lassen und dort, noch viel großzügiger, wieder aufzubauen! Das Andental verscherbeln wir an die Russen. Wir sind alle neugierigen irdischen Geheimdienste auf einen Schlag los und die Amerikaner ärgern sich! Die Marsbesatzung siedelt ebenfalls um, nur wenige Personen, welche sich regelmäßig abwechseln, verbleiben in Taran. Sorge dafür, bei deinem Charme ist das gewiss leicht, dass von Seiten des Seneschalls keine Einwände zu erwarten sind!«

»Äh, Dave, es gibt hier ein winziges Problem! Der Duc hat nichts mehr zu sagen! Selbstverständlich existiert auf Ursalan II ein übergeordneter militärischer Rechner, der nicht auf Zivilisten reagiert, aber dennoch im Hintergrund das Kommando führt! Als ich ankam, meldete er sich und unterstellte sich mir, immerhin bin ich im Admiralsrang! Und Du, als Großadmiral, bist damit automatisch auch hier der Chef! Dave, willkommen auf deiner Welt!«

Touché! Darauf war er nicht gefasst!

Er war wie vor den Kopf geschlagen, zu keiner Antwort fähig.

George setzte noch einen drauf:

»Selbstverständlich kann dich der ranghöchste Adelige Ursalans, der Großseneschall, Duc de l'Achcon, auch zum König oder Kaiser erheben! Seine Majestät, Dave der I.«

Er vermochte nicht einen Ton von sich zu geben. War George verrückt geworden? Was faselte der da? Irgendjemand hielt ihm ein Glas an die Lippen, automatisch trank er einen Schluck. Dann noch einen und noch einen und ...

Langsam kehrten seine geschockten Lebensgeister zurück.

»Fein George, Du wirst natürlich als Erster an meinem Hof angestellt. Als Oberhofnarr! Zur Sache! Inwieweit ist dieser Rechner über die aktuelle Lage informiert?«

George antwortet sachlich:

»So gut wie überhaupt nicht!«

»Na, dann kümmere Dich mal darum! Verbinde ihn mit Taran, Milverduun und Bregona! Vielleicht kommt danach von Dir ein hilfreicher Vorschlag! War nett, mit Dir zu plaudern!«

Feixend schaltete er ab.

*

Zum Mäusemelken! Eigentlich hätten sie selbst darauf kommen müssen!

Nicht, dass es viel änderte. Nur noch mehr Stress!

Was für ein dämlicher Rechner auf Ursalan II war das? Kaum, dass der die ihm fehlenden Daten erhielt, reaktivierte er ungefragt den bisher abgeschalteten, absolut allen übergeordneten militärischen Hauptrechner auf Ursalan! Seine lieben Vorgänger legten ihn still, als sie die tote Welt verließen. Was bedeutete, dass diese Einheit völlig hinter dem Mond war! Das Übliche: Datenaustausch mit allen anderen Computern und danach hatte er den auch noch am Hals!

Patrick kam herbei.

»Dave! Dein Einfall, mit kleinsten Überlichttriebwerken anstatt Bomben spezielle Spionagesonden in den von uns verursachten Kratern auszusetzen, zeigte sich als voller Erfolg! Durch die Explosionen wurden die Ortungs- und Überwachungsgeräte des ›Feindes‹ in diesen Sektoren zerstört. Da sie niemals auf die Idee kamen, dass jemand in ihr Schiff eindringen könnte, ist ihr ganzes Datennetzwerk ungeschützt! Milverduun wertet derzeit die Informationen aus. Wir kennen inzwischen den ›Feind‹ und dessen Technik in- und auswendig! Wie er früher aussah, wie der ›Energiekontraktor‹ funktioniert, auf welcher Basis der Antrieb arbeitet, einfach alles! Was ihm wahrscheinlich selbst nicht bewusst ist, dass er sich in der Vergangenheit nicht weiterentwickelte, dies auch nicht mehr kann! Er blieb auf dem Wissensstand, den er damals bei seinem Aufbruch besaß! Für ihn gibt ...«

Hathor unterbrach ihn.

»Sir, der ›Feind‹ ist in Panik und will sie sprechen!«

»Gut, bitte übertrage!«

»Kleine Wesen! Ihr kreistet Brüder von uns ein, verweigert aber jeden Kontakt zu ihnen. Was beabsichtigt ihr? Werdet ihr sie jetzt zerstören?«

»Entität«, Dave benutzte den Begriff ›Feind‹ schon lange nicht mehr, »es besteht kein Grund zur Sorge! In einigen Stunden unterbreiten wir Dir einen Vorschlag. Unsere Großrechner arbeiten ihn gerade aus. Nehmt ihr in an, wird es keinerlei Probleme geben, lehnt ihr ab, werden wir Dich und deine Brüder umgehend vernichten! Unsere Sonden durchkämmen diese Galaxie, bis wir sicher sind, dass ihr für niemanden eine Gefahr darstellt! Wir lassen nicht zu, dass ihr alles Leben in noch einem einzigen System auslöscht! Bis nachher!«

»Patrick, bitte veranlasse Folgendes: Stelle sicher, dass ...!«

Entscheidungen

Mühsam verkniff sich Prinzessin Alina Galtan von Kantar ein spöttisches Lächeln.

Neben der Ratsherrin Keri Torn vom ›Rat der Sieben‹ in der allerbesten Loge sitzend, tat sie so, als ob sie voller Begeisterung ihre Mannschaft anfeuern würde.

Vor nicht ganz zwei Tagen hatte George sie aufgesucht.

»Auf allen Welten, die eine ursalanische Botschaft aufweisen, bilden wir, rein freundschaftlich und völlig selbstlos natürlich, junge Männer zu Fußballern aus. Mit dem Hintergedanken, demnächst systemübergreifende Fußballwettkämpfe zu veranstalten. Dabei unter anderem, wie im Falle Leigrons, die absolute Dominanz der Frauenherrschaft zu unterlaufen und aufzubrechen. Eine Botschaftsangestellte brachte Keri auf den Gedanken, sozusagen unter ihrer Schirmherrschaft, einen intergalaktischen Fußballwettbewerb auszutragen. Live, planetenweit auf Leigron anzusehen. Allein die Ankündigung ergab eine überwältigende positive Resonanz. Ein paar scheinbar nebensächliche Bemerkungen unserer Agentin und Keri lud Dich als Ehrengast zur Partie Leigron gegen Kantar ein. Und als Sahnehäubchen halte ich, selbstredend völlig ahnungslos, die Eröffnungsansprache!«

Für einen Augenblick schwieg er.

»Bei der anschließenden Party, zu Ehren der Spieler veranstaltet, laufe ich ihr versehentlich über den Weg.«

Wieder legte er eine Pause ein.

»Ich liebe sie noch immer! Allein auf ihr Verhalten kommt es an, ob diese Liebe eine Chance hat. Bekennt sie sich offen zu mir, ist alles gut, wenn nicht, dann ...!«

Müde erhob er sich.

»Du wirst vorübergehend von deinen hiesigen Aufgaben ohne zeitliches Limit freigestellt und trittst, wie es sich für eine königliche Prinzessin und Thronfolgerin Kantars gehört, als ranghöchster adeliger Ehrengast auf. Kein Wort davon, dass Du eine ursalanische Offizierin bist! Amüsier Dich gut!«

»Warte George, einen Moment noch! Wo befindet sich Mike gerade? Der könnte doch auch kommen!«

Ernst sah er Galina an.

»Seltsam, dass ausgerechnet Du nach ihm fragst. Er ist traurig, weil er denkt, jemand mag ihn seit der Sache mit dem verpatzten Grillabend nicht mehr. Ach, ja, derzeit befehligt er drei ›Todesflotten‹, und hat einen weiteren ›Feind‹ gestellt. Er beobachtet nur und wartet ab, welches Ergebnis Dave erzielt. Mit anderen Worten, er ist derzeit voll im Dienst, wenn auch wenig begeistert! Seit dem Abflug aus dem ›Reich der Zwölf Sonnen‹, nach der Vernichtung des Xsoor, vergeht er vor Sehnsucht nach ›seiner‹ Prinzessin! Aber er wird und muss verzichten oder aus dem Dienst ausscheiden, was ich nicht glaube. Mal ehrlich, wie käme die Thronfolgerin Kantars dazu, sich mit einem Weltraumtramp einzulassen, welcher andauernd im All herumfliegt? Diese wird auf ihrer Heimatwelt irgendwann sesshaft und braucht lediglich eine folgsame Marionette auf dem Thron neben sich, deren einzige Aufgabe darin besteht, ein paar Kinderchen zu zeugen und demutsvoll an ihrer Seite zu repräsentieren!«

Galina stand geschockt da, während George sich entfernte. Schuldbewusst fiel ihr ein, dass sie sich bisher nie Gedanken über ihre eigene Zukunft machte. Wollte sie wirklich wie ihr Vater werden? Sich andauernd mit den intriganten, nervigen Untergebenen beschäftigen? Kleinliche Streitereien schlichten und sich ansonsten von den Höflingen gängeln lassen, nach dem Motto: ›Aber Eure Hoheit, das Protokoll verlangt, dass ...!‹

Wie stellte sich Mike eigentlich sein weiteres Leben vor? Höchste Zeit, mit ihm zu reden!

*

»Entität! Wir zeigen Dir eine für Dich zusammengestellte Bildsequenz! Danach unterbreiten wir Dir einen Vorschlag, wie es weitergehen kann. Bist Du einverstanden?«

»Ja!«

»Gut! Hathor, beginne!«

Minute um Minute übertrug die Androidin konzentriert Bild um Bild. In der Mjölnir herrschte gespanntes Schweigen.

Zehn Minuten später erhob sie sich:

»Sir! Der ›Feind‹ hat die Verbindung, so wie ich es sehe, total geschockt abgebrochen! Zum ersten Male stand ich nicht mehr einer einzelnen Person, sonder sehr vielen gegenüber. Ich empfing ein Gemisch aus Angst und Verzweiflung! Sie hatten im Stillen immer noch gehofft, uns irgendwie zu überwältigen, in eine Falle locken zu können. Vorschlag ...!«

Hathor unterbrach sich und drehte sich wieder ihrer Bildwand zu, dabei die empfangene Botschaft wie bisher laut aussprechend:

»Kleine Wesen! Ihr habt gewonnen! Der Energiekonzentrator hat sich abgeschaltet, die Triebwerke gehorchen nicht mehr! Der Abwehrschirm und die Geschütze sind ebenfalls deaktiviert! Wir nehmen an, dass ihr mit eurer Technik in unser Schiff eingedrungen seid und die Steuerung komplett übernommen habt. Die übermittelten Bilder zeigen, dass ihr vermutlich alles wisst und ihr euch zudem frei in unserer ›Sphäre‹ bewegen könnt, dass ihr die Datenbanken längst ausgelesen habt. Bitte unterbreitet uns jetzt euren Vorschlag!«

Schau an, anscheinend begriffen sie nun ihre Lage.

»An Entität! Als Kommandeur der ursalanischen Raumflotte lege ich folgendes, nicht verhandlungsfähiges Angebot vor: Wir stellen euch spezielle Tender mit einem geeigneten Überlichtantrieb zur Verfügung, welcher eure ›Sphären‹ mitsamt den zugehörigen Energieerzeugern in einen zusätzlichen Schutzschirm hüllt. Den bisher verwendeten Antrieb könnt ihr vergessen! Seine Hüllfelder sind angesichts der sinnlos überdimensionierten Masse eures Schiffes nicht ausreichend. Kein Wunder, dass ihr damit bei jeder Transition Verluste erleidet. Der Tender transportiert euch zu einer urzeitlichen Welt voll hochaktivem Leben. Ihr erhaltet dazu einen Gleiter, welcher mit einem eng begrenzt arbeitenden Energiekonzentrator die neue Welt nach einem bestimmten Programm abfliegt, sodass ihr praktisch nur so viel ›erntet‹ könnt, wie ihr tatsächlich zum Überleben braucht. Die Speicher für die ›Lebensenergie‹ werden drastisch verkleinert. Ihr werdet maximal einen Monat unserer Zeitrechnung damit abdecken können. Solltet ihr in eurer Gier mehr ›ernten‹ wollen, überprüft der Konzentrator den Bestand und ›erntet‹ erst wieder, sobald der Speicherinhalt unter fünfzig Prozent absinkt! Auf diese Art und Weise stellen wir sicher, dass die dortige Fauna und Flora ausreichend Zeit zum Regenieren der ›abgeernteten Flächen‹ bekommt. Ihr erhaltet achtundvierzig Stunden Bedenkzeit. Dieses Angebot gilt auch für euere von uns eingekreisten Brüder sowie für diejenigen, die wir noch finden. Wer ablehnt, dem geben wir keine Gelegenheit, nochmals auch nur ein einziges System mit Intelligenzen zu vernichten!«

Und an die Androidin gerichtet:

»Kontakt abbrechen bis zum Ablauf der genannten Zeitspanne! Nachricht an Mike, Xar und Ralf: Geht mit den Führungsschiffen auf eine zehnfach größere Entfernung zu den feindlichen Einheiten als derzeit. Feuerbereit! Wir lassen uns auf nichts mehr ein! Es wird ansonsten sofort als Schwäche ausgelegt!«

*

Georges Eröffnungsrede anlässlich des ersten intergalaktischen Fußballspieles war eine rhetorische Meisterleistung.

Interessiert nahm Prinzessin Galina zur Kenntnis, dass Keri nur noch Augen für ihn hatte, ihr Blick hing förmlich an seinem Bild, welches auf Großbildwänden, oder was immer das technisch auch waren, im neu errichteten Fußballstadion in Leigron zu sehen war.

Kaum, dass das Bild erlosch und der Anpfiff erfolgte, rannte Keri los, hin zu der Loge, in welcher George mit dem ursalanischen Botschafter saß.

Als Schirmherrin der Spiele gab es für sie keine Schwierigkeiten, dort Zutritt zu bekommen.

Anscheinend bemerkte die Bildregie rechtzeitig das ungewöhnliche Verhalten der Frau, denn sie erfasste, anstatt der Fußballer, kurzfristig voll die Loge.

Während sich ein Großteil der sittenstrengen Frauen Leigrons empörte, nahmen die Bewohner Kantars und weiterer Welten den Vorgang eher schmunzelnd zur Kenntnis.

Besonders das völlig verblüffte Gesicht des Admirals, während Keri ihn stürmisch umarmte und küsste!

Sekunden später blendeten die Kameras ab. Die Regie schwenkte diskret zurück zum Spiel.

Keri, die von all dem nichts mitbekam, sah George fest an:

»Ich liebe Dich, George! Und ich werde mich stets zu Dir bekennen!«

Jemand brachte ein schwebendes Bildterminal mit der Aufzeichnung der vergangenen Minute herbei. Er lächelte.

»Hier! Du brauchst es nicht zu sagen! Schau es Dir an! Du hast Dich vor aller Augen offenbart! Aber nach dem heutigen Spiel wird sich auf Leigron, was das Verhalten der Frauen gegenüber Männern angeht, stark verändern. Schon im Vorfeld, nach den ersten Übungsspielen, mussten wir aufpassen, dass uns die Spieler von liebebedürftigen Damen nicht weggeschleppt werden! Komm Keri, setz Dich neben mich!«

Viel bekam sie vom Fußballmatch nicht mit. Sie fühlte sich einfach nur glücklich.

Ihr war es so was von egal, was die anderen, vorneweg die rückständigen, sittenstrengen, sich ereifernden Weiber Leigrons dachten. Die konnten sie alle mal!

Plötzlich erinnerte sie sich: Da war doch noch was ...

Ach, ja, eine Abordnung der ›Hohen Bürgerschaft‹, fünf Damen mittleren Alters.

Vor dem ›Rat der Sieben‹ erhoben sie flammenden Protest gegen ein seit kurzem eröffneten Lokal, welches Männer ausdrücklich einlud! Zumal die Ursalaner auch noch Kaufhäuser, Gaststätten sowie kleinere Ladengeschäfte, errichten wollten! Als absoluten Gipfel der Unverschämtheit sahen sie das geplante Geschäft für Herrenausstatter an. Und Läden für Damen und Herrenbekleidung ... und für Herrenfriseure ... und ein Laden für ... und ...!

Lady Sina Xern hörte sich geduldig den emotionsgeladenen Vortrag über die Minderwertigkeit männlicher Leigroner im Allgemeinen so wie im Besonderen an.

Als der Wortführerin die Luft ausging, hielt sie dieser kühl lächelnd ein Dokument hin.

»Hier! Von unseren drei renommiertesten Anwaltskanzleien, basierend auf der Verfassung, ausgearbeitet! Vom ›Rat der Sieben‹ selbstverständlich vollinhaltlich mitgetragen! Sinngemäß heißt es darin, dass Männer und Frauen, ich erwähne ›Männer‹ absichtlich zuerst, gleichgestellt sind. Niemand darf aufgrund seines Geschlechts benachteiligt werden! Es steht Ihnen samt ihren Begleiterinnen frei, zu protestieren oder demonstrieren, solange Sie wollen! Ansonsten ersuche ich Sie und ihre ›Ewiggestrigen‹, uns nicht weiter zu belästigen! Guten Tag meine Damen!«

Bevor die Frauen der ›Hohen Bürgerschaft‹ begriffen, geleiteten, nein, eher schubsten, sie die Helferinnen des Rates aus dem Raum.

Klar, sie würden sich nicht so schnell beruhigen, aber vom größeren Teil der Bevölkerung konnten die Verfechter der reinen Lehre keine Unterstützung erhoffen. Den meisten ging es schon lange auf den Keks, dass sie ihre Freunde so gut wie nirgendwohin mitnehmen durften.

Ob Lady Xern sich bei dem geplanten Fußballspiel demonstrativ ebenfalls mit ihrem Partner zeigen würde?

Keris Gedanken kehrten in die Gegenwart zurück. Frenetischer Jubel im Fanblock Kantars! Eins zu Null!

Kaum fünf Minuten später erfolgte der Ausgleich. Diesmal schrien die Anhänger Leigrons. Auch wenn es ihr schwerfiel, gelassen neben George sitzen bleiben zu müssen, so langsam begann sie sich für das Spiel zu erwärmen.

Vielleicht sollte sie sich mal über die Spielregeln informieren, über eigenartige Begriffe wie Aus, Ecke, Elfmeter, Abseits und so weiter. Sie registrierte zufrieden, wie das Publikum mit ›seiner Mannschaft‹ mitging.

Eines war ihr deutlich bewusst: Nach ihrem stürmischen Auftritt in aller Öffentlichkeit, nach diesem Spiel und der morgigen Eröffnung der Lokale und Geschäfte überwiegend für Männer, würde sich in der Leigronzivilisation unumkehrbare Umwälzungen ergeben.

Fein, sehr fein!

Abpfiff!

Verwundert stellte sie Fest: Drei zu Drei!

Ja wer war denn nun der Sieger?

George, der ihre Gedanken erfasste, meinte leise:

»So gibt es keinen Verlierer! Wir haben ein bisschen nachgeholfen. Es gibt zwei Pokale! Du und Lady Sina Xern, ihr werdet sie gleich feierlich überreichen! Danach sind alle zufrieden und es gibt eine anschließend eine tolle Feier! Jetzt geh! Sie warten bereits auf Dich! Wir sehen uns später wieder!«

*

»Kleine Wesen! Wir akzeptieren deine Bedingungen! Aber das gilt nur für dieses Schiff! Unsere drei Brüder sind der Ansicht, dass wir uns falsch verhalten hätten und und ihr normalerweise nicht in der

Lage seid, in diese einzudringen! Wenn ihr angreift, dann heißt es Leben gegen Leben! Sie ergeben sich nicht!«

»Ist in Ordnung, Entität! Der spezieller Bergungstender ist unterwegs und wird mit eurem Schiffsrechner Verbindung aufnehmen. In seinen Speichern sind die Koordinaten eurer zukünftigen Welt enthalten. Wir sehen uns nie wieder und wünschen euch ein langes Leben! Doch vorher, seht:«

Hathor blickte auf eine Bildwand mit sechs Einzelbildern. Drei ›Feinde‹ und drei Leitzentralen mit den jeweiligen Kommandanten.

»Mike, Xar, Ralf? Bereit?«

Alle drei betätigten.

Mit versteinertem Gesichtsausdruck erteile Dave den Vernichtungsbefehl:

»Feuer!«

Jedes feindliche Schiff wurde von drei heranrasenden, mit höchster Leistung feuernden Todesflotten angegriffen.

Dave ging kein Risiko ein. Unbemerkt von ihren Gegnern, welcher vollauf mit dem normalen Angriff beschäftig waren, wurde diese zeitgleich von jeweils hundert robotgesteuerten Bombenschiffen mit Überlichtgeschwindigkeit angeflogen. Drei sich in grellweißem Feuer aufblähende Kleinplaneten und rechtzeitig abdrehende Angreifer.

»Kleine Wesen! Über mich beobachteten die noch in dieser Galaxie existierenden vier Brüder das Geschehen. Sie möchten mit euch Kontakt aufnehmen und bitten darum, ebenfalls zu unserer Welt gebracht zu werden. Würdet ihr das tun?«

»Ja, Entität, aber erst nachdem ihr dort seid und euch eingerichtet habt, feststelltet, dass alles in Ordnung ist. Danach werden wir auch eure Brüder dorthin bringen!«

»Kleine Wesen. Eine letzte Frage: Warum habt ihr uns nicht sofort vernichtet?«

»Ganz einfach! Es gibt bei uns Menschen einen philosophischen Grundsatz: Töte nie etwas alleine aus dem Grund, weil Du es nicht verstehst!«

*

Valdor I., seines Zeichens König von Kantar, geruhte allerbester Laune zu sein.

Seine Tochter, Alina Galtan, Thronerbin Kantars, gedachte sich zu vermählen! Schön! Sehr schön!

Wenn er sie richtig verstanden hatte, war sie auf dem Weg zu ihrem zukünftigen Gemahl, wie sie kurz per überlichtschneller Bildübertragung berichtete.

Außer, dass er sich auf Enkelchen freute, besaß die Sache einen weiteren Vorteil.

An den nächststehenden Diener gewandt:

»Rufe Er mir umgehend den Haushofmeister herbei!«

Endlich konnte er ein lästiges Problem gründlich lösen.

Keine zwei Minutenspäter eilte der Gerufene heran.

»Eure Majestät? Womit kann ich dienen?«

»Mein Bester, soweit mir bekannt ist, halten sich hier im Palast jede Menge heiratswütige Adlige auf, welche meine liebe Tochter unbedingt freien wollen und auf ihre Ankunft warten, um mich dann um ihre Hand zu bitten, nicht wahr?«

»So ist es, mein König!«

»Sie lungern nur überall herum, nerven mit ihren Eifersüchteleien untereinander, faulenzen, lassen sich von vorn bis hinten bedienen und leben auf meine Kosten in Saus und Braus!«

»Wohl wahr, Eure Hoheit!«

»Nun mein Bester! Rufe Er die Palastwachen und lasse Er sie umgehend hinauswerfen! Die Prinzessin hat sich entschieden!«

Der König freute sich diebisch über das verblüffte Gesicht das Haushofmeisters. Als diesem aber aufging, dass er sich jetzt die unverschämte Plage vom Hals schaffen konnte, feixte er zufrieden. Wie oft hatten ihn diese eingebildeten Schnösel schikaniert und gedemütigt. Jeder sah sich bereits als zukünftiger König Kantars!

»Ich eile, Majestät! Ist die Frage gestattet, wer der Glückliche ist?«

»Einer der ranghöchsten Offiziere Ursalans! Alina meinte, nach ihrer Hochzeit würde er sicherlich als erstes dem Adel kräftig auf die Finger klopfen und eine ›konstitutionelle Monarchie‹ mit einer demokratischen Verfassung einführen. Keine Ahnung, was sie damit meinte!«

Nun, Haushofmeister wusste es auch nicht, doch er vertraute der Prinzessin. Wenn diese einverstanden war, ging das in Ordnung.

Aber jetzt ...!

Begeistert machte er sich ans Werk, den Palast von den Schmarotzern zu reinigen!

*

»Frau Oberst Galtan wünscht Sie zu sprechen, Sir! Darf ich durchstellen?«

»Aber ja, gerne!«

Gleich darauf erschien ihr Bild vor ihm.

»Hallo, Prinzessin! Was kann ich für Sie tun?«

»Sir! Könnten Sie mir bitte sagen, wo sich Admiral Mike Chester befindet und ob ich zu ihm kann?«

Sieh mal einer ein. Sollte es doch noch zu einem Happy-End kommen? George deutete vor Kurzem etwas in dieser Richtung an. Interessant!

»Hathor, wo befindet sich die ›Ridil‹ und wer ist derzeit der Kommandant?«

»Standort Mars, Kapitän Mo Thar, Sir!«

»Gut! Mo Thar soll Oberst Galtan abholen und hierher auf die Mjölnir bringen! Ich werde dann die Prinzessin zum Flottenadmiral ernennen! Ihre erste Aufgabe wird sein, Xar, Mike und Ralf nach Ursalan II zu holen. Dort treffen wir uns mit dem Seneschall, Duc de l'Achcon, und besprechen unser weiteres Vorgehen. Zum Glück ist das Jahrhundertausende alte Problem mit dem ehemaligen ›Feind‹ gelöst! Jetzt geht es um unsere Zukunft!«

Dave lächelte und ehe Alina sich bedanken konnte, unterbrach er die Verbindung.

*

Mo Thar war in ihrem Element.

Gigantische Entfernungen und sie durfte die ›Ridil‹ weiterhin fliegen. Ihre vorgesetzte Kommandeurin gab lediglich das gewünschte Ziel an, überließ ansonsten alles ihr. Dass sie es bisher als einzige Shanti zum Kapitän eines ursalanischen Schiffes gebracht hatte, erfüllte sie zusätzlich mit besonderem Stolz.

Die Admirale Xar Nortan und Ralf Gubba unterhielten sich mit Alina in einer der luxuriösen Bars an Bord, während sie selbst, zusammen mit unfehlbaren Rechnern das Raumschiff auf Kurs brachte. Ansonsten betrachteten diese den Flug als Urlaub auf einem Luxusschiff. Nach dem Start verließ Mo Thar die Brücke nur, um ab und an ein paar Stunden zu schlafen.

Mike Chester befand sich am weitesten draußen, am äußerten Rand ihrer Galaxie. Zudem sozusagen auf der anderen Seite der Milchstraße, in einer Entfernung von über neunzigtausend Lichtjahren.

Wirklich, sie konnte mehr als zufrieden sein! Zumal das Essen an Bord mindestens um den Faktor zehn besser war, als an Bord der Forschungskreuzers Largo-14. Nicht zu vergessen, das in ihren Augen wahnsinnig hohe Gehalt. Niemand auf Shantinar verdiente so viel wie sie. Herrlich!

»Lady Kapitän, Austritt aus dem Hyperraum programmgemäß in zwei Stunden! Entfernung zum Zielschiff zehn Lichtsekunden!«

Gut! Alles lief nach Plan.

Der Kontakt mit dem Admiral erfolgte wie vorausberechnet.

»Kurierschiff ›Ridil‹, Kapitän Mo Thar, an Admiral Mike Chester! Sir, sie werden von einem Shuttle abgeholt! Bitte, halten Sie sich bereit!«

Nur wenige Minuten später war Mike an Bord und die Ridil nahm umgehend Kurs auf Ursalan II.

Genervt schlurfte Mike hinter seiner Androidenführerin her. Dabei hatte er doch gerade so schön geschlafen und von Alina geträumt. Mist aber auch.

Beim Betreten des Konferenzraumes blieb er wie vom Blitz getroffen stehen.

Alina!

Diese salutierte korrekt und begrüßte ihn vorschriftsmäßig:

»Sir, Admiral, willkommen an Bord der ›Ridil‹. Ich bin Flottenadmiral Alina Galtan und habe den Auftrag, Sie nach Ursalan II zu bringen! Sir, gestatten Sie, dass ich Ihnen einen kurzen Film vorführe? Aber Bitte, nehmen Sie erst einmal Platz!«

Alle setzten sich in einem kaum angedeuteten Halbkreis.

Mike blieb vor Erstaunen der Mund auf. Er sah, sich selbst!

Auf der Brücke der Tourendal nach der Vernichtung der Xsoor. Mit sehnsüchtigen Blick betrachtete er den Bildschirm, auf dem Prinzessin Alina Galtan zu sehen war.

Scheinbar aus dem Off erklang Daves Stimme, welche prophezeite:

»Kopf hoch, alter Junge! Eines Tages wirst Du die Prinzessin wiedersehen. Ganz sicher!«

Alina erhob sich, kam auf ihn zu, er selbst war vor Verlegenheit zu keiner Reaktion fähig, beugte sich zu ihm herab und küsste ihn. »Mike, ich liebe Dich und werde für immer ›Deine‹ Prinzessin sein!«

Er vermochte ihr nur stammelnd zu antworten, doch dann erhob er sich und tat das einzig Richtige: Er schloss sie behutsam in die Arme!

Diskret verließen Ralph und Xar den Raum. Sie wollten das Glück des jungen Paares nicht stören.

*

Der MRCA Tornado, genauer, ein deutscher Marine Jagdbomber Tornado PA 200, mit einer maximalen Spannweite von knapp vierzehn Metern, lag bei einer Geschwindigkeit von Mach 0,9 und einer Besatzung von zwei Mann, absolut ruhig in der Luft.

Seine Bewaffnung bestand aus 2 Bordkanonen mit jeweils 27 mm, dazu kamen Kormoran Luft-Schiff-Flugkörper sowie Sidewinder und Luft-Luft-Raketen.

Hundert Meter hinter ihm, um gut dreihundert Meter nach rechts versetzt, folgte eine gleichartige Maschine mit Natokennzeichen als Kampfbeobachter.

Die Flughöhe beider Flugzeuge betrug zweihundert Meter.

»An Beobachter! Automatische Zielerfassung läuft!«

Zwei Sekunden später:

»Sind in Schussreichweite!«

Gelassen drückte der Pilot auf den Feuerknopf. Eine Kormoran klinkte aus und schoss exakt auf das Seeziel, ein ausrangiertes Schiff, zu.

Dieses mal gab es keine Zone mit verschwommener Sicht und kein unscharfer ›Schatten‹ tauchte in einem ›Nebel‹ auf.

Dave drehte nach links ab, während Mike seine Maschine nach rechts zog.

Zwischen ihnen verging das Ziel in einem Feuerball!

»Mission erfüllt!«, kam Mikes zufriedene Stimme aus den Kopfhörern.

»Gut! Umkehren und zurück zum Stützpunkt!«

Eine telephatische Mitteilung an Mike und beide Maschinen stiegen rasend schnell senkrecht in die Höhe. Kurz vor dem Scheitelpunkt ein kräftiger Ausschlag der Seitenruder und beide vollzogen einen perfekten Turn, was die Waffensystemoffiziere, im Moment der Schwerelosigkeit, mit würgenden Geräuschen quittierten.

Ein sauber gesteuertes Trudeln, danach Vollschub mit anschließendem Looping. Zwei einwandfrei geflogene Rollenkreise und danach mit eingefahrenen Tragflächen unter Höchstfahrt heimwärts zum Stützpunkt.

»Geschwaderführer an Tower! Melde Ausfall beider Waffensystemoffiziere. Bitten um medizinische Betreuung! Over!«

Dave lächelte schadenfroh.

Während des Rückfluges glitten seine Gedanken zurück. Heute Morgen ...

»Sir!«

Hathor trat militärisch grüßend an den Frühstückstisch und meldete:

»Herzlichen Glückwunsch zum Geburtstag, Sir! Die Admirale Mike Chester und Ralf Gubba haben ein Geschenk für Sie vorbereitet! Wenn Sie mir bitte folgen würden, Sir!«

Ein Schweber brachte sie zum nächstgelegenen Transmitter. Als er aus der Gegenstation heraus trat, blieb er verwundert stehen.

Er befand sich im Umkleideraum für Piloten in Eggebek! Eine Zeitreise in die Vergangenheit?

Hathor drängelte.

»Herr Korvettenkapitän, bitte legen Sie ihre Fliegerkombination an!«

Zähneknirschend zog er sich um. Kaum, dass er fertig war, ertönte es aus der Rufanlage:

»Die Piloten Mike Chester und Dave Thorstensen werden gebeten, sich im Briefingroom einzufinden!«

Tatsächlich, alles wie auf seinem früheren Flugplatz!

Alks er ankam, saß Mike breit grinsend da. ›Na warte, alter Freund, wir sprechen und noch!‹, dachte er.

Aha, Ralf stand als Flight Instructor hinter einem Pult.

»Meine Herren! Wir stellten bei Durchsicht damaliger Flugunterlagen fest, dass eine wichtige Mission über der Ostsee niemals abgeschlossen wurde. Bitte begeben Sie sich jetzt zu den

Hangars. Ihre Maschinen sind gewartet und betankt. Ihr Auftrag: Ein mit Störsendern ausgestattetes Seeziel zu versenken!«

Dave glaube zu träumen, bis er Mikes Gedankenbotschaft erhielt:

›Reiß Dich zusammen, alter Junge! Ralf hat mit den Androiden deinen früheren Flugplatz komplett mit allen Versorgungseinheiten nachgebaut. Er kaufte unsere alten Tornados vom Schrott und ließ sie rundum erneuern! Anstatt gelangweilt in dämlichen Raumern herumzusitzen, können wir endlich ein wenig Spaß haben und wie in vergangenen Zeiten fliegen. Wir haben auch zwei Dumme als Waffensystemoffiziere gefunden, die über unsere ›Kinderspielzeuge‹ spotteten, aber uns die Freude nicht verderben und deshalb mitmachen wollen! Die beiden warten bereits in den Hangars!‹

Schau mal einer an, Alina und Isabelle, ebenfalls in vorbildgetreuer Kluft.

Teufelchen, Teufelchen, denen würde das Spotten schnell vergehen!

Runway 01/19.

Seit dem Start, natürlich mit Nachbrennen, war von den Beiden kein Mucks mehr zu hören! Tornados besaßen keine Andruckabsorber oder gar künstliche Schwerkraft. Platz gab es auch wenig, Toiletten schon gar nicht, dafür den Lärm der Turbinen im Übermaß.

So hatten es sich die verwöhnten Damen garantiert nicht vorgestellt, zumal sie in ihrem Überlegenheitsgefühl auf einen echten Flug verzichteten und nur im harmlosen Simulator übten. Ohne Kunstflugeinlagen.

Die Stimme des Fluglotsen unterbrach seine Gedanken!

»An Geschwader! Freigabe zum Direktanflug! Kein Wind!«

Schön, sehr schön!

Aufsetzen, zu den Hangars rollen, die Damen ausladen und vollreinigen, anschließend ab zur Geburtstagsparty! Ein guter Tag heute!

»Mike und Ralf: Danke für die gelungene Geburtstagsüberraschung!! Wartet bitte weiterhin die Maschinen! Ab jetzt werde ich wieder öfter fliegen! Es hat richtig Spaß gemacht!«

*

Feixend begrüßten die Männer die mit bleichen Gesichtern auftauchenden Damen.

Alina fauchte Mike gereizt an:

»Willst Du mir immer noch allen Ernstes erzählen, dass Du, als ursalanischer Raumadmiral vor noch wenigen Jahren in so einem fürchterlichen Fluggerät unterwegs warst? Ihr veralbert mich und ich ...!«

Isabelle griff beruhigend ein.

»Es stimmt, Aline! Die Welt auf der wir lebten, Erde oder Terra genannt, besitzt keine Raumfahrt! Unsere Zivilisation ist mehr als rückständig! Ihr ward uns viele Jahrhunderte voraus! Mike! Erzähle!«

Für einen Moment dachte er daran, wie es begann ...

»Du, Alina, hast heute einen nachgestellten Flug mitgemacht, den Flug, der vor wenigen Jahren unser aller Schicksal veränderte! Beim damaligen Angriff auf die alte Rostfregatte befand sich zwischen uns und dem Übungsziel ein unsichtbar im Tarnmodus fliegendes Forschungsraumschiff von Shantinar! Wir haben es, ohne es zu ahnen, abgeschossen! Trümmerstücke der Raketen trafen meine Maschine und brachten sie zum Absturz! Mein Pilot überlebte ihn nicht! Später ...!«

Dave und Mike berichteten abwechselnd.

Eine Kette von Ereignissen, welche die Zukunft vieler Sternenvölker beeinflusste.

»Ja, Alina! Monate bevor wir euch vor den angreifenden Xsoor schützten, waren wir selbst nicht viel mehr als unwissende Hinterwäldler. Mir scheint,« schloss Mike, »als ob eine höhere Macht dies alles so gefügt hat!«

*

»Ab sofort fliegen wir die Erde nicht mehr an! Das ›Andental‹ ist längst in andere Hände übergegangen, die sonstigen Ferienanlagen wurden verkauft beziehungsweise einfach aufgegeben. Lediglich das uns versorgende Cateringunternehmen besteht noch eine Zeitlang, als unscheinbare Tochtergesellschaft eines internationalen Unternehmens. In den Vereinigten Arabischen Emiraten gibt es eine Stadt, die tagtäglich Unmengen an

Luxusgütern importiert, darunter auch die ausgefallensten Dinge. Niemand macht sich Mühe zu hinterfragen, wozu welche Waren gebraucht werden oder wohin sie gehen. Im stetig zunehmenden, hereinfließenden Warenstrom liegt unser Anteil im unteren Promillebereich! Der Caterer liefert an ein unauffälliges Lagerhaus, bekommt sein Geld von einem diskreten Schweizer Konto und das war es! Für irdische Geheimdienste völlig uninteressant! Des Weiteren beziehen wir immer mehr ganz offen aus dem ›Reich der Zwölf Sonnen‹ sowie aus Leigron! Die Erde, damit auch die Menschheit in ihrer heutigen Form, wird untergehen! Größenwahnsinnige Despoten und gierige Superreiche beuten mit ihren willfährigen Helfern, den Banken und Großkonzernen, die Welt aus. Die alles beherrschenden, gesichtslosen, von keiner Regierung legitimierten, sogenannten ›Märkte‹, sind größtenteils schuld am Untergang Terras! Durch ihre Profitgier, Gewinnmaximierung genannt, wird der Umweltzerstörung Tür und Tor geöffnet! Der Verschmutzungsgrad der Meere, beispielsweise mit Plastikmüll, nimmt täglich zu, dafür nehmen wegen Überfischung die Meerestiere ab. Korallenriffe sterben. Trinkwasser wird knapp, die Zeit der frei atembaren reinen Luft ist in vielen Großstädten längst vorbei. Zwar schlachten religiöse Eiferer und Fanatiker im Namen ihres Gottes fröhlich Andersgläubige ab, dennoch vermehrt sich die Menschheit trotz schwindender Ressourcen ununterbrochen! Auf der einen Seite verhungern täglich tausende von Kindern, während anderswo sinnlos Milliarden angehäuft werden! Die Welt ist beherrscht von Raffgier, Hass, Neid und Missgunst! Tschernobyl und Fukushima, nichts hat sich danach geändert, außer dass die weltweite Radioaktivität weiterhin stetig ansteigt. Die uns bekannte Geschichte besteht nur in einer endlosen Abfolge aus Krieg und Zerstörung! Reiche werden erriechtet, auf deren Trümmern stets neue Reiche entstehen, von Anfang an den Keim des Untergangs in sich tragend! Die Prognose unserer Rechner ist eindeutig, so wie jemand schon vor einiger Zeit in einem SF-Roman schrieb: Und Sie lernen es nie!«

*

Wenn sie es könnten, würden sie sich kugeln vor Lachen!

Welch unbedarften, kurzlebigen Wesen!

Ohne es zu ahnen, befreiten diese sie aus ihren fliegenden Metallgefängnissen, führten sie auf einer Welt zusammen, die Lebensernergie für alle Ewigkeit bot!

In ein paar Tausend Jahren standen ihnen genügend Hilfskräfte zur Verfügung, um erneut, dieses Mal jedoch weitaus bessere Raumschiffe als bisher zu erbauen. Der Überlichtantrieb des ursalanischen Tenders, sie hatten ihn genauestens analysiert, würde demnächst für sie die Schranken von Raum und Zeit einreißen, den Graben zwischen den Galaxien überwindbar machen.

Ewiges Leben!

Doch der Tod stand bereits vor ihrer Tür, sie wussten es nur noch nicht!

Ihre Sphäre samt Energiemeiler waren ausschließlich für den Betrieb im absoluten Vakuum vorgesehen!

Regen? Aggressives Grundwasser? Dünne Säuren oder Laugen? Das hatten die einstigen Erbauer schwerlich vorausgeahnt.

Nach nur wenigen Tagen begannen die Hüllen der Meiler chemisch zu korrodieren. Zuerst gab es nur feinste Risse, danach kleine Spalten, letztendlich wurden daraus Löcher. Nässe drang ein.

Eine gigantische Explosion erschütterte den Planeten, schlug einen tiefen Krater bis in das flüssige Innere. Vulkane brachen aus, Aschewolken hüllten ihn ein, die lange Nacht senkte sich herab.

Die ›Entitäten‹, einst der ›Feind‹ genannt, waren am Ende ihres Weges zum ewigen Leben angekommen ...

... in der Ewigkeit!